TODO FUE NADA

NIEVES HERRERO

TODO FUE NADA

mr · ediciones

Primera edición: octubre de 2005
Segunda impresión: noviembre de 2005
Tercera impresión: diciembre de 2005

Paseo de Recoletos, 4. 28001 Madrid
www.mrediciones.com
ISBN: 84-270-3178-5
Depósito legal: M. 49.730-2005
Fotocomposición: J.A. Diseño Editorial, S.L.
Impresión: Gráficas Rógar, S.A.

Impreso en España-Printed in Spain

A mi madre y a todas las mujeres de su generación
por hacernos más fácil el camino.

Mi agradecimiento a José Manuel Ciria por prestarme su tiempo y su experiencia para poder comprender el mundo de la pintura desde dentro y contagiarme de su pasión por el arte.

«El hombre es víctima de una soberana demencia que le hace sufrir siempre... Y así la vida se le escapa, sin gozar de lo que tiene.»

LEONARDO DA VINCI

«No sé qué es preferible, el mal que hace bien o el bien que hace mal.»

MIGUEL ÁNGEL BUONARROTI

«El arte es la mentira que nos permite comprender la verdad.»

PABLO RUIZ PICASSO

«La historia del arte no está jalonada por los virtuosos sino por los torpes que tienen que reinventar la pintura.»

JOSÉ MANUEL CIRIA

Esta novela está inspirada en muchas vidas aparentemente anodinas que se han cruzado en nuestro camino. Personas que un día se fueron de nuestra existencia sin más. No hubo grandes titulares en prensa, tampoco las mencionaron en ningún medio de comunicación. Sin embargo, son vidas que se han extinguido dejando tras de sí una estela de dudas y desconcierto en sus familiares.

Es en ese momento de la muerte y no antes cuando se descubre la verdadera dimensión del ser querido que se nos ha ido. A veces, descubrimos que hemos estado conviviendo con una persona distinta a la que creíamos. Este libro quiere poner énfasis en este punto: en toda vida hay capítulos oscuros, algunos no dan la cara nunca, otros aparecen tras la muerte y delatan el gran desconocimiento que tenemos sobre las personas.

I

UNA EXISTENCIA, UN RECUERDO

Hay días que nacen grises. Días en los que el sol se oculta sin mostrar su rostro. Días que sería mejor borrar del calendario. Éste era uno de ellos.

Carmen miraba por la ventanilla del avión. Estaba empezando a llover sobre las pistas del aeropuerto Charles de Gaulle en París. El día estaba igual que su estado de ánimo, sin luz, espeso, encapotado, y eso que eran las primeras horas de la mañana. En un instante, el cielo se tiñó de nubarrones negros. Ladeó la cabeza y posó la frente sobre el cristal. Se había abrochado el cinturón como una autómata y observaba toda la maniobra de despegue con desinterés. En otras ocasiones, habría tenido que abrir el aire, situado justo en el techo de la cabina de pasajeros, para respirar con más facilidad. Le costaba superar la ansiedad que le provocaba abandonar la tierra para quedarse «suspendida» del aire.

Sin embargo, en este viaje de París a Madrid estaba tan conmocionada por la llamada de teléfono que había recibido dos horas antes que los miedos cotidianos habían desaparecido.

Tenía la sensación de haberse quedado sin sangre, de estar flotando en un mundo irreal, en una pesadilla de la que despertaría de un momento a otro. Ahogaba las ganas de llorar mordiéndose el labio inferior y retorciendo su rabia en un pañuelo al que hacía nudos para, más tarde, volver a deshacerlos.

La azafata le ofreció un café, que rechazó con un simple gesto de cabeza. No tenía fuerzas para articular palabra. Se había quedado sumida en un estado de *shock* en el que miraba sin ver y oía sin escuchar. Se movía con mucha dificultad. Su compañera de piso, Verónique, le había dado un tranquilizante antes de salir de casa y, ahora, notaba que empezaba a hacerle efecto.

No podía creerlo, su madre estaba viva al comienzo del día y dos horas después, su corazón no latía. ¡Ya no existía! Era historia, pasado. Una existencia que había llegado a su fin. Un recuerdo para los que la querían.

Intentaba recordar la última vez que hablaron por teléfono. Todo fue demasiado rápido. Tres días antes charló con ella por última vez y fue una conversación de puro trámite. En ese instante le venía a la mente con exactitud cada palabra:

—¿Qué tal, hija, cómo estás?

—Muy bien, Lourdes, ¿y vosotros...?

—Bueno... como siempre. Ya sabes, trabajando mucho. Tu padre dice que el mes que viene nos acercaremos a París para verte. Aprovechando un fin de semana largo.

—¡Estupendo! No puedo seguir hablando. Estoy a punto de comenzar una clase.

—No te preocupes, ¡ya hablaremos! ¡Un beso, hija!

—Un beso.

No cruzaron más palabras. No hubo más conversación. Ahora repasaba cada frase que había pronunciado su madre, por si había algo en ellas que indicara que se encontraba mal. Pero no, todo parecía normal.

«De haber sabido que era la última vez que iba a hablar con ella, ¡le habría dicho tantas cosas!», se decía a sí misma.

Aparentemente se encontraba bien, Lourdes le había contestado que estaba «como siempre». El caso es que antes de concluir la frase había hecho una pausa, lo recordaba perfectamente: «Bueno... como siempre». «Probablemente —seguía pensando—, si yo no hubiera tenido tanta prisa, se habría extendido más en la contestación.»

No volvería a escuchar nunca su voz aterciopelada, alegre. Sentía un dolor en su interior inmenso. El alma se le había hecho añicos. Las entrañas las tenía rotas. Jamás volvería a sentir sus manos frías sobre sus mejillas. Le solía decir: «Sí, heladas, pero corazón caliente». Sus ojos color miel, en los que se podía perder al mirarla. Y su voz. Otra vez el recuerdo sonoro de sus frases repletas de citas poéticas.

Lourdes tenía una manera muy especial de hablar. Poseía una extraordinaria dicción. Mimaba las palabras. Era pasión por ellas. Hasta el punto de que en su pintura, en cada uno de sus cuadros, introducía pequeñas frases aisladas. Representaban como su divisa, un emblema que la diferenciaba del resto. Algo parecido a lo que hicieron los pintores que abrieron las puertas del Renacimiento. Aunque ella no tenía sólo una, sino varias, todas ellas sacadas de poemas: «Veneno de melancolía», «Siento tu hora», «Con tu verdad, a solas...». Los rojos, los azules... colores primarios que adquirían diferente intensidad dependiendo de su estado de ánimo. Y el desnudo, siempre cuerpos tumbados, reclinados, esperando en la más absoluta de las soledades el paso del tiempo. Retrataba como nadie las manos, podía pasarse horas recreándose en cada dedo, en cada pliegue de la piel. Le daba a todos sus rostros una cierta expresión de languidez, de añoranza, de tristeza... En sus cuadros el tiempo no existía. Lo atrapaba en cada una de sus pinceladas sueltas, vigorosas, repletas de fuerza y movimiento.

Trabajaba como catedrática de pintura en la Facultad de Bellas Artes, en Madrid, y daba clases particulares a algunos alumnos que se lo pedían. La verdad es que siempre tenía problemas con el horario. Exprimía cada minuto y encontraba justificaciones para enredarse con cualquier cosa y por cualquier motivo.

No aparentaba los cincuenta y dos años que acababa de cumplir. Se mantenía joven, con una lozanía que hacía dudar con respecto a su edad. En una ocasión, un amigo de Carmen, a la salida del colegio, la confundió y llegó a pensar que era su hermana mayor. Se rieron tanto con aquella anécdota que, desde entonces, comenzó a llamarla por su nombre de pila, Lourdes. En contadas ocasiones la llamaba mamá. A su madre esa licencia le gustaba.

Carmen no comprendía como la muerte había llegado de forma tan sorprendente. Aunque la muerte tiene siempre la virtud de sorprender, a pesar de que se la espere. Lourdes andaba siempre preocupada por la salud y procuraba cuidarse a su manera. Iba al médico todos los años para hacerse un chequeo y el resultado solía ser satisfactorio. ¿Cómo es posible que no le detectaran nada? ¿Qué pudo acabar con ella de manera tan fulminante? Ni un aviso, ni una enfermedad. Nada.

Lourdes, de todas maneras, nunca fue una buena paciente. Cuando el médico le mandaba alguna medicina, miraba el prospecto y, la mayoría de las veces, no se la tomaba. Sin embargo, el solo hecho de acudir a él ya obraba el milagro y se encontraba mejor.

Su cabello rubio rizado llamaba la atención. No resultaba alta, ni tampoco baja. Suplía su mediana estatura con tacones altos. Sus ojos marrones claros, casi miel, poseían una expresividad fuera de lo común. Conservaba cierta lozanía que le impedía envejecer como al resto de sus amigas. Solía decir que era algo genético: «En mi familia las arrugas tardan en aparecer».

Si hacía un esfuerzo, casi podía oler a su madre: un olor muy intenso a jazmín y a hierbabuena. Llevaba muchos años con el mismo perfume. Provocaba la misma sensación que cuando la primavera irrumpía al asalto después del invierno. Te envolvía un carrusel de sensaciones positivas y optimistas simplemente por estar a su lado. A Manuel, su padre, le encantaba.

Muchas veces Carmen se había preguntado cómo se habían enamorado sus padres. No tenían nada que ver uno con otro. Manuel era un centímetro más bajo que su madre, pero parecía que había más diferencia de estatura, por los siete centímetros de tacón que Lourdes solía llevar.

Su madre ejercía de artista a todas horas y Manuel, que llevaba muy dentro la música, sólo los domingos. El resto de la semana trabajaba como empleado en una agencia de viajes. Tocaba el clarinete una vez por semana como si se tratara de un ritual. Meticuloso y acostumbrado a hacer cada día lo mismo. Levantarse y acostarse a la misma hora. Cuando no trabajaba, procuraba no salir nunca de casa. Su fútbol, sus películas, sus libros y su clarinete. Era un buen hombre. Honrado, de pocas palabras e incapaz de hacer daño a nadie.

Carmen no podía imaginarse qué sería de su padre, acostumbrado a estar con su madre toda la vida. Como hija única, recaía sobre ella una enorme responsabilidad.

Manuel iba a comprar el periódico a la misma hora y al mismo quiosco de siempre. Se le daban muy bien los números y, desde hacía años, llevaba las cuentas de casa; se encargaba de entenderse con Hacienda. Muy al contrario, Lourdes fue eficaz en todo, menos para los números y para el orden.

El avión había despegado ya. Volaban a treinta mil pies de altura y Carmen ni se había inmutado. Pensaba una y otra vez en la llamada que había recibido. Su padre, con un hilo de voz, le acababa de decir que su madre había caído fulminada al suelo. Su corazón se había roto. Su corazón...

Nunca había tenido un solo aviso de que algo no funcionara bien en su interior. Todavía era joven para morir así. No había antecedentes en la familia. No estaba especialmente estresada. Aparentemente, no tenía ninguna preocupación. ¿Por qué se había muerto tan de repente? ¿Por qué?

Su padre le había explicado que su madre acababa de levantarse, se había duchado y estaba haciendo el desayuno. Simplemente, le dio los buenos días y le preguntó:

—¿Quieres una o dos tostadas?

—Le contesté que una y me metí en el baño —le contó todavía incrédulo su padre—. Sonó en ese momento el teléfono y tu madre contestó. Cuando regresé estaba tirada en el suelo de la cocina, muerta. No le dio tiempo ni a colgar el teléfono.

No hubo enfermedad, no hubo despedidas, no hubo grandes frases... Sólo una pregunta como despedida: «¿Quieres una o dos tostadas?». Se fue sin más. Cincuenta y dos años.

Había turbulencias y el comandante del vuelo solicitó que todos los pasajeros se abrocharan el cinturón. El Airbus-320 de la compañía Iberia se movía de tal forma que algunos pasajeros emitían pequeños chillidos, que se ahogaban al momento de iniciarse, cuando el avión descendía unos metros y paraba de golpe en el aire. Se miraban unos a otros, pálidos, con cara de circunstancias. Había quien permanecía con los ojos cerrados para no ser testigos de la histeria colectiva. En cuestión de segundos, el silencio era casi total. Tan sólo se oía el ruido de los motores del avión y el llanto desconsolado de una niña pequeña.

Una de las azafatas se mareó y tuvo que ser atendida por el sobrecargo. También algunos pasajeros, afectados por el vaivén del avión, pedían ayuda a la otra azafata, que parecía no inmutarse con todo lo que estaba sucediendo. Esta última se esforzaba en dar normalidad a una situación nada convencional.

Carmen, que tenía fobia a los aviones, miraba a su alrededor como si se tratara de una pesadilla. Estaba viviendo justo la situación que tanto temía y que tantas veces se había imaginado. Se aferró al asiento de tal manera que podía sentir toda la estructura clavada en su cuerpo.

Debía de ser la pastilla que le había dado Veronique, porque no reaccionaba. Miró a su alrededor y observó la cara blanca y los ojos muy abiertos de algunos viajeros. Sin embargo, ella no tenía miedo. Era algo extraño, difícil de explicar.

El pasajero que estaba a su lado rebuscó hasta encontrar la bolsa de papel que hay en todos los asientos, por si acaso su mareo acababa en vómito. Carmen le miraba, pero no era capaz de pronunciar una sola palabra.

Cuando el comandante volvió a dirigirse a los pasajeros para comunicarles que las turbulencias ya habían pasado, aunque debían mantener el cinturón de seguridad abrochado, algunos irrumpieron en aplausos. Carmen, en ese momento, comenzó a llorar.

No había derramado ni una sola lágrima hasta entonces. Estalló de golpe. En el avión, pensaron que se debía a la situación vivida, pero el llanto lo provocaba el desconsuelo, la sensación que tenía de pérdida, de herida abierta e imposible de cicatrizar.

Lloró y lloró con rabia. Le brotaban las lágrimas con fuerza y no parecían tener fin. La azafata que salió indemne de las turbulencias le ofreció un vaso de agua. Le decía que todo había pasado. Carmen se limitaba a asentir con la cabeza. No tenía fuerzas para explicar que su pena era de otra índole, mucho más honda, más difícil de superar que una simple turbulencia.

Cerró los ojos con fuerza e intentó respirar hondo. No tardó en aparecer la imagen de su madre, parecía tan real como la situación que acababa de vivir. Sentía sus manos acariciando su cara. Incluso notó un beso, sólo uno en una mejilla. Llegó a sentirlo de una forma tan real que se sobresaltó. Abrió de golpe los ojos e intentó serenarse. Su cabeza iba a explotar de un momento a otro.

El vuelo de París a Madrid se le hizo interminable. Una hora y cuarenta y cinco minutos la separaban de su entorno, su familia, su casa. Parecía que el tiempo se había detenido. Las manecillas de su reloj apenas avanzaban.

Mirando precisamente la hora se fijó en su mano. ¡Cuántas veces la había pintado su madre! Comenzó a dibujarla desde que era una niña y nunca dejó de hacerlo. Para Lourdes tenían las manos una fuerza especial. Decía que estaban llenas de expresividad y, por eso, las retrataba de todas las maneras imaginables: entrecruzadas, con las palmas abiertas, con los puños cerrados...

El aire de todas sus creaciones poseía cierta nostalgia. La luz, magistralmente conseguida, le daba a sus desnudos una sensación de soledad que removía el interior de cuantos observaban su pintura.

Para Lourdes un buen cuadro nunca podía dejarte indiferente. Una buena obra debía remover lo más íntimo de la persona que la mirase. Desnudaba todo con sus pinceles porque buscaba el lado misterioso de las cosas, el alma de los seres humanos.

Llegaba feliz a casa el día que algún alumno la sorprendía. Alguno había llegado a emocionarla de tal manera que, a veces, provocaba en ella una crisis de inspiración que le impedía pintar. Hubo una vez que estuvo nueve meses sin coger los pinceles. El talento solía perturbarla, pero también le daba vida.

Un cuadro de uno de sus mejores alumnos estaba colgado frente a su cama en la habitación de matrimonio. Era pura abstracción. Solía catalogarlo como sublime y había muchos días que se la podía ver observándolo con tal admiración que parecía poseída por los rojos, negros, grises y blancos del cuadro. «Llegará lejos» —solía decir entre dientes— . Lo consideraba un artista extraordinario, un auténtico maestro inserto en la dinámica de la imaginación de la materia. Definía técnicamente su pintura como la más pura «abstracción deconstructiva automática». Ésa fue su última definición en torno a la obra que se exhibía en su cuarto con toda rotundidad, puesto que casi ocupaba toda la pared frente a su cama. Podía pasar muchos minutos mirándola y siempre encontraba algo nuevo. Parecía que el cuadro poseía vida propia. Cada día al observarlo encontraba ideas nuevas.

Gracias a todos estos recuerdos, el final del viaje fue más llevadero. El avión se disponía a tomar tierra. Había tensión en el ambiente. Durante la maniobra de aproximación a tierra no se escuchó una palabra. Los pasajeros enmudecieron. Aquellos que estaban situados en la ventanilla iban con la frente apoyada en el cristal observando todo con detalle. El resto contenía la respiración.

Fue sentir las ruedas por la pista de aterrizaje y una amalgama de voces y aplausos volvieron a escucharse en el interior del avión. Cuando el Airbus-320 rodaba por la pista de Madrid-Barajas, todos los pasajeros comentaban en voz alta el mal viaje que habían realizado.

Carmen, en cambio, no decía ni palabra. Hubiera deseado que el vuelo durara más y así retrasar el momento de ver a su madre muerta. Le resultaba imposible hacerse a la idea. Sentía que su vida se desmoronaba por minutos. Ya nada sería igual sin ella.

Lourdes organizaba su vida y la de todos. Unía a familiares y amigos en las fechas señaladas. Le encantaban los festejos, todo lo contrario que a su padre, que los aborrecía hasta el punto de ponerse malo y meterse en la cama en la mayoría de las celebraciones.

Poseía una energía y un optimismo fuera de lo común. Nunca se la veía triste. Sólo pasó una mala racha a los cuarenta y nueve años. Tuvo una crisis que no quiso compartir con nadie. En realidad, nunca se supo qué le ocurrió.

Carmen pensó que su madre no quería hacerse mayor. Parecía que tuviera permanentemente el complejo de Peter Pan. Se sentía más joven de lo que en realidad marcaba el calendario y la genética siempre jugó a su favor. Por eso, no entendía como el corazón se le había parado de repente. Estaba sana y con muy buen aspecto.

Los pasajeros fueron abandonando el avión mientras Carmen permanecía sentada. Se puso en pie cuando ya prácticamente no había nadie. La azafata le preguntó si necesitaba ayuda porque sus movimientos parecían excesivamente lentos.

Sólo llevaba un bolso de mano y un neceser. No le dio tiempo a hacer ninguna maleta. Quiso regresar a casa cuanto antes.

El autobús que iba a conducir a los pasajeros hasta la terminal del aeropuerto tenía las puertas abiertas esperándola sólo a ella. Notó la mirada de todos clavada mientras bajaba las escalerillas del avión. Seguía con la sensación de estar viviendo una pesadilla, algo irreal…

2

EL ENCUENTRO

En Madrid no llovía, lucía el sol, pero, aun así, el día amaneció muy frío. Respirar el aire gélido cortaba la garganta. Decían en las noticias que un frente de aire polar iba acompañado de una bajada espectacular de las temperaturas.

Era uno de esos días de finales de enero en los que el frío calaba hasta los huesos. Aunque el sol iluminaba la mañana, había poca gente por la calle. Y la poca que caminaba lo hacía muy deprisa.

El taxista que la llevaba del aeropuerto a casa miraba con insistencia por el retrovisor. Carmen estaba completamente desmadejada sobre el asiento. Llevaba la cabeza reclinada hacia atrás, apoyada en el respaldo. Dio la dirección de su casa: Sancho Dávila 35, y no fue capaz de añadir más palabras.

Hubo un intento de conversación por parte del taxista cuando le hizo una pregunta:

«¿Qué, de turismo o de trabajo?» Carmen se limitó a decir: «De ninguna de las dos».

El taxista estaba verdaderamente intrigado ante la presencia de una mujer tan abatida en su coche. Casi todo el recorrido lo hizo con los ojos cerrados. No hubo otro intento de conversación. El conductor optó por poner música.

A punto de llegar a casa, echó una mirada a través de la ventanilla del taxi. Encontró Madrid más triste que nunca, pero tan atascada de coches como siempre. Se preguntaba cómo la vida seguía como si tal cosa cuando su madre acababa de morir. Para ella, nada volvería a ser igual. Tenía la sensación de que, ese mismo día, había muerto también parte de ella. El mundo debería haberse parado, pero seguía girando ajeno a tanto dolor.

Recordaba que cuando era pequeña le atormentaba la idea de que su madre muriera. Pensaba que si algún día llegaba ese momento no sería capaz de resistirlo y moriría a su lado de pena. Y, sin embargo, allí estaba ella con su corazón latiendo a más velocidad de lo normal, pero con una herida imposible de cicatrizar.

«Sin Lourdes —se decía a sí misma— será muy difícil volver a reír.» Siempre encontraba un motivo para la alegría. La vida para ella era un regalo y disfrutaba de cada segundo. Un día soleado y frío como el de hoy habría sido una excusa perfecta para que saliera a la calle a pasear. El sol le daba vida y la luz optimismo. Parecía que el día había sido elegido por su madre para acompañarla en su despedida. El sol se imponía con fuerza a pesar de las muchas nubes que hacían acto de presencia.

El trayecto fue rápido desde el aeropuerto. Ya estaba frente a la puerta de casa. El quiosco de prensa presidía la esquina entre periódicos, revistas y todo tipo de vídeos y libros que se apilaban en el suelo. Aparentemente todo estaba normal, pero ya nada era lo mismo. Buscó el monedero en el bolso. El taxista dijo el importe mientras observaba con detenimiento cada uno de sus movimientos. Después de pagar, se bajó del coche y abrió la boca para decir algo ininteligible que el taxista interpretó como una despedida.

Casi no podía ponerse en pie. Le temblaban las piernas y su corazón se había desbocado. Cuando se ponía nerviosa le daban unas taquicardias que de pequeña preocuparon mucho a su madre. Hoy volvía el corazón a cabalgar con un ritmo alterado, pero ya no estaba su madre para tranquilizarla. Tenía una presión muy fuerte en el pecho, casi no podía respirar. Se le salía el corazón por la boca.

Fue dando pasos muy cortos hasta el portal de su casa. Aquí había vivido toda su vida, hasta que el año pasado su madre decidió que debía aprender a volar sola. Fue una decisión unilateral, no participaron ni su padre, ni ella. Sólo Lourdes veía patológico que las dos estuvieran tan unidas. Como dos almas gemelas.

Aunque discutían mucho. Chocaban a la mínima porque eran iguales, pero se tenían una profunda admiración. En ocasiones, parecía que existía cierta telepatía que les hacía intuir cuando una de las dos necesitaba algo. Sin embargo, en esta ocasión, su madre estaba muriendo y Carmen se preparaba para acudir a su clase de dibujo. No presintió nada. Falló la unión que había entre ambas.

El barrio estaba igual que siempre. El gris del asfalto, los coches invadiendo la acera, los bares diseminados entre las muchas tiendas de alimentación y sucursales bancarias. Observó una novedad, habían quitado una tintorería para poner un cibercafé. Internet y los juegos en la red se anunciaban frente al portal de su casa. Reconocía alguna de las caras que estaban por allí. Era un barrio de los de antes, en los que la gente se saludaba con simpatía y con curiosidad. No quería pararse. No tenía ganas de hablar con nadie, tampoco sabía si los vecinos ya conocían la noticia.

Nada más entrar en el portal, vetusto y sobrio, con un sofá de cuero marrón como todo adorno, se encontró con su vecina de piso, Áurea.

—¡Ay, hija! Cuánta pena. Sabes que llevamos aquí veintiún años, un año más de los que tú tienes, y siempre fuimos buenas vecinas. ¡Qué pena, qué pena! Ahora tú no te puedes venir abajo. Te toca tirar de tu padre.

Carmen asentía y no paraba de llorar. Estaba rota. Fue el primer abrazo. No sabía si iba a poder aguantar muchos más sin desmayarse. No podía.

—¡Anda, sube! Está esperándote tu padre. Yo me quedo aquí porque están a punto de llegar los de la funeraria. Se ha retrasado en llamarlos para que tú llegaras antes.

Subió las escaleras muy despacio. Se paró unos segundos en el primero. Ahora sí que estaba agitada su respiración. Su madre estaba un piso más arriba muerta. Se enjugó las lágrimas, respiró hondo y se dispuso a hacer la mejor representación frente a su padre.

Tenía miedo. No lo podía disimular. Sacó las llaves del bolso, pero su mano temblaba. No sabía si poseía el valor suficiente como para verla muerta. Prefirió finalmente llamar al timbre.

Se oyeron unos pasos y la puerta se abrió. Era su padre. Se fundieron en un abrazo intenso. No hacían falta las palabras. Los dos lloraban con amargura. Finalmente, con una voz muy tenue, le habló su padre.

—¡Qué rápido has venido, hija! Gracias, porque solo no puedo con esta pena.

—No te preocupes, papá. No estás solo ni lo vas a estar nunca. Yo me vengo a Madrid a vivir contigo.

—Pero si tu madre quería que estudiaras en París…

—Mamá ya no está. Todo tendrá que cambiar. Pero no es momento para hablar de eso ahora. ¿Dónde está?

—En nuestra habitación. Parece que está dormida.

—Papá, no sé si voy a ser capaz de verla.

—Yo creo que no te lo perdonarías nunca si no lo hicieras.

—Papá, es que...

—Ven.

Su padre la tomó por los hombros y la condujo hasta su habitación. Se hallaba al final del pasillo. La puerta estaba cerrada. A esa habitación había entrado miles de veces sin avisar. Los domingos, sobre todo, hasta que fue adolescente, le gustaba meterse con sus padres en la cama. Eran mañanas de zarzuela. Su padre les hacía un recorrido por *La Gran Vía, La Rosa del Azafrán* o *Katiuska* acompañado de su clarinete. Estaban en la cama hasta que decidían «el homenaje» que iban a dedicarse ese domingo. Casi siempre acababa en unos huevos fritos con patatas fritas. En esa habitación habían compartido momentos inolvidables. Ahora la puerta estaba cerrada.

—Papá, espera, por favor. Tengo miedo. No sé si voy a ser capaz de soportarlo. Sabes lo que la quería. Quiero tener el recuerdo de su imagen en vida. Si la veo ahora, la recordaré siempre así.

—Yo voy a pasar. Tú verás...

—No, papá. Voy contigo. No me sueltes, ¡dame tu mano!

Manuel movió el picaporte con la mano derecha, con la otra sujetaba la mano de su hija. Carmen cerró los ojos y según entraba fue abriéndolos poco a poco. Lo primero que vio fueron sus pies. Unos pies alargados y rígidos. Muy blancos. No fue capaz de mirar más.

Se abrazó a su padre y se echó a llorar desconsoladamente. En ese instante, sonó el timbre de la puerta.

—No, papá, no me dejes a solas con mamá.

—Pues vente conmigo, pero tengo que abrir. Seguro que son los de la funeraria.

—No, yo me quedo aquí. Te espero.

Sin mirar al cuerpo de su madre, se sentó en una silla pequeña al lado de un espejo. Estuvo con la cabeza hacia abajo y mirando el suelo durante minutos. Se levantó lentamente y se acercó a la cama. Se sentó a su lado. Ahora, desde esta perspectiva, sólo veía sus piernas y sus pies. Allí estaba su madre, tendida sobre la cama, pero no era capaz de abrazarla ni besarla. No podía.

Se echó a llorar por ese extraño sentimiento que la alejaba de ella. Alzó algo más la mirada y la vista alcanzó hasta sus manos. Se quedó parada sólo unos instantes.

Estrechó una de sus manos entre las suyas y se apoyó en ella. Todavía tenía algo de calor. No estaba fría o, al menos, eso le pareció.

—¡Mamá, mamá! Por favor, no me dejes. ¡Te necesito, mamá!

Estrechaba su mano y la acariciaba. Esa misma mano aterciopelada que tantas veces pasó por su cara ahora estaba inmóvil. La habitación todavía olía al gel de baño que había utilizado su madre a primeras horas de la mañana. Su habitación siempre olía a limpio, a hierbabuena.

Entró su padre en la habitación. Aunque se oían voces que le acompañaban, entró solo y volvió a cerrar la puerta.

—Les he pedido a los de la funeraria que nos dejen unos minutos. Sé que los necesitas y yo también.

—Papá, todavía no he podido mirar su cara.

—Pues está preciosa. Tu madre es, bueno..., era una belleza.

—¿Por qué nunca se lo dijiste así, como ahora? Siempre se quejaba de que nunca te fijabas en ella.

—Sabes que soy poco expresivo. Debes mirarla, hija, está igual que cuando dormía.

Se levantó de la cama, se abrazó a su padre y poco a poco retornó su mirada hacia ella. Comenzó de nuevo por los pies, siguió hasta las manos y finalmente observó su cara. No parecía muerta. Incluso se podía decir que esbozaba una tímida sonrisa.

—¡Mamá, mamá! —no dijo más y se echó a llorar. Volvió a la cama y se refugió en el regazo de su madre. Cogió su mano de nuevo.

Escrutaba cada centímetro de su cuerpo. No parecía muerta. Todo aquello podía ser más un mal sueño que la pura realidad. Lloraban desconsoladamente. Alguien llamó a la puerta y puso de nuevo en marcha el reloj de la vida.

—Dicen los de la funeraria que se tienen que llevar a Lourdes al tanatorio. No pueden esperar más —les explicó la vecina un tanto azorada.

—Por favor, cinco minutos nada más. Sólo cinco minutos.

Cuando se volvió a cerrar la puerta, a Carmen le entró una actividad frenética.

—Papá, hay que cambiar a mamá. Esa ropa que le has puesto no es la que más le gustaba.

—¿Pero, hija, qué más da?

—No, no da igual. Acuérdate de que mamá siempre decía que si fallecía no quería que la viera nadie que no fuera de la familia y que deseaba que los que la vieran la recordaran guapa. Ese traje que le has puesto no es el mejor que tiene.

—Carmen, relájate. Tu madre no va a la ópera. No la puedes vestir de fiesta. Está bien con ese traje de chaqueta azul marino.

—Papá, hazme caso. Vamos a ponerle el traje negro que utilizaba para las grandes ocasiones.

—Ésta no es una gran ocasión. Es la peor de todas.

—No importa, mamá tiene que estar guapa.

Carmen sacó el vestido negro que se puso en la inauguración de la última exposición que había hecho en Madrid. Estaba guapísima con él. Destacaba su pelo rubio con el oscuro del vestido.

Cuando lo compró sólo pensaba en ocasiones especiales. Seguro que lo que jamás se le pasó por la cabeza es que con él la enterrarían. Era demasiado joven para pensar en la muerte, a la que tenía tanto pánico. Por otro lado, a Carmen le quedaba el consuelo de que no había visto deteriorarse a su madre. Estaba guapa, realmente guapa.

El cuadro, el inmenso cuadro que colgaba de una de las paredes de su habitación allí estaba, fiel testigo de la despedida. Presidiendo un adiós inesperado, una equivocación del destino, un salto en el calendario.

Se preguntaba si habría algún problema que ella desconociera, alguna preocupación que hubiera roto a su madre el corazón. Se lo había preguntado a su padre y éste aseguraba que todo iba bien, que tenía las mismas energías de siempre y que nada hacía presagiar ese final.

Majestuoso e imponente, el lienzo de aquel alumno aventajado fue testigo de la última salida de Lourdes de aquella habitación. Hubo un gran silencio sólo roto por el llanto que Carmen intentó reprimir, pero que explotó de una forma rotunda en mitad del pasillo y que provocó las lágrimas de muchos de los que estaban presentes.

Fueron varios los vecinos que quisieron acompañarles en este trance. Sólo sabían pronunciar frases como: «Me parece imposible que haya muerto» o «tan joven y de una manera tan inesperada». Así, lentamente, salió el cuerpo de Lourdes de su casa. Veintiún años vivió allí. Veintiún años en los que mantuvo ese aspecto aniñado y juvenil que la había perseguido toda su vida.

Llegó con treinta y un años recién cumplidos a este bloque de viviendas, en pleno corazón de Madrid. Aunque entonces eran las afueras. El crecimiento urbanístico de los últimos años había hecho el milagro de convertir las afueras en un barrio céntrico. Encontraron un segundo piso muy soleado en el que Lourdes podría pintar. Ayudaba a la creación artística el hecho de que fuera un barrio no excesivamente ruidoso. Había chopos frondosos en todas las esquinas, casi tantos como bares, y un recinto abierto de tierra para que jugaran los niños cerca del parque de la Fuente del Berro.

Lourdes, hasta que vio a su hija en sus brazos, no tuvo instinto maternal. Sin embargo, al nacer Carmen se estableció entre ellas un vínculo que iba más allá de la unión entre una madre y su hija.

A Manuel y a Carmen les había presentado un amigo común. No fue un flechazo, no hubo química, pero sí un entendimiento desde el primer momento. Tenían gustos parecidos. Amaban la pintura, la música, y eso, nada más que eso, les unió.

Sus amigos decían que habían nacido el uno para el otro. Podían pasar por la pareja perfecta. Nunca discutían y a Manuel todo lo que organizaba o proponía Lourdes le parecía estupendo.

Ella siempre estaba riendo. Su risa resultaba muy contagiosa y sonora. Al principio se podía confundir con varias toses en cadena, pero luego no había duda, la gran explosión de su carcajada lo inundaba todo. Sus ojos se achinaban y su expresión cambiaba por completo cuando se sentía feliz y alegre.

A Carmen le venían a la memoria tantas imágenes de golpe que no podía ordenarlas. Llegaban en tropel, confundidas unas con otras. Cerraba los ojos y veía cómo la besaba su madre, cómo acariciaba su cara y su pelo. La recriminaban los amigos que fuera una madre demasiado volcada en la niña. Pero a ella le daba igual, en su pequeña siempre puso todas sus ilusiones.

Recordaba Carmen aquellas charlas en las que su madre le decía: «No puedes dejarte llevar por la rutina. Tú tienes que imponerte a la vida y vivir con pasión el trabajo, el amor, la amistad... Hay que encontrar la pasión y sucumbir a ella. Aquel que vive la vida apasionadamente nunca muere».

«Mi madre vivía por la pintura —se decía a sí misma—. Disfrutaba de la belleza y del talento. Tenía un olfato especial para saber si alguien que estaba empezando, podía ser un buen pintor. La genialidad la sublimaba hasta el punto de poder estar hablando varios días de un mismo cuadro. La llegada de aquel lienzo inmenso a su habitación, ese mismo lienzo que ahora la despedía, la tuvo durante varios días trastocada. Miraba y remiraba el cuadro. Encontraba algo nuevo siempre.» «Un cuadro nunca puede dejarte igual después de observarlo, debe provocarte un terremoto en tu interior» era una frase que Lourdes repetía en muchas ocasiones.

En Carmen se estaba fraguando algo parecido a un corrimiento de tierras. La sensación de pérdida, el nudo en el estómago y los recuerdos agolpados en su cabeza provocaban un extraño cóctel. Todo sucedía a una velocidad de vértigo.

Cuando se quiso dar cuenta ya estaban su padre y ella recibiendo a los familiares y amigos en el tanatorio de la M-30 en Madrid. Tenían asignada la sala 13, el número que siempre persiguió a Lourdes. Nació en un trece y martes. Murió en un lunes, también trece. Las coincidencias encantaban a Lourdes. «Desde donde esté, seguro que sonreirá», se decía Carmen a sí misma.

Fueron horas interminables de abrazos y llantos. Ya no les quedaban más lágrimas. Llegó un momento en el que tanto Manuel como Carmen se quedaron secos, aturdidos. Optaron por sentarse enfrente de la mampara de cristal que les separaba de Lourdes. La contemplaron como extasiados durante minutos sin decir nada y sin pestañear.

El único hermano de Lourdes, Ricardo, cuatro años mayor que ella, y Áurea, la vecina, tomaron el relevo de los pésames.

Dijeron a los amigos y conocidos que esperaran unos minutos. A los que querían pasar a la salita a contemplar el cadáver, también se lo impidieron.

—Papá —logró hablar Carmen—, yo creo que a mamá no le importaría que la vieran, aunque dijera todo lo contrario en aquella conversación macabra que tuvimos. Está muy guapa. Dejemos pasar sólo a los amigos.

—Hija, no podemos decir a unos que sí y a otros que no. A todos o a ninguno. Ésa es una decisión que yo no voy a tomar.

—No me dejes esa responsabilidad. Mamá no quería que la viera nadie después de muerta, sólo nosotros.

—Entonces, sólo nosotros.

Así se zanjó la conversación más breve que habían tenido padre e hija en las últimas horas. No pasaría nadie a mirar con curiosidad morbosa los rasgos inertes de Lourdes. Las personas muertas se quedan indefensas ante la mirada prepotente del que se sabe vivo. Un gesto que nada tiene que ver con el afecto.

Se levantaron padre e hija y volvieron a saludar a los conocidos, que cada vez llegaban más en tropel al tanatorio. Había muchos jóvenes que se acercaron a darles el pésame. La noticia de la muerte de Lourdes había caído como un dardo en el corazón de todos aquellos estudiantes a los que contagió su ilusión por la buena pintura.

Se preguntaba Carmen quién sería el hombre de chaqueta de pana y camisa negra que desde hacía un buen rato estaba enfrente de ellos. Era de complexión fuerte, moreno y de ojos oscuros. Parecía nervioso. Fumaba compulsivamente: apuraba un cigarrillo y encendía otro. No hablaba con nadie y tampoco se acercaba a darles el pésame.

Resultaba atractiva su mirada heladora y profunda. Los ojos de Carmen se cruzaron con los de él un momento. Se quedaron quietos unos segundos. Paralizados. Continuaron mirándose hasta que Carmen apartó los ojos y siguió con la conversación que había iniciado uno de los vecinos del edificio en el que vivían. De reojo pudo comprobar que el hombre misterioso seguía observándola.

Carmen y Lourdes tenían un gran parecido físico. Las dos tenían el pelo rubio y rizado, los ojos color miel y con una expresividad fuera de lo común. Las hacía diferentes la sonrisa. Carmen tenía la boca más formada, su labio inferior parecía más grueso. Por lo demás, se parecían hasta en los gestos y en la voz.

Se volvió a sentar frente al cristal que la separaba de su madre. Estaba agotada. Ya no tenía fuerzas para seguir hablando de cosas intrascendentes. Su madre yacía muerta y dentro de unas horas ya no la volvería a ver más. Quería recorrer con la mirada cada rincón de su cara, cada surco, cada lunar, cada señal...

Áurea, la vecina y amiga de la familia, paraba a todos los amigos y conocidos que querían ver con detalle el rostro de Lourdes. En un determinado momento, se sentó junto a ella. No se dijeron nada, Carmen apoyó la cabeza en su hombro.

Al cabo de unos minutos, Áurea, con voz temblorosa, empezó a hablar con ese tono característico de las confidencias.

—Niña, tengo algo en casa que es tuyo.

—¿Sí, qué es?

—Es una caja que me dio tu madre para ti.

—¿Que mi madre te dio una caja para mí? ¿Y por qué no se la dio a mi padre? No sé, no lo veo lógico.

—Me dijo tu madre que si algún día le pasaba algo, quería que tuvieras esa caja y que sólo vieras tú su interior.

—Me dejas muy confusa.

Áurea seguía hablando a Carmen en un tono confidencial.

Sabía que la caja que un día le dio Lourdes no debía caer en manos de su marido.

—No me digas qué contiene porque no lo sé. Está cerrada con llave, y la llave la tienes tú en el primer cajón de tu mesilla de noche.

—Vamos a ver, Áurea, ¿qué hay en la caja? Aunque no la hayas abierto, mi madre sí te explicaría el contenido. Estoy segura. Pero, además, ¿se encontraba mal mi madre?

—No, que yo sepa. La caja la tengo desde hace muy poquito. Y te puedo asegurar que tu madre estaba bien y su intención era vivir muchos años. Ya la conocías, ¡quería llegar a los cien!

En este punto se quebró su voz. No podía seguir hablando sin llorar. Ahora era Carmen quien abrazaba a la vecina.

—Sé que se ha ido tu mejor amiga, lo sé. Te doy las gracias por todo lo que estás haciendo, pero entiende mi perplejidad. Mi madre nunca tuvo un secreto para mí. No me puedo imaginar el contenido de esa caja. Estoy deseando llegar a casa para que me la des.

—No, hasta que no la enterremos no te la puedo dar. Fue el pacto.

—Pero ¿por qué esperar más si mi madre está muerta?

—Sí está muerta, pero yo la siento entre nosotros. Hasta que no esté enterrada no te la daré. Fue lo pactado. Quería que lo supieras por si a mi me pasara algo tan inesperado como a tu madre. La tengo en el armario de mi habitación.

—No digas eso, Áurea. No te va a pasar nada.

La conversación se interrumpió al acercarse Manuel y pedirles que atendieran a las personas que se habían acercado hasta allí. Necesitaba sentarse un rato. También estaba agotado. Esa misma mañana se levantó junto a su mujer viva y ahora estaba junto a ella muerta. Era demasiado fuerte como para poder resistirlo.

Habían estado juntos durante veintiún años, uno más de los que tenía Carmen. Se casaron tarde, para aquella época. Recordaba Manuel lo enamorado que fue al altar. Ahora las cosas entre ellos no iban como al principio. Últimamente Lourdes parecía estar ausente, perdida en su mundo de colores, pinceladas y fantasía. Nadie era capaz de saber por dónde navegaba su mente. Se arrepentía de no haber sido más expresivo, menos parco en palabras. Resultaba difícil llegar al fondo de los pensamientos de Lourdes, sobre todo, cuando tenía crisis creativas. Recordaba especialmente una hace diez años. Durante nueve meses no logró pintar ni un solo cuadro. Nadie fue capaz de saber qué fue lo que ocurrió. Nunca se lo contó a nadie. Parecía muy abierta, pero en el fondo sólo contaba aquello que deseaba que los demás supieran. Las cosas que la atormentaban, no las compartía con nadie.

Manuel la miraba a través del cristal. Tenía la mente en blanco, sólo observaba.¡Estaba tan guapa! Cuando se quiso dar cuenta, dos lágrimas caían por sus mejillas.

Las personas que estaban allí observaban a Manuel en silencio. No se oía ni un susurro. Carmen se dio la vuelta y contempló, como todos, la soledad que invadía a su padre. También dirigió su mirada a aquel hombre de negro que no la perdía de vista. Preguntó, pero nadie sabía quién era, ni a quién esperaba. Volvió a toparse con sus ojos. Un escalofrío corrió por su cuerpo.

3

LA CAJA DEL SECRETO

Corrieron veloces las manecillas del reloj. Entre abrazos y pésames llegaron al día siguiente sin haber dormido. Carmen se fue a casa para ducharse rápidamente y volver al velatorio. La sala 13, en donde estaban, olía demasiado a sudor. Era un olor que identificaba a las largas noches de anginas —cuando era una niña— con fiebre de cuarenta grados. Noches espesas de insomnio y temperatura, de delirio y pesadillas.

Su padre, en cambio, prefirió no moverse. No tenía fuerzas para irse de allí. Era su última prueba de lealtad. Resistir hasta el final al lado de la mujer que había aportado luz a su mediocre existencia. Siempre juntos, compartiéndolo todo durante veintiún años. Había una palabra que definía su relación: el cariño. Un cariño profundo basado en el respeto. Se decía a sí mismo que ése y no otro era el verdadero amor.

Sostenía la cabeza entre sus manos. Con los ojos cerrados mantenía su mente ocupada en estos pensamientos. De vez en cuando, levantaba su mirada y dejaba sus ojos clavados en el rostro de Lourdes. La noche anterior estaba viva. La muerte se equivocó y la encontró a ella preparando las tostadas del desayuno y contestando a una llamada de teléfono. Era mejor así. No sufrió, o, al menos, pensó que fue todo rápido. Cuando salió del baño ya estaba caída en el suelo y sin pulso.

Rondaban por su cabeza muchas preguntas que nadie había sabido contestar. ¿Sería todo tan rápido como le habían dicho los médicos? ¿Lo que a los doctores les parece «muerte en el acto» serían minutos y no segundos? ¿Habría sido consciente de que todo acababa? ¿Sintió de repente un dolor agudo en el pecho y se apagó la luz sin más o le daría tiempo a pensar que se moría? ¿Qué voz fue la última que escuchó a través del teléfono?

Entre tanta elucubración no se dio cuenta de que en la sala había entrado un hombre que no conocía. Fue Ricardo, el hermano de Lourdes, el que le hizo ver que no estaban solos.

—Manuel, acaba de entrar un señor que no sé si tú conoces.

Apartó su mirada de Lourdes y giró su cabeza hacia donde le indicaba su cuñado. Acababa de entrar con un cigarrillo en la mano un hombre de complexión fuerte, de ojos muy oscuros y labios gruesos. Su aspecto era de una persona joven aunque madura. Se le veía abatido.

Manuel se fue hasta él. Podía ser una equivocación. ¿Quién iba a venir a las seis de la mañana?

—¿Le puedo ayudar en algo?

Tardó en contestar. Le taladró primero con su mirada.

—Sí. Me figuro que es usted el marido de Lourdes. No sé qué decirle... lo siento mucho. Se me dan mal las palabras, yo sólo sé expresarme con la pintura.

—Muchas gracias. ¿Usted conoció a mi mujer?

Volvió a retrasar la contestación el extraño hombre de negro.

—Sí, conocí a su... mujer —la última palabra fue imperceptible, casi no se oyó.

—Gracias por venir.

Manuel no dijo más. No le quedaban fuerzas para hacer más preguntas. Tampoco tenía ganas de seguir hablando con este desconocido. Se dio la vuelta y se sentó otra vez frente a la mampara de cristal. El único lugar en donde se podía ver a Lourdes.

El desconocido abrió la puerta de forma indecisa pero luego la volvió a cerrar. Retrocedió unos pasos y preguntó en voz alta:

—Por favor, ¿podría verla?

Se produjo otro silencio en ese amanecer espeso en la sala trece del tanatorio. La respuesta tardó en llegar tanto que el hombre interpretó que aquello era un no.

Iba a girar el pomo de la puerta que daba a la calle cuando Manuel habló. Antes pensó que su mujer no quería que la viera nadie si moría. Así se lo dijo a él y a su hija en una extraña conversación que mantuvieron hace un año. El caso es que no estaba Carmen para impedirlo y a él le parecía que Lourdes estaba hermosísima.

—Caballero. Pase. Pase. No quería la familia que nadie pasara a verla, pero a estas horas estamos solos mi cuñado, usted y yo. Pienso que podemos hacer una excepción.

Aquel hombre esbozó algo parecido a una leve sonrisa. Sus ojos color azabache se iluminaron extrañamente. Apagó su cigarrillo en uno de los ceniceros que había en la sala y paso a paso se fue acercando hacia el rincón desde donde se podía verla. Se acercó tanto que se paró justo donde el cristal ya le impedía seguir avanzando. Apoyó su frente en él y contempló el cuerpo inerte de Lourdes.

Manuel se sintió extrañamente incómodo. Aquel hombre no se había conformado con verla, sino que estaba de pie frente a ella, impidiéndole a él mismo contemplarla. Lo interpretó como un atrevimiento, una falta de educación.

En esa actitud hierática se mantuvo durante varios minutos. Parecía que rebuscaba en alguno de los bolsillos de su chaqueta. Finalmente, sacó una libreta pequeña y, ayudado por un lápiz, se puso a dibujar.

Manuel ya no pudo aguantar más y con un hilo de voz se dirigió a él.

—Por favor, le pido que no lo haga. A ella no le habría gustado. Quédese con su imagen en vida. Debemos cumplir su voluntad.

Sin replicar nada, guardó la libreta pero siguió contemplándola en la misma posición. Como si quisiera que ese momento fuera suyo y de nadie más.

Manuel y su cuñado Ricardo se miraron. No podían creer lo que estaban viendo. Por si no era suficiente el dolor que tenían, ahora debían soportar las extravagancias de aquel hombre extraño, ¡era demasiado! Se arrepentía completamente de haberle dado permiso para ver a su mujer.

El hombre de negro bajó la cabeza y así estuvo un buen rato. Volvió a mirarla como el que contempla una obra de arte por última vez y, finalmente, giró sobre sí mismo y comenzó a abandonar la sala. Parecía que aguantaba las lágrimas. Apretaba sus puños fuertemente. No podía hablar. Tragó saliva y dio escuetamente las gracias sin mirarles a los ojos. Tenía una voz profunda, grave, pero parecía muy nervioso. Sin más despedidas, se fue.

Manuel se quedó muy pensativo. De repente, se puso en pie y salió corriendo tras los pasos de aquel hombre. Ricardo no entendía qué le impulsaba a buscarlo, cuando los dos estaban deseando que se fuera. Manuel no tardó en regresar con el rostro desencajado.

—¿Qué pasa? —preguntó Ricardo sorprendido.

—No, nada. Quería saber su nombre, pero no le he alcanzado.

—¿Y para eso te levantas a toda prisa? ¡Qué más te da cómo se llame! No lo vas a volver a ver en tu vida.

Aquel episodio les mantuvo entretenidos un rato. Manuel y Ricardo hablaron sobre la personalidad de ese hombre. No eran horas de visita. Sabían, por sus propias palabras, que «sólo sabía expresarse a través de la pintura». No había dudas, era pintor. Podía ser un alumno de Lourdes, pero no tenía aspecto de estudiante. No supieron desenmarañar aquel misterio, pero Manuel parecía abatido...

Áurea regresó a la sala con un termo de café con leche. Se había echado unas horas y parecía repuesta. Su presencia les hizo olvidar la extraña visita que habían tenido minutos antes. Se tomaron un café aunque estaban bien despiertos.

Carmen acudió a su casa con intención de regresar en media hora. Le dio cierto escalofrío abrir la puerta de casa y saber que se encontraba sola. Para evitar el miedo que le producía la situación, puso la radio. El ruido del locutor dando noticias le hizo pensar que tenía compañía.

Procuró ducharse rápidamente y cambiarse de ropa. No se entretuvo en nada. Su pensamiento estaba ocupado: «Mi madre ha muerto y me ha dejado una caja con un contenido que no puede ver mi padre. ¿Por qué?», se preguntaba. Todo aquello le parecía extraño, inimaginable en Lourdes, a la que creía conocer mejor que nadie.

Se puso una chaqueta y unos pantalones negros. Era un color que le gustaba y que le favorecía. Madre e hija tenían la misma talla y el mismo número de pie. Más de una vez se habían intercambiado ropa y zapatos. Decidió ponerse las botas de Lourdes. A partir de ese momento, siempre llevaría encima algo de ella. Así la sentiría más cerca.

Se levantó un viento huracanado que provocaba unos silbidos violentos en las ventanas. A Carmen los fenómenos provocados por la fuerza de la naturaleza le producían un temor enfermizo a salir de casa. Miraba a través de la ventana y veía las ramas de los árboles desnudas inclinarse a merced del viento. Todo volaba a ras del suelo en la calle, bolsas de plástico, hojas secas, trozos de ramas que se desprendían... A esas horas había muy pocas personas por la calle, pero las que transitaban parecía que iban a salir volando. El viento tenía tanta fuerza que ofrecía una gran resistencia al que caminaba en su contra.

Llamó a un taxi por teléfono. No se atrevía a salir a la calle a la aventura y menos con ese viento rabioso que se había levantado enfurecido en pocos minutos. Hizo tiempo para que llegara el taxi, perdiéndose en el estudio de pintura que tenía su madre instalado en una de las habitaciones de la casa. Había tres caballetes con tres pinturas empezadas a la vez. Una estaba más acabada que las demás. Por supuesto, eran tres cuerpos desnudos, su madre, desde hacía años, exploraba el ser humano con verdadera dedicación. Dos de ellos esbozaban a dos mujeres. Una tumbada con vaqueros y el torso desnudo, reclinada sobre una tela blanca con rayas azules. Se apoyaba sobre uno de sus brazos y con el otro se tapaba ligeramente uno de los senos. La otra pintura retrataba a una mujer completamente desnuda pero recubierta con un plástico lleno de burbujas. Mantenía una postura fetal. Sus piernas y sus brazos se tocaban. También en el rostro de la mujer había nostalgia, tristeza, pena, como en casi todos sus cuadros.

La otra pintura que estaba prácticamente acabada era de un hombre tumbado sobre una tela blanca. Su cabeza estaba reclinada hacia atrás con los ojos cerrados. Era un hombre joven, aunque respiraba madurez más que adolescencia. Esbozaba una leve sonrisa. Estaba tumbado boca arriba con una pierna ligeramente doblada. El cuerpo era perfecto. Parecía una exaltación amorosa del hombre. Cada milímetro de su cuerpo estaba minuciosamente recreado. Resultaba evidente que ese cuadro había sido constantemente retocado y parecía terminado. Aunque como decía su madre: «Una pintura nunca está acabada. Un día decides que no sigues con ella, pero podrías estar toda la vida pintando en el mismo cuadro. Siempre falta algo». Su madre, por lo que se veía, no daba por terminada esa pintura y estaba presente en mitad del estudio. Era uno de esos cuadros a los que no les faltaba un solo detalle. Cerca del hombre que yacía tumbado, extasiado, había un elemento marino, podía ser una caracola. A lo lejos, en el fondo del lienzo, estaban los pantalones caídos sobre el suelo, daba la impresión de que se los había quitado precipitadamente. No se percibían en una primera mirada porque estaban en la zona más oscura del lienzo. Todo el protagonismo del cuadro se lo quiso dar Lourdes al enigmático hombre de leve sonrisa que yacía tumbado.

Como decía Lourdes: «Cada persona entiende la pintura de forma distinta. La puerta por la que entra un cuadro está en la mirada». A Carmen le parecía que aquel hombre desnudo desprendía mucha sensualidad. Era un cuerpo más propio de Miguel Ángel que de Lourdes Zúñiga, su madre. Estaba en plena elucubración cuando sonó el timbre del portero automático. Debía de ser el taxi que venía a por ella en esa mañana de cuerpos desnudos, viento huracanado y despedidas.

Las siguientes horas se fueron atropellando unas con otras. Pasó todo demasiado rápido como para poder asimilar que aquélla era la última vez que vería a su madre. Fue consciente de ello cuando llegó el momento del traslado al cementerio. Se empezó a ir la gente con tiempo; seguir al coche fúnebre resulta una carrera imposible por la ciudad. El horario estricto del sepelio se tiene que seguir a rajatabla. A pesar de ello, pudieron alterarlo tan sólo unos minutos —su padre y ella— para entrar dentro de la sala donde estaba Lourdes. Desde el otro lado del cristal se sentía todo diferente. Había un olor dulzón e intenso a flores. Mareaba tanta intensidad de perfumes inconexos. Una orgía de aromas inundaba el pequeño habitáculo donde se encontraba el cuerpo de Lourdes. Era el momento de cerrar definitivamente la existencia y enterrar la muerte.

No hay dolor más intenso que ése: el del último beso, la última caricia, la última mirada, la última verdad confesada en voz alta, el último te quiero... El desgarro interior es total. Con el ser querido se va algo de uno mismo para siempre. Lloramos amargamente porque somos conscientes de que la pérdida es irreparable y porque, de alguna manera, se echa tierra a una parte importante de nuestra vida.

Carmen grabó en su cerebro todos y cada uno de los sonidos que fueron apareciendo según transcurría el entierro. Los rezos, los llantos, la madera rozando con la tierra, las flores cayendo sobre el féretro, las paladas... Cerró los ojos, ya no tenía fuerzas. Su corazón —como siempre que los nervios podían con ella— empezó a latir con fuerza. Empalideció súbitamente. Se apoyó en su padre porque parecía que iba a desmayarse. Áurea sugirió que había que llevársela. No hubo más pésames. Todos lo entendieron.

No era capaz de recordar quién la había acompañado. Sólo se acordaba de su padre, su tío y su vecina. No recordaba a nadie más. Todas las caras se desdibujaron. La sensación de vacío se apoderó de ella.

Cuando fueron a casa y entraron por la puerta, notaron una soledad inmensa ceñida a su estado de ánimo. Todo recordaba su ausencia: los tulipanes abiertos, los marcos de fotos distribuidos por todas partes, el olor a óleo que había en la casa, los cuadros que inundaban las paredes, la nevera todavía con la comida que ella había comprado, sus zapatillas a los pies de la cama, la bata colgada de la percha de la puerta, su cepillo de dientes, el olor a limpio… Daba la impresión de que fuera a llegar en cualquier momento.

Callados y en silencio, los dos cayeron rendidos en el sillón del comedor. Durante varias horas estuvieron con los ojos cerrados, uno apoyado en el otro y sin decirse nada, padre e hija.

Finalmente, se levantó Manuel y con una manta tapó a su hija. Sin hacer ruido, se fue a su habitación. Era como si la vida se hubiera paralizado y no encontrase motivo para seguir hacia delante.

Después de un rato adormilada y con ganas de despertar de un mal sueño, Carmen sintió la necesidad de recibir el legado de su madre. Esa herencia secreta que no debía conocer nadie más que ella.

Ni tan siquiera se arregló, se dirigió a la puerta de la calle y llamó al timbre de Áurea. No tardó mucho en abrir. Con el mismo misterio que le comunicó que tenía algo para ella y sólo para ella, le preguntó si estaba sola.

—Sí, mi padre está en su habitación y no creo que salga rápido. Está agotado. Bueno, estamos agotados.

No hizo falta decir nada más. La vecina apareció con una caja de madera clara que tenía aspecto de cofre. Era muy bonita, con incrustaciones en maderas de distintos colores.

—Te doy algo que no debes olvidar que es para ti y para nadie más. Un secreto hay que mantenerlo siempre. No lo olvides, Carmen.

—A lo mejor no hay tal secreto y sólo son recuerdos de mi madre. Quizás está injustificado tanto misterio. Bueno, ¿dónde me dijiste que estaba la llave?

—Me dijo tu madre que se encuentra en tu mesilla de noche. En el primer cajón. Está en una cajita de pendientes. Se trata de una llave pequeña pero muy curiosa, redondeada en su parte superior. ¿Quieres que te acompañe y así no estás sola?

—No, gracias. Oye, ¿sabes que pesa?

—Un beso, niña. ¡Llámame si me necesitas!

Cerró Carmen con la pierna. Sujetaba la caja con los dos brazos. Se fue como pudo hasta su cuarto y, una vez allí, echó el cerrojo. Apoyó la caja sobre la cama. La miraba con misterio por todos sus ángulos. Al cabo de unos segundos se decidió a abrirla.

—Está bien, mamá, si ésta es tu voluntad, voy a ver qué quieres que sepa —dijo en voz alta mientras buscaba en su primer cajón la llave misteriosa.

No hizo falta rebuscar mucho. Debajo de unos papeles apareció una cajita blanca, cuadrada, que hacía tiempo debió de haber albergado unos pendientes. Allí estaba la llave dorada, envuelta en un misterio que iba a ser desvelado. Era pequeña y se introducía con cierta dificultad en la cerradura del cofre de madera. Hizo varios intentos pero no se abría. Al final, optó por introducirla de forma perpendicular al ojo central de la cerradura. Notó que la llave encajaba en una especie de diente interior. Sólo tuvo que girar y la cerradura cedió.

Encontró una carta encima de aquella herencia que sólo podía caer en sus manos. Echó un primer vistazo y descubrió una amalgama de recortes de prensa, otra carta manuscrita, dos diarios y cajitas desordenadas, apoyadas y apiladas unas en otras. Había también una bufanda de lana verde. No entendía el misterio de aquel legado. Se llevó la bufanda a la cara, cerró los ojos y se paró a olerla. Carmen se acercaba todo a la nariz. Era un sentido que tenía muy desarrollado y, a la vez, una manía de querer interpretarlo todo primero a través del olfato. La bufanda olía vagamente a vainilla. Se la puso en el cuello y siguió con curiosidad sacando todos los objetos que se encontraban desperdigados por el cofre. Había unas cuantas fotos de Lourdes junto a otras personas. No parecían esconder ningún secreto. Daba la impresión de que todo aquello no poseía más halo misterioso que el del recuerdo.

Un tanto desinflada después de tanta curiosidad, se tumbó en la cama y cogió la carta. Estaba escrita a mano. Comenzó a leerla.

Querida hija:

Me resulta especialmente difícil dirigirme a ti sabiendo que yo ya no estoy contigo, a tu lado. Cariño, sabes lo mucho que te quiero y lo importante que siempre has sido en mi vida. Por favor, no lo olvides nunca. Si he cometido torpezas, espero que me perdones. Las grandes decisiones que me he visto obligada a tomar en los últimos años, ten la completa seguridad de que han sido pensando en ti. De no haber sido así, yo le hubiera dado a mi vida otro rumbo.

No sé por dónde empezar, quizás por el final. Tengo un gran sentimiento de culpa. Creo que no he sido honesta con tu padre, ni contigo, ni conmigo misma por hacer caso omiso de los dictados de mi corazón. Siempre he hecho lo que era conveniente a cada momento, casi nunca lo que deseaba hacer.

Te cuento todo esto porque necesito tu perdón. Tú siempre fuiste transparente conmigo. Me contabas todo lo que ocurría en tu vida. Eras un maravilloso libro abierto. Yo, en cambio, te abrí mi corazón a medias. Sólo a medias. Tuve miedo de que no me comprendieras y mi confesión te alejara de mí. Tu incomprensión me hubiera vuelto loca.

Yo te he necesitado tanto como el aire que respiro. He mirado por tus ojos, he tocado a través de tus manos. Has sido como mi reencarnación. Si ya estoy muerta, te preguntarás, qué necesidad tengo de contarte algo ahora, si en vida no encontré el momento. He dudado mucho si llevármelo conmigo para siempre o compartirlo contigo, amor mío. Finalmente, me he decidido a mostrarte mi verdadero yo. Necesito descargar sobre tus hombros mi culpa. No he sido sincera con tu padre. Cariño, he sido una cobarde porque cuando descubrí el amor de verdad, no fui capaz de retenerlo y pelear por él. Llegué a tocar el cielo con mis manos pero decidí quedarme con el infierno de la ausencia. Hace unos años tomé una decisión y nunca supe si fue la correcta. Lo que sí sé es que renuncié a la felicidad.

En este párrafo Carmen se echó a llorar. Estuvo un buen rato llorando desconsoladamente. Su madre, que reía por todo, que parecía que su mirada optimista presidía su vida y lo eclipsaba todo, le decía que «había renunciado a la felicidad». Cómo era posible que fuera tan cruel comunicándoselo a ella. Hubiera preferido que jamás se lo hubiera confesado. ¿Por qué le dejaba esta carga innecesaria para seguir viviendo? Lourdes, desde el reino de los muertos, descansaba en paz, pero a ella le había dejado con una inmensa inquietud para el resto de sus días. Tuvo la tentación de abandonar la lectura de aquella carta pero… continuó.

Lo que sí sé es que renuncié a la felicidad. Los únicos momentos de luz y el motor para seguir viviendo han sido tuyos. Sólo tuyos, Carmen. Me hacían olvidar que mi corazón estaba en otro lugar y junto a otra persona de la que nunca te he hablado. Siento rubor al contarte ahora estas cosas. He tocado el cielo, mi niña, y quiero que tú consigas alcanzarlo y zambullirte en él como yo no he sabido hacer.

No creas que estoy triste. He conseguido saber lo que es sentir amor. Verdadero amor. Estoy segura de que muchas personas llegan al final de sus días sin saber ni tan siquiera lo que es.

Nunca pensé que dejaría leer a nadie mis diarios. Pero quiero que los leas, Carmen, porque, desde hoy, tú eres yo. Sólo escribí dos, cuando acabé el segundo no quise continuar. No tenía sentido que lo hiciera. Tomé la decisión más dura, pero también la más fácil socialmente: renuncié al amor y me abracé a mi imagen de mujer fiel y abnegada. Me convencí a mí misma de que era lo correcto. Fui una cobarde.

Mi papel de madre sí fue sincero. Ahí fui auténticamente yo. Cuando te besaba, te besaba a ti, mi niña. Cuando te acariciaba era a ti, cariño mío. Me iluminaste al nacer.

Diste sentido a una vida que empezaba a quebrarse. Durante muchos años mi existencia la eclipsaste tú. Fue verte nacer y mi vocación por la pintura, por el arte en general, ocupó un segundo plano. Te preguntarás por qué no menciono a tu padre. No me atrevo. Me siento mal. Sé que él me ha querido siempre a su manera, sin grandes expresiones de amor, sin palabras, sin pasión. Él es así. Un buen hombre, un buen padre. No puedo decir lo contrario. Pero yo no me sentía feliz. Me faltaba algo. Estaba sumida en una profunda soledad.

La soledad en compañía es terrible. Yo la llegué a sentir muy dentro. Tenía un gran vacío en mi interior. La sensación de estar enterrada en vida. Sabía lo que iba a ocurrir al día siguiente, al otro, un mes después y, si me apuras, siempre. Me atormentaba el hecho de que la vida pasara muy deprisa y yo no supiera bajarme en marcha de ese ritmo monótono y cansino. Tenía que escapar de alguna manera. Pero no sabía cómo.

Un día, sin yo buscarlo, surgió el milagro. Algo que yo daba por perdido en mi existencia ocurrió. Fue probablemente su sonrisa o quizás sus ojos color azabache o aquel beso robado que cambió el curso de mi vida. No lo sé. El caso es que empecé a sentir que la sangre fluía por mis venas, que el sol lo iluminaba todo, que los árboles se movían al son de su música y que hasta las noches tenían sentido.

Quiero que leas las páginas más íntimas de mis diarios. Te voy a conducir por un camino tortuoso pero lleno de vida. ¡Léelo para que no te conformes con simplemente vivir! No te equivoques como yo. ¡Carmen, busca tu camino! La vida es maravillosa, pero en colores, no en blanco y negro. No me tengas rencor por abrirte los ojos a la verdad. Mi verdad.

No me olvides en tus pensamientos. Así siempre estaré viva en ti. Te adoro. Te quiero muchísimo. Yo no me moveré de tu lado. Espero que me perdones.

LOURDES

Carmen acabó la carta ávida de más confidencias. Necesitaba saber quién era ese otro hombre que había dado sentido a su vida. Tenía los ojos llenos de lágrimas que brotaban compulsivamente. No había notado nada en el comportamiento de su madre que le hiciera pensar que en su interior algo no funcionaba. «¡Parecía tan feliz!», se decía una y otra vez.

Oyó unos pasos por el pasillo. Era su padre, que se dirigía a su habitación. Se quitó la bufanda verde y guardó todo como pudo en el interior del cofre. ¿Dónde lo escondería? Echó un vistazo rápido y pensó en su armario, ya que podía cerrarlo con llave. Allí lo guardó.

Su padre llamaba a su puerta y preguntaba extrañado qué es lo que hacía.

—Hija, ábreme. ¿Qué te ocurre?

—Nada, papá —contestó nerviosa mientras abría la puerta—, estaba adormilada y por eso no te he abierto.

—¿Quieres algo de comer?

—Papá, no tengo hambre. Voy a seguir en la cama. Necesito dormir.

—Bueno, yo me voy a preparar un vaso de leche y también quiero acostarme ya.

Le dio un beso y se fue lentamente a la cocina. Observó a su padre y le vio más envejecido que nunca. Se preguntaba qué pasaría por el interior de su cabeza. Parecía desolado. En tan sólo unas horas, los años se le habían echado encima hasta el punto de parecer mucho más viejo. Las ojeras remarcaban sus ojos irritados y los surcos de su cara estaban más pronunciados.

Volvió a cerrar la puerta, se aseguró de que el cerrojo estuviera bien echado. Sacó el cofre del armario y comenzó a leer el primero de los dos diarios. Era bastante grueso y de pastas duras. Un enorme lazo rosa lo cerraba como todo sistema de seguridad. Estaba dispuesta a convertirse en el único testigo del secreto mejor guardado.

4

EL COLOR

En las primeras hojas del diario Lourdes hablaba de pintura. Estaba fascinada, eclipsada por un encuentro casual. A veces, las pequeñas cosas provocan una gran revolución interior. Daba la impresión de que había descubierto el color en su vida. Carmen decidió zambullirse en aquellas páginas escritas a mano.

«Comienzo a escribir este diario eufórica. Llena de ilusiones. Pensaba que la vida no me iba a proporcionar ninguna sorpresa, pero me equivoqué por completo. Tengo necesidad de gritar a los cuatro vientos que cuando me miró a los ojos se produjo en mi interior algo parecido a un terremoto. ¡Estoy viva! ¡Estoy viva! No pensé que volvería a sentir mi pulso acelerado. He conocido a un hombre muy especial. Tan sólo he compartido unas horas con él. No sé cómo describirlo. Santiago Bari no es un hombre corriente. Me resulta muy atractivo. Posee una de las miradas más atrayentes que he visto en mi vida. Al hablar, clavó su mirada en la mía. ¡Fue un instante irrepetible! Se acercó a mí, todavía no sé muy bien por qué. Tiene treinta y cuatro años, aunque aparenta más. Tengo la impresión de que él también ha sentido lo mismo que yo al vernos por primera vez.

Me lo presentó un buen amigo mío pintor, Gerardo Pau, que exponía en la galería Estiarte. Fue pura casualidad que yo pudiera ir a la inauguración. A veces pienso que el destino todo lo enreda. Decidí a última hora acudir y me alegro de haberlo hecho.

—Lourdes, te presento a Santiago Bari. Uno de los nuevos talentos de la pintura que tenemos en este país. Quería conocerte. Parece ser que le has eclipsado al entrar por la puerta de la galería. Os dejo, que tengo que seguir con mis invitados.

Gerardo no dijo más. Se fue y allí nos quedamos frente a frente dos extraños a los que sólo nos unía la pintura. Santiago tomó en seguida la palabra.

—Eres la única persona con luz de todas las que están aquí.

Dio un sorbo a su copa de vino y me echó una sonrisa de complicidad que me puso nerviosa. No supe qué contestar. Me eché a reír y, como pude, empecé a hablar de la obra que se exponía allí.

—No sé qué opinas, pero la pintura de Gerardo me parece muy enigmática e inquietante. Tiene mucha influencia de las pinturas negras de Goya. ¿No crees?

Santiago no miraba a las pinturas. Me miraba a mí. Era una situación muy violenta. Volvió a hablar.

—Lourdes, me ha dicho Gerardo que das clases en Bellas Artes.

—Sí, soy catedrática del departamento de pintura. ¿Por qué me lo preguntas?

—¿Das clases fuera de la universidad?

—Pocas, pero alguna doy.

—¿Querrías darme clase a mí?

Se hizo un silencio. Lourdes no sabía qué debía contestar porque le turbaba mucho la mirada de Santiago. Su actitud desafiante y su sonrisa.

Sobre todo, su sonrisa.

—Yo doy clases a estudiantes —contesté—, a personas muy jóvenes. No me siento capacitada para darte clases a ti. No sé qué puedo aportarte.

—Conocimiento. Yo soy autodidacta. Nunca he creído en los títulos pero sí en el conocimiento. Tengo treinta y cuatro años y necesito conocer a fondo a los clásicos a través de una persona que como tú me lleve de la mano hasta ellos.»

No acababa de entender el interés por los clásicos de este pintor, siete años más joven que ella, y que ya empezaba a ser conocido entre la profesión.

«—Si no te has querido acercar hasta ahora y no has necesitado a los clásicos, ¿por qué este repentino interés?

—Las cosas surgen en el momento oportuno. Nunca antes. De todas formas, siempre he tenido interés por el conocimiento. Otra cosa es que ahora quiera estudiar a los clásicos más a fondo.

Me explicó, sin dejar de mirarme a los ojos, que a los diecisiete años quiso estudiar Bellas Artes, pero su padre le dijo que "se sacrificaba a pagarle una carrera que le hiciera un hombre de provecho: médico, arquitecto, veterinario. Lo otro —lo de Bellas Artes— era estupendo como afición, pero nada más".

—¿Y qué pasó? —le pregunté.

—Que me puse a trabajar al día siguiente de esa conversación. No quise estudiar ninguna carrera. No quería ser un hombre de provecho tal y como lo entendía mi padre.

Me estuvo relatando todas las experiencias de esos primeros años hasta que se decidió, no hace mucho, a coger el pincel y atreverse a vivir de su pintura. De forma repentina desapareció la galería de arte, las personas que nos rodeaban comenzaron a difuminarse, como si formaran parte de un lienzo en el que no tenían rostro. Sólo existíamos él y yo. Nadie más.

—Empecé de botones en una empresa de construcción —continuó relatándome—. Les hice gracia a mis jefes porque, como hijo único que era y un poco "gilipollitas", iba con mi chaqueta y con mi corbata a trabajar. Vestía más elegante que el jefe. Me enrollaba a hablar con todo el mundo y caí bien en seguida. A los dos días, me trasladaron a una promotora que tenían para vender plazas de garaje y pisos que estaban construyendo, en las afueras de Madrid: en Fuenlabrada, Pinto, Móstoles... Estuve allí un año. Mi jefe era un tipo absolutamente demencial y genial a la vez. Yo sólo recibía a la gente que venía con alguna pega.

Me explicó con todo lujo de detalles aquellos comienzos nada creativos para un hombre que acabó siendo artista. Estaba preocupada por la hora, pero no me atrevía ni a mirar el reloj. Me era imposible apartar la mirada de la suya. Seguí escuchando atentamente a aquel pintor magnético y atractivo que de repente me contaba su vida.

—Veo que con aquel jefe utilizaste la misma técnica que conmigo: la labia.

Se echó a reír de una forma tan sonora que se acercaron varios conocidos a ver qué es lo que pasaba. Santiago les despachó rápido.

—Os pido privacidad. Le estoy haciendo a Lourdes una propuesta completamente honesta.

Uno de ellos, en el mismo tono de broma, le contestó: "¡Qué raro, viniendo de ti!". Todos se rieron y continuó con su relato.

—La gente cree que soy un caradura, pero no te lleves esa imagen de mí. Soy muy tímido, y de puro tímido, me pongo nervioso y parece que me como el mundo. Puede ser una pose porque he aprendido a ser otra persona. Puedo convertirme en el rey de una fiesta, muriéndome de timidez por dentro.

—Me tienes despistada. No sé cómo eres.

—¿Yo? Lo que soy es insoportable.

Volvió a echarse a reír. Estaba eufórico. Esa actitud un tanto desafiante me hizo reaccionar con una afirmación sobre su personalidad.

—Me da la sensación de que ejerces de artista a todas horas.

—No te equivoques conmigo. Piensa que durante muchos años no he podido vivir de la pintura y he tenido que trabajar en otras cosas paralelas. Siempre me he visto obligado a cultivar una doble personalidad. He tocado tierra muchas veces, lo que impide que el ego se me suba. Tampoco me gusta ir disfrazado de artista, ni venderme a los demás como tal artista. Mira, en ocasiones, cuando la gente se presenta: "Yo soy médico o yo abogado", de repente llega mi turno... y yo no sé qué contestar. Me limito a decir que no sé qué soy.

—Pero eres artista, Santiago. Se nota en todos tus gestos, en tu manera de comportarte.

—No es que me avergüence de serlo. Al revés, estoy encantado de ser quien soy, pero no me interesa venderme directamente como artista. Hay otras cosas en mi personalidad. Yo puedo hablar de cualquier tema. No tengo por qué estar todo el día hablando de arte. Ahora que, si me hacen hablar de arte, ya... se jodieron. Avasallo y entonces acaban yéndose a otro tema. Puedo aburrir hablando de pintura.

Santiago tiene algo que me fascina: no tiene prejuicios. Posee una frescura fuera de convencionalismos. Además, me mira de tal forma que parece estar retándome a algo desafiante.

—¿Ahora vives de la pintura exclusivamente?

—Sí, me costó dar el paso.

—¿No estabas muy convencido de que se podía vivir de esto?

—Tampoco lo estoy ahora. Lo que ocurre es que llegó un momento en el que tenía que decidirme. Después de la mili me puse a trabajar en un hotel y allí estuve cinco años. Organizaba banquetes para congresos, bodas, reuniones y convenciones. Allí me encontré con un cabezón, muy mala persona, un personaje que me enseñó mucho. Sabes que las experiencias malas son las que te enseñan más en la vida. Como soy muy rebelde, no aguanté a ese tipejo y a los tres años anuncié que me iba. Fueron los propios directivos del hotel los que no me dejaron ir. Decidieron pasarme al turno de noche. Durante dos años estuve en la recepción y en los teléfonos. Aprovechaba que a esas horas dormía todo el mundo para dormir algo yo también. En realidad, era el único rato que descansaba. El resto de las horas, pintaba. Un buen día me harté y, sin más, me largué de allí. Para entonces la pintura se había apoderado de mí y los otros trabajos se fueron esfumando. ¡Pero ése es un capítulo que te contaré en otro momento! Ahora háblame de ti. ¿Estás casada?

—Sí —no quise añadir nada más.

—¿Por qué será que todas las mujeres interesantes estáis emparejadas? Sin embargo, tus ojos me dicen que no eres feliz.

—Si te fías de mis ojos, te puedes equivocar. Soy miope.

Nos echamos los dos a reír. Era evidente que habíamos conectado en ese difícil mundo de los sentimientos. Dicen que el desencadenamiento de un flechazo tiene que ver con la situación de alta intensidad emocional en la que se desarrollan los hechos. Y en aquel momento había alto voltaje.

Se empezó a marchar la gente de la inauguración, pero allí seguíamos Santiago y yo. Aproveché un momento que se acercó Gerardo a hablar con nosotros para retirarme y llamar a casa. Eran las diez de la noche y hablé con Manuel. Estaba preocupado por mi tardanza. Le expliqué que había acudido a la exposición de mi amigo Gerardo y que me había entretenido más de la cuenta. Le pedí que preparara una sopa rápida y un sándwich a la niña. No entendía nada, porque sabía que era difícil retenerme, por muy interesante que fuera lo que estuviera haciendo, si Carmen estaba en casa. Pero aquel día era especial. Muy especial.

Regresé al lugar donde me esperaban Santiago y Gerardo y ya simplemente zanjé la conversación despidiéndome de forma rápida. Santiago con su mirada me pedía que me quedara, estaba clarísimo. Gerardo, en cambio, lo entendió.

—La niña, ¿verdad? —me dijo—. No te preocupes. Muchas gracias por venir.

Asentí con la cabeza sin pronunciar una sola palabra. Le di dos besos a Gerardo y le extendí la mano seguida de dos besos a Santiago. Me llegó el olor de su colonia, vainilla con algo más que no sabía identificar. Entre la autoridad y el dulzor acaramelado. Tenía mi mano entre las suyas y creí morirme. Me recorrió un escalofrío por todo el cuerpo. Seguí muda. Cuando pude desenredarme de su mano, me despedí con el gesto que hacen los niños cuando dicen adiós. Abrí y cerré los dedos varias veces. Cuando estaba saliendo de la galería miré hacia atrás. Volví a encontrarme con la mirada de Santiago, que no perdía detalle de ninguno de mis movimientos. Le sonreí. Me devolvió el gesto. Pensé que me iba a desmayar allí mismo.

Según volvía a casa no podía olvidar su voz profunda, sus ojos, como dos imanes pendientes de los míos, su sonrisa sensual y sus manos, que tenían electricidad. Eran manos alargadas, parecían salidas de una pintura de El Greco.

Este encuentro me ha devuelto la ilusión pero, a la vez, me ha trastocado la vida. Ahora tengo curiosidad por todo lo relacionado con él. ¿Vivirá con alguien? Necesito saber cómo es su pintura. Me hizo una proposición: darle clases. ¿Debería llamarle para decirle que sí, o excusarme y responderle que no?»

Esta pregunta era la última frase que recogía el diario. Carmen no salía de su perplejidad. No parecía su madre la que relataba el encuentro con el pintor. De no haber sabido que era ella, hubiera pensado que se trataba de una adolescente. Se preguntaba si Santiago sería el origen del secreto que guardó su madre estos últimos años y si su foto sería alguna de las que se encontraban en el cofre.

Con curiosidad las miró todas. Había una en la que salía su madre muy sonriente al lado de un hombre que miraba a la cámara con asombro. Como si el autor de la foto y él se acabaran de encontrar. Había algo entre sorpresa e hilaridad. Por otro lado, no le veía a ese hombre nada que le hiciera especial. ¿Sería Santiago? Era más alto que su madre y la sujetaba por el hombro. Lo cierto es que le sonaba su rostro.

—Yo he visto esta cara antes —se repetía machaconamente.

¿Dónde se habrán sacado la foto? Parecía un espacio al aire libre, como un parque. Por la indumentaria de ambos, podía ser primavera cuando fue hecha. Además, la exuberancia de los árboles delataba la estación. Carmen hubiera dado dinero porque la foto revelara más datos. Estaba algo borrosa y no se veían con nitidez los rostros. La volvió a introducir en el cofre.

De nuevo la lectura del diario se apoderó de Carmen. A través de sus páginas trascendía que Lourdes estaba nerviosa ante la ausencia de noticias sobre Santiago. Se recriminaba por estar comportándose como una chiquilla y no poder dejar de pensar en él.

«He leído en un libro, que ha caído en mis manos, que el amor nace como una obsesión: "En el amor apasionado, la ansiedad desempeña un importante papel porque los amantes no desean otra cosa más que encontrarse. Se produce un pequeño terremoto neuroquímico y hormonal que altera el organismo". Es evidente que yo tengo un "pequeño terremoto" que no sé qué pilares va a derribar en mi vida. No puedo apartar de mi mente sus ojos, su sonrisa, su boca, sus manos. Voy a mis clases y pienso en él, estoy con Manuel en casa y sigo pensando en él. El único momento en el que mi mente se libera es cuando estoy con Carmen. Junto a ella descanso de tanta angustia. Mi niña consigue curar este "mal" que ya dura dos días.

Tengo que hacer un esfuerzo para borrarlo. Me da miedo, vértigo mi comportamiento. ¿Qué me está pasando? Yo nunca he sentido esto por Manuel. ¿Cómo explicarlo? Mi marido y mi hija son lo primero, les quiero con el alma. No deseo perderles, por supuesto. Solamente siento una enorme curiosidad por ver qué pasa si le vuelvo a ver. Nadie me ha mirado como él, ni Manuel cuando éramos novios. Me acuerdo constantemente de su mirada y de su sonrisa. ¿Por qué me tiene que pasar esto justo ahora? Yo estaba bien con mi trabajo, con mi vida. Y, de repente, se tambalea todo por algo que no existe. Desconozco su personalidad y qué piensa de asuntos fundamentales, ni tan siquiera sé si lo admiro a través de su pintura. Es algo mucho más primitivo que todo eso. Me atrae como si fuéramos polos opuestos. Un beso suyo derrumbaría mi mundo pero, a la vez, deseo que ocurra.

Tengo la impresión de que me estoy metiendo en un terreno pantanoso. Le llevo siete años. ¡Siete! ¡Soy una vieja a su lado! ¿Qué pensará de esa diferencia de edad cuando se entere de mis años? El caso es que no parece tan joven. Se nota que la vida le ha tratado duramente. Yo creo que los años que le llevo son imperceptibles. Al menos, eso quiero pensar.

¿Por qué no me llama? No le di el teléfono, pero tiene muchos caminos, a través de amigos comunes, para enterarse.

¡Me estoy volviendo loca!»

Carmen, leyendo el diario de su madre, estaba descubriendo a una nueva persona. No parecía ella, siempre tan equilibrada y mesurada en todo. Daba la impresión de que había enloquecido. Lourdes estaba idealizando la imagen del pintor que acababa de conocer. Sólo lo había visto una vez y ya pensaba que aquel encuentro le podía cambiar la vida. De todas formas, recordaba que su madre era muy intuitiva y que con un solo vistazo se hacía una idea muy aproximada de cómo podían ser las personas.

Pintar cuerpos desnudos le había hecho adquirir un amplio conocimiento del ser humano. De la sola contemplación de las formas, de la posición de las manos, de los ojos y de su mundo interior, de la configuración de la boca... todo eran señales para ella. Solía decir que no había mejor carné de identidad que el cuerpo y los ojos, la única verdad de las personas. Todo lo demás se podía tapar o camuflar, pero los ojos le parecía que ponían en evidencia a los asesinos, a los mentirosos, a los zafios, a los mediocres, a los enamorados, a los solitarios, a los infelices y a los torturados. Los ojos delatan a las personas. Una sonrisa puede engañar, pero una mirada nunca. Es la única ventana por la que podemos asomarnos al interior de las personas. Lourdes tenía su particular visión del mundo y así se lo transmitió a su hija.

Carmen necesitaba continuar con la lectura del diario para saber cómo había resuelto su madre la situación. Se metió de lleno en el relato. Quedó atrapada en el mundo de sentimientos y afectos que envolvieron a su madre hasta el punto de transformarla en otra persona distinta a la que había conocido.

«Estoy un poco más tranquila. He procurado olvidar el encuentro con Santiago. Es lo mejor para todos. No tiene sentido que me ilusione y me pierda en un sueño inexistente.

Sinceramente, no entiendo qué me pasa. Saludo a un hombre más joven que yo, que comparte mi vocación, y ya me pierdo en un mundo de sensaciones que creía muertas. Su forma de mirarme a los ojos y sus manos cuando cogieron la mía han despertado en mí un volcán que estaba apagado. Tampoco recuerdo si alguna vez ha estado en erupción. Mi relación con Manuel siempre ha sido desde la serenidad, el respeto, el cariño. La afinidad de pensamiento. Dicen que son los pilares auténticos sobre los que se tiene que basar una relación.

Yo no quiero complicarme la vida. Estoy contenta de que no me haya llamado Santiago porque el tiempo pone las cosas en su sitio. La verdad es que me río por no llorar, al analizar mi reacción de colegiala ante un hombre atractivo que me mira a los ojos.

Creo que resulta patético que, a mis cuarenta y un años, haya reaccionado peor que una joven de veinte. Todo esto debe de responder a la famosa crisis de los cuarenta porque, de otra manera, no tiene explicación.

He procurado trabajar más de la cuenta estos días. Me he encerrado en el estudio: yo sola con mi pintura. La actividad ha sido frenética. Me he sorprendido a mí misma añadiendo más color a mis lienzos: azules, amarillos, rojos muy intensos. De todo lo que he sentido en estas últimas horas, he sacado una conclusión, y es que tengo que añadir color no sólo a mi pintura, sino a mi vida.

Estoy pintándome desnuda de cintura para arriba. Tumbada boca abajo, vestida tan sólo con unos vaqueros. Reconozco que los ojos que me he dibujado no me gustan. La tristeza parece haberlos invadido, delatan un profundo vacío en mi interior. La sensación de que la vida pasa demasiado rápida se ha colado entre mis pensamientos. Noto como si ya supiera lo que va a ocurrir mañana, pasado mañana y al otro. ¡Eso me aterra! La monotonía me mata.

Quizás un viaje con Manuel y con la niña no me vendría nada mal. Voy a ver si lo puedo organizar.»

Carmen estaba siendo testigo de la pelea interior que tenía su madre consigo misma. Tampoco le gustaba el conformismo y la abnegación que transmitían sus palabras en el diario. Se sentía culpable simplemente por estar viva.

Comprobó que Lourdes no solía acompañar sus escritos con fechas. Aunque hizo sólo una excepción.

«Madrid, 1 de febrero de 1995

Estoy nerviosa porque me ha llamado Gerardo y me ha dicho que nos va a invitar a varios amigos, después del éxito de su exposición. ¡Ha vendido todos los cuadros! No me he atrevido a preguntarle por Santiago. ¿Estará entre los invitados? Me siento abochornada ante la posibilidad de que alguien intuya el pensamiento que durante tantos días me ha atormentado. Y si está, ¿qué hago, le rehúyo o me siento a su lado?

Lo cierto es que tengo muchas ganas de volver a verle. Si no estuviera en la comida, le preguntaré a Gerardo por él. Necesito saber todo sobre su vida. No se me ocurrió el día que nos presentaron, al menos, preguntarle por su pintura. Tampoco él se interesó por la mía. Fue todo más a nivel de piel y de sentimientos.

¡Hemos quedado mañana!»

Carmen inmediatamente se fue a la página siguiente. Quería saber cómo se habían desarrollado los acontecimientos en esa comida. Por supuesto, había referencia a ella en el diario.

«Cuando acudí a la cita no había nadie conocido, tan sólo Gerardo. Reconozco que me desinflé. No recuerdo ni qué pusieron de comida. No tenía hambre. Además, empecé a marearme, a sentirme mal.

Yo creo que estuve todo el almuerzo con sentimiento de culpa. "No debía haber venido", me repetía machaconamente en mi cabeza. No tenía nada que ver con las personas que allí estaban. Intenté disimular con el comensal que estaba a mi derecha y que no hacía nada más que hablarme de un caso que había escuchado en la televisión. Un hombre que después de ser marqués se había convertido en mendigo. Parecía una novela o más bien un culebrón de la propia televisión.

En cuanto pude, me excusé y me fui al baño. No podía creer lo que me estaba ocurriendo. Una comida que no tenía para mí ningún interés, y como una mema había dejado colgada una de mis clases con uno de mis mejores alumnos. "¡Estás loca de remate!", me decía mientras me miraba al espejo.

Lo cierto es que tenía muy mala cara. Procuré arreglarme algo y salir otra vez con la mejor de mis sonrisas.

Cuando llegué a la mesa mi estado de ánimo cambió. Faltó poco para que me desmayara allí mismo. Apareció Santiago. Se encontraba ocupando mi sitio. Los nervios provocaron que se me cayera el bolso. Se agachó para ayudarme y en cuclillas se acercó a mí. ¡Quería morirme! Otra vez su perfume a vainilla, una mezcla dulce y fresca a la vez. Cuando me tuvo a pocos centímetros, me susurró al oído...

—Que conste que sólo he venido por verte otra vez. Los demás no me importan. Tú sí.

Se quedó mirándome —todavía los dos agachados—, daba la sensación de que me iba a besar. Para mí ya no había nadie más que él. Me hubiera dado igual, pero no sé por qué estupidez me puse en pie. Le sonreí nada más. No podía decirle nada. No sabía qué expresarle. A veces, las palabras se quedan cortas con respecto a los sentimientos.

Gerardo se dirigió a nosotros y le pidió a Santiago que cogiera otra silla.

—¡Toma asiento! ¡Haz el favor de no quitar ese sitio a Lourdes!

Santiago, con otra silla entre sus manos, pidió al comensal que había estado toda la comida hablando de la televisión que se echara a un lado.

—Sabía que éste era tu sitio porque te he estado observando un rato desde fuera. Tenía muchas ganas de volverte a ver. ¿Sabes que no he podido pintar nada? Me he quedado seco. ¡Tú tienes la culpa!

—¿Yo? —fue la breve y única palabra que fui capaz de pronunciar.

—Sí, tú. No entiendo qué me pasa, que cierro los ojos y estás ahí. ¿Cuándo quedamos sin gente, sin testigos?

—Santiago, todo esto resulta absurdo —estaba deseando abrazarme a él y me ponía fría, como en guardia.

—Hay tonterías, cosas absurdas, por las que algunas personas son capaces de perder la vida.

—Santiago, no nos conocemos nada...

—Yo no sé casi nada sobre ti: estás casada, tienes una hija y eres catedrática. Nada más, pero tengo suficiente. No me importa tu pasado, quiero tu presente. ¿Entiendes?

—Pero, Santiago, no puedes ir así por la vida. Las cosas requieren otro tempo. No tengas prisa.

—Sí, tengo prisa por estar a tu lado. Bueno, al menos, ¿me dejas tomar un café contigo ahora mismo o mañana? Cuando tú quieras.

—¡Por supuesto! No tengo ningún problema en tomarme un café contigo —tuve que tragar saliva porque en realidad el problema sí existía—. Además, así hablamos de tus clases. ¿Sigue en pie tu propuesta?

—Pensé que no te interesaba. ¡Claro que sigue en pie!

—Te equivocas. Tengo dos horas libres a la semana. Si quieres, son tuyas —no me explicaba cómo le estaba haciendo esta sugerencia cuando tenía muy poco tiempo libre.

Gerardo interrumpió la conversación.

—¡Ya está bien de hablar entre vosotros! Seguro que la tienes aburrida con tus cosas, Santiago. ¡Para ya! ¡Date un respiro!

Los dos nos echamos a reír. Ya no hubo más conversación entre nosotros. Empezamos a hablar con todos los comensales de cómo había un repentino interés en el público por las nuevas tendencias pictóricas. Cuando me quise dar cuenta, las divagaciones me hacían llegar tarde al colegio de la niña. Tenía que recogerla. Otra vez me fui con prisas.

—Bueno, daros todos por besados. Me tengo que ir a por mi hija. Felicidades por tu éxito, Gerardo, la comida ha sido estupenda —pronuncié estas palabras y me levanté del asiento.

Santiago volvió a insistir en tomar un café.

—¿Mañana nos vemos?

—Si te parece, quedamos cerca de mis clases. ¿Conoces el paseo del pintor Rosales? Podemos quedar a la altura de la Casa de Valencia. A las ocho de la tarde, ¿vale?

—No sé dónde es, pero allí estaré.

Me volví a despedir de todos. No me atreví a mirar a Santiago. Creía que el corazón se me iba a salir por la boca.»

Carmen cerró el diario de golpe. Lo apretó contra su pecho. Tenía un inmenso dolor. No hacía falta ser muy lista para saber que su madre, a partir de ese momento, iba a narrar la historia de una infidelidad.

5

LA CITA

«He quedado a las ocho de la noche en Pintor Rosales. Andar cerca del parque del Oeste con poca luz me pone bastante nerviosa (desde pequeña tengo algo parecido a una fobia a la oscuridad. No lo puedo evitar, al anochecer me vuelvo muy miedosa). El encuentro se va a producir casi de noche. Pienso que debería haber quedado a otra hora, pero ya no puedo dar marcha atrás. No tengo su teléfono, de modo que voy a procurar estar allí en punto.

Estoy hecha un mar de dudas. Me gustaría ir guapa, pero estoy en horas bajas. No me gusta mi pelo, ni mis dientes, ni mi vestuario. Lo único que tengo claro es que me pondré mis tacones altos y, para variar, una falda estrecha negra. Quiero ponerme algo especial. Se trata de una cita, nada más que eso. Sacar de quicio las cosas es darle al encuentro una mayor trascendencia de la que tiene. Simplemente, nos tomaremos un café y estableceremos un plan de trabajo para los próximos días.

Aunque estoy muy nerviosa. ¿Me estaré equivocando con todo esto? Llevo todo el día pensando en Santiago. Nunca antes había sentido este nudo que tengo en el estómago. No acierto a describirlo, diría que tengo como un pellizco que me impide comer, hablar con la gente y hasta respirar con naturalidad. Estoy agitada. La sola idea de volverle a ver, y a solas, me tiene completamente alterada.

Por otro lado, pienso que es algo infantil. No tiene sentido que una mujer como yo, con la vida hecha, se encuentre en una especie de paranoia más propia de la adolescencia que de la madurez. ¡Ya falta menos para la cita!»

Bruscamente Carmen interrumpió la lectura del diario. Se dejó caer de golpe en la cama. Para ella, su madre se estaba equivocando. Hubiera preferido no saber nada. Resultaba, como espectadora, un tanto patético.

Lourdes dejó de ser para ella un dechado de virtudes. Se presentaba en el diario como una mujer desconocida, llena de dudas y con muy poco carácter. Ante el primer «niñato» que la miraba en plena crisis de los cuarenta había perdido la cabeza.

Con todo lo que estaba descubriendo, quedaba en evidencia que su padre, el hombre gris que nunca había destacado en nada, tenía las ideas más claras que su madre. Sacaba esa conclusión tras la lectura de las primeras hojas del diario. El sentimiento de pérdida era mucho mayor. Al desgarro interior, al dolor, al hueco que había dejado en su vida la muerte de Lourdes se unía la decepción. A partir de este momento, a Carmen le iba a resultar francamente difícil mirar a su padre a la cara, y seguir con la ficción de que el matrimonio entre su madre y él había sido modélico.

Quizás se estaba precipitando en el juicio que ya se había formado con respecto a su madre. Debía seguir leyendo y así poder tener una idea clara de lo que había ocurrido con ese hombre.

«Estoy en una nube. No podía ni imaginarme que el cielo y la tierra se juntasen en un solo instante. Mientras caminaba hacia su encuentro dejé de tener miedo. Al andar, el frío y mi perfume —mezcla de jazmín y hierbabuena— se daban la mano. Llegaba algo tarde y me sentía más preocupada por eso que por los ojos que pudieran estar observando nuestro encuentro. "¡Estás casada!", me repetía a mí misma una y otra vez. Resonaban mis pisadas en el asfalto gris del paseo de Rosales. Me hacía feliz la coincidencia de que nuestra primera cita tuviera lugar en una calle dedicada al pintor Eduardo Rosales, nacido en 1836. Un virtuoso de la pintura que nunca gozó de buena salud y que murió muy joven, con treinta y siete años, aunque dejó tras de sí una importante obra.

Iba acelerada andando por una de las grandes aceras hacia la Casa de Valencia. Hubo un momento en que dudé si darme la vuelta o no. Fueron segundos que rápidamente se esfumaron cuando le alcancé a ver de espaldas. Allí estaba puntual, fumando y mirando el reloj. Me crucé de acera. Sentía vergüenza de hacer todo el largo recorrido mirándole. Más que nada por si se daba la vuelta y nuestras miradas se quedaban entrelazadas. No hubiera sido capaz de seguir andando. Cuando ya faltaba poco crucé de nuevo. Mis pisadas en la noche se oían con más intensidad, Santiago se dio la vuelta. Esbozó una sonrisa y comenzó a caminar para salir a mi encuentro. Empecé a pensar que mis rodillas iban a doblarse en cualquier momento. Ya estábamos uno al lado del otro. Fui a saludarle, pero mi palabra quedó ahogada con un beso. Resultó un asalto, un maravilloso atropello que no esperaba. Fue tan largo y tan intenso que perdí un pendiente en la intensidad del abrazo. Se me cayó en mitad de la acera y por el sonido, sentí que fue rodando un buen rato hasta parar lejos de donde nos encontrábamos. No podía mirar, ni buscarlo, ni decir nada porque seguíamos fundidos en un beso eterno.

Desapareció el tiempo, la noche, el frío, los transeúntes, los coches... todo. El beso borraba el entorno y centraba nuestra atención en la boca, los ojos, el aroma a vainilla, que otra vez lo envolvía todo. Hubo mucho de mágico en el encuentro cuando mi perfume y el suyo se confundieron. Parecíamos amantes que se encontraban después de mucho tiempo sin verse. En realidad, éramos dos extraños que prácticamente acababan de conocerse y que se atraían de una forma instintiva, casi animal.

Yo no me atrevía a pronunciar una sola palabra. Por otra parte, no hubiera sabido qué decir. Cualquier frase habría estropeado, minimizado el momento más extraordinario que había vivido en toda mi vida. Y allí seguía perdida, colgada de un sueño, deseando prolongar ese momento y hacerlo infinito.

Nos besamos tantas veces que mi carmín de labios acabó en su cara y su aroma, en mi piel. Nos fundimos en la intensidad del momento. Sentí un calor sofocante que invadía todo mi cuerpo. Era fuego que me subía por el pecho. Casi no podía respirar y separé mis labios de los suyos. Así concluyó aquel instante que me elevó al cielo y me dejó el corazón hecho pedazos.

De repente, un sentimiento terrible de culpa se apoderó de mí. No se me ocurrió otra cosa que mirar hacia el suelo y buscar mi pendiente, mientras con una mano me atusaba el pelo, que andaba ya totalmente descolocado. Me sentía muy mal pero, a la vez, aquella experiencia me parecía un regalo que me hacía la vida de forma inesperada.

—Quiero que sepas —fueron sus primeras palabras— que soñaba con este momento desde que te descubrí por vez primera. Te has metido en mi vida de tal manera que lo ocupas todo. El mundo, mi mundo, se ha eclipsado ante ti.

Le respondí con una mirada. Clavé mis ojos en los suyos y dije en voz alta una frase que repito mucho: "Hay que dormirse arriba en la luz... Allí el corazón se abandona, se entrega. Se recoge... En la luz que acoge, donde no se padece violencia alguna, pues se ha llegado allí a esa luz, sin forzar ninguna puerta y aun sin abrirla, sin haber atravesado dinteles de luz y de sombra, sin esfuerzo y sin protección"... Es del libro *Claros del Bosque*, de María Zambrano... Así, Santiago, ha sucedido todo. Sin darnos cuenta, sin forzar nada, nos hemos eclipsado el uno con el otro. Seguramente, nada de esto tenga sentido si lo pensamos fríamente...

—No estoy dispuesto a pensar nada fríamente. Déjalo todo, por favor, vente conmigo.

Paró de hablar y volvió a besarme. Esta vez el beso fue mucho más profundo, sin tanta ansiedad como el primero. Fue igualmente maravilloso. A la vez que me besaba, me abrazaba. Parecíamos dos novios adolescentes en mitad de la calle. Abrí los ojos y observé como Santiago tenía cerrados los suyos. Estaba concentrado en ese beso que a mí me devolvió la vida.

Estuvimos hablando poco y besándonos durante una hora. No hubo café, no hacía frío, no sentía miedo a pesar de la noche, no existía más mundo que Santiago y yo.

—Lourdes, tú mandas. Dime qué quieres que hagamos —dijo en un determinado momento, en un tono serio.

—¿A qué te refieres?

—Yo quiero verte a todas horas.

—Sabes que eso no puede ser. La prisa no es buena compañera de viaje. El tiempo pone las cosas en su sitio siempre, Santiago. Te pido que tengas paciencia conmigo. Yo tengo muchas obligaciones. Estoy casada, tengo una hija, un trabajo... Me encuentro asustada con todo esto que me está pasando. Necesito poner algo de cordura. No es normal en mí besarme con una persona a la que conozco de dos tardes. No vayas a pensar que esto lo hago muy a menudo. Es la primera vez que me beso con alguien que no sea mi marido.

—Por favor, no te justifiques. Yo nunca te voy a exigir nada. Quiero que seas libre. Déjate llevar por tus sentimientos. Lourdes, no te pongas barreras.

—Me tengo que ir, Santiago, se me ha hecho tarde.

—Lo sé. ¿Cuándo volvemos a vernos?

—Mañana no puedo. Voy de un lado a otro sin parar. ¿Pasado?

—Eso es mucho tiempo, Lourdes.

De nuevo me besó con la ansiedad del primer beso. Parecía que no íbamos a volver a vernos jamás.

—¿Y mis clases qué? —siguió diciendo como argumento para una nueva cita.

—Tus clases son una excusa, Santiago.

—Sí, pero no. Nos vemos y, a la vez, me das clases. Es perfecto, ¿no te parece?

—¡Llámame a mi teléfono! —Rebuscó en su bolsillo y encontró una tarjeta. Tachó el número fijo y puso arriba su móvil.

—De acuerdo.

Volvió a besarme. Cuando despegó sus labios de los míos, me miró a los ojos por última vez y se fue sin decir adiós, ni mirar hacia atrás. Me quedé nuevamente sin habla y con una pena inmensa por tener que separarnos. No sabía nada de él. Podía ser una persona genial o un psicópata. El caso es que la atracción era mucho mayor que la cordura.

Mientras volvía a casa sólo podía pensar en lo que acababa de vivir. Parecía un sueño del que iba a despertar en cuanto pusiera la llave en la cerradura de la puerta de casa.

Mi niña me recibió con un abrazo que me supo a gloria. La abracé con más intensidad que nunca. Pensaba mientras me rodeaba con sus bracitos que nada, ni nadie, podría separarme de ella. No había pasión en el mundo que pudiera enloquecerme hasta el punto de abandonarlo todo. No estoy loca, ni tampoco voy a perder la cabeza a mis años.

—Mamá, me haces daño —me despertó Carmen del limbo en el que estaba elucubrando.

—Perdona, cariño, mamá no sabe medir el cariño que te tiene.

Por el pasillo se acercaba Manuel. Estaba serio. No me atrevía a mirarle a los ojos por si descubría que ya no era la misma y que algo había muerto entre nosotros. Me apresuré a hablar antes de escuchar algún reproche por llegar tarde.

—Desconecté el móvil y cuando me he querido dar cuenta ya era tardísimo. Me han entretenido mis alumnos al salir de clase. Están nerviosos y algo alterados. Son muy jóvenes y ávidos de conocimiento.

—Todo lo que quieras, pero no te dejes tomar el pelo. No puedes entregarte como lo haces siempre. Aprende a ser más egoísta. Anda, venga, vamos a cenar. ¡Ah, por cierto, te falta un pendiente! ¿Te has dado cuenta?

Me puse muy, muy nerviosa. Me llevé instintivamente la mano al lóbulo de la oreja. Me vino a la mente la escena en la que el pendiente salió rodando por la acera. La imagen de Santiago en mi cabeza. El beso. Me quedé completamente bloqueada.

—Bueno, tampoco pasa nada —rompió el silencio Manuel—. Es un pendiente, no tiene mayor importancia.

Le di un beso en la boca. Quería a Manuel, incluso sentía que había mucho cariño entre los dos, pero no había amor. El beso que le acababa de dar no me producía el más mínimo escalofrío. Sin embargo, me sentí aliviada al hacerlo. De alguna manera mitigaba mi sentimiento de culpa.

Hasta que pude dormir esa noche, estuve atontada, ida. No podía dejar de pensar en Santiago y en la atracción que ejercía sobre mí. Aquel primer beso al asalto deshizo mi vida.»

Carmen cerró de golpe el diario. No podía seguir leyendo ni una línea más. Sentía que era cruel que su madre le dejara en herencia los diarios con sus anotaciones más íntimas. Cuando se quiso dar cuenta, estaba llorando. Tenía la sensación de que se desmoronaba la imagen de la persona que más quería y que más había influido en su vida. Su modelo a seguir, su referencia permanente había estado mintiendo a su padre, probablemente durante años. Lo sabría leyendo sus diarios.

A la hora de cerrar el cofre, se dio cuenta de que había unos recortes de prensa mezclados entre las fotos, la bufanda verde y las cajitas que estaban allí guardadas. Se encontraban doblados. El que daba cobijo a todos los demás era una entrevista a doble página del pintor Santiago Bari. Allí estaba en primer plano el hombre que había hecho pedazos el corazón de su madre. En esta foto sí se le veía bien.

«De modo que éste es el tipejo que le hizo perder la cabeza a mi madre —decía para sus adentros—. Prefiero a mi padre mil veces. Lo único quizás es que es más joven, nada más. Desde luego, la descripción que hace en el diario está completamente idealizada. Sí, tiene el pelo negro rizado, pero tampoco es tan guapo. Los ojos negros, pero de ahí a encontrarle una mirada electrizante, pues no. Y la sonrisa que tanto cautivó a Lourdes, pues no sé qué decir...» Iba vestido para la foto con chaqueta y camiseta negras. Sonreía abiertamente y parecía que aquel reportaje estaba hecho en su estudio. Había cuadros suyos por todas partes.

Después de examinar la foto como el que efectúa una disección con un bisturí, se fue al texto. El titular era muy expresivo: «No hago una pintura amable, busco el terremoto interior».

El titular le interesó más que la foto. Le gustaba la frase, era inteligente y se acercaba a la filosofía y al concepto del arte que ella también tenía.

En la entrevista, Santiago Bari decía que «la idea de pintura que anida en mi subconsciente no sólo tiene que tener un mensaje, un contenido, una fuerza, sino que debe ir unida a un golpe interior. En ningún caso debe ser una pintura plácida. No quiero nada amable en mis cuadros, ni en cuanto a color, ni en cuanto a composición. Intento generar un lenguaje personal. Escapo de todo lo que huele a comercial. Es más, cuando yo hago una serie y veo que se vende con mucha facilidad, pienso que algo falla».

El periodista, en otro momento de la entrevista, le preguntaba por su formación como pintor y contestaba muy negativamente sobre aquellas personas a las que se acercó para aprender la técnica: «Estuve años yendo a los talleres del Círculo de Bellas Artes y a distintos estudios de pintores. Todo aquello fue más negativo que positivo. Recuerdo a un pintor bastante conocido, que exponía en la Galería Toisón, que para pintar sacaba dos carretes de diapositivas sobre el objeto o la persona que iba a retratar. La que quedaba bonita la proyectaba sobre el lienzo. Ése era el secreto de su virtuosismo. Descubrí a un tío que no dominaba nada el dibujo. Recuerdo la anécdota de que este pintor llevó al galerista uno de mis cuadros y le pareció espeluznante. Le recomendó que fuera a otra galería, que mi pintura no encajaba allí. Desconocía el galerista que la mitad de los cuadros que tenía colgados, con el nombre del otro pintor, los había hecho yo. Este pintor, que todavía sigue en activo, sólo daba los últimos retoques, nada más. La diferencia estaba en que él necesitaba las diapositivas y yo no».

Santiago Bari despreciaba a la mayoría de los maestros que había tenido. Recordaba en especial a uno al que acudió para «hacer mano»: «Estuve en el Círculo varios meses copiando modelos. Había tres chicas y un chico a los que pintábamos constantemente. Yo iba después de mi trabajo porque me divertía el ambiente. Siempre tuve la vocación, la inquietud.

Al principio, acudía de una manera muy timorata, pero luego fui haciéndome con el entorno. En seguida me pasaron al torreón a pintar. Allí había cuarenta personas dibujando en cincuenta metros cuadrados. Pintábamos unos casi encima de otros. El caballete de uno lo apoyabas en la espalda del que tenías delante. Era una cosa demencial. Teníamos a un imbécil como profesor que nos mandaba constantemente copiar a Sorolla.

»Un día se me ocurrió hacerle un trabajo sobre la luz, los colores, el tratamiento de los volúmenes en el pintor valenciano de finales del siglo XIX y principios del XX y me dijo "que adónde iba con eso, que lo único que tenía que hacer era pintar". Después de aquella respuesta me fui a una tienda de la calle Hortaleza y me compré el bastidor más grande, de un metro por ochenta y un centímetros —para mí hoy, este formato es enano— y me presenté en clase ocupando media sala. En lugar de coger el cuadro de Sorolla que quería el profesor que pintara, lo que hice fue una composición con diferentes cuadros de él y las caras de mi primo en la playa. Cuando se empezaban a ver ya las figuras, me increpó y me preguntó por lo que estaba haciendo. Le contesté que "pintar al estilo Sorolla", a lo que me respondió que "dejara de inventar y que me limitara a copiar". ¿Sabes qué le contesté? ¡Le mandé a la mierda! Pegué una patada al lienzo y me fui. Y así me ha ocurrido siempre que me han dado consejos, las fórmulas académicas nunca me han servido».

La seguridad con la que se expresaba atrajo la atención de Carmen. Quería leer más sobre él. Decía en esta entrevista que ponerse a pintar era una cuestión de decisión. «La única diferencia entre tú y yo —le comentaba al periodista— es que tú habrás hecho a lo mejor diez pinturas en lienzo. Yo habré hecho mil. Y eso hace que ya haya adquirido un estilo.»

Y sobre el suyo lo dejaba bien claro en estas páginas de letra impresa que guardaba Lourdes: «Busco provocar un mazazo en el estómago. No hago una pintura amable. Yo me pregunto muchas veces cómo puedo competir con la realidad, cuando a la hora de comer sólo veo por la televisión guerras, heridos, balazos. Un cuadro puede ser un medio próximo a la esencia de lo que realmente somos, aunque no sirve para expresar ideas completas. Pero ni las mías, ni las de un artista conceptual. Por eso, insisto en que lo importante no es un mensaje concreto, lo trascendental es que te desestabilice, te mueva algo por dentro».

Finalmente, en el artículo se hacía referencia a su última exposición, que tenía una serie de connotaciones eróticas o sexuales. Santiago expresaba que era la primera vez que tocaba este tema: «En mi pintura hay más de violencia o de denuncia que de erotismo. Sin embargo, esta vez necesitaba pintar algo así. Se me ocurrió ese tema después de chocar dos colores. Como lo hice de una forma bastante dibujada, la mancha tuvo un contorno mucho más definido. Con lo cual son como dos cuerpos que se abrazan, que se funden».

Carmen miró la fecha del reportaje y la exposición se había inaugurado en enero del 96. Dos años después de haber conocido a su madre. Estaba claro que todo el erotismo y sexualidad de su pintura estaba influenciada por ese cataclismo que se produjo en la vida de los dos nada más conocerse.

Observó que los cuadros que salían fotografiados eran muy parecidos al que tenía Lourdes en su habitación. Ese cuadro que tanto la fascinaba y que presidía su vida y su entorno con toda rotundidad. No estaba firmado, pero tenía claro que era obra de él. Se trataba de un óleo sobre una lona plástica de 2 x 2 metros. Dos manchas —una roja y otra blanca— se entrelazaban y salpicaban su entorno. Dos cuadrados de fondo y varios enchufes de luz, incorporados a la obra de arte y distribuidos por los laterales. Ése era el lienzo al que su madre le dedicaba la primera mirada del día y, probablemente, la última. Siempre que lo observaba decía en voz alta que en él «había mucha genialidad, mucho talento y, sobre todo, pasión».

Ahora entendía perfectamente lo de la pasión. Ese cuadro y el resto de las variaciones que había expuesto Bari estaban dedicados a ella. Guardó todos los recortes. Se aseguró que el cofre quedaba cerrado en su armario y salió de su habitación a la búsqueda del óleo.

La puerta estaba cerrada, por lo que llamó dos veces con los nudillos. Con un hilo de voz respondió su padre. Estaba tumbado en la cama sin fuerzas para levantarse. Llevaba así varias horas. Mientras ella leía los diarios, su padre decidía zambullirse en sus recuerdos y no hacer otra cosa más que pensar en Lourdes.

Mientras le hablaba, observaba como el cuadro inundaba con sus rojos, blancos y grises toda la pared. Resultaba algo obsceno para Carmen que aquella prueba de infidelidad siguiera presidiendo la vida de su padre. Le llegó a insinuar que sería bueno que apartase determinados recuerdos de su madre, para que no le sumieran en una mayor depresión. Pero su padre saltó como si tuviera un resorte.

—Carmen, soy mayor de edad. Creo que el hecho de ser tu padre me da cierto poder de decisión. De modo que las cosas van a seguir tal y como estaban en vida de ella. Por favor, bastante dolor tengo con su pérdida para que vengas ahora a borrármela del todo. Aquí, entre sus cosas, yo me siento bien.

Era la primera vez que Manuel contestaba tan alterado, tan fuera de sí. Se aferraba a los recuerdos de Lourdes, como si en ellos la fuera a encontrar a ella.

—Papá, yo no voy a hacer nada que tú no quieras. Pero esta pintura a ti nunca te gustó y pienso que era una oportunidad para poner sus cuadros en esta pared. Los últimos que pintó antes de que... se fuera, ¿no te parece que a ti te aportarían más?

—Si a ella le fascinaba este cuadro, a mí también.

—Pero si nunca te gustó.

—Ahora sí. He descubierto toda la grandeza de este óleo. En estas horas que tanto lo he mirado, creo haberlo comprendido.

Se quedó helada de que su padre hiciera una defensa a ultranza de esa pintura, que no era otra cosa más que una tarjeta de presentación de la infidelidad de su madre con el tal Santiago Bari.

Mientras hablaba con su padre buscó con la mirada la firma en el lienzo. En un determinado momento, se acercó hasta la pared en la que estaba colgado y comenzó a mirarlo, a escrutarlo. Lo movió por un lateral, intentando ver el reverso del cuadro que estaba pegado a la pared.

—Papá, ¿me ayudas un momento a descolgarlo?

—Pero ¿por qué? Ya te he dicho que no vas a mover nada de lo que hay en esta casa.

Lo dijo en un tono agrio. Nunca había escuchado a su padre tan enfadado.

—Sólo quiero ver si lleva firma en algún sitio.

—Ya ves que no. Los pintores firman todos sus cuadros por delante.

—En los artitas no hay reglas fijas. Anda, ayúdame sólo a descolgarlo. Te prometo que inmediatamente lo volvemos a poner en su sitio.

Su padre hizo como que no la oía. No se movió de la cama. Entonces Carmen optó, sencillamente, por apartar el cuadro de la pared por uno de los lados. Resultaba complicado mover los dos metros de lienzo, y como Carmen se imaginaba, allí estaba la firma de Santiago Bari. Una firma sencilla y casi sin rúbrica.

Bari. Exclusivamente su apellido. Y había algo más. Un título. El cuadro respondía a una sola palabra: *Abrazarte*. Estaba escrito en rojo. El mismo rojo que presidía el óleo.

—¿Has encontrado lo que buscabas? —comentó su padre.

—No, tenías razón. No está firmado. Ha sido una tontería...

Carmen se acercó a su padre y le besó en la frente. Estaba rabiosa por su descubrimiento. *Abrazarte* era el título del cuadro. «Un verbo, por lo que se apreciaba, que su madre había "conjugado" en numerosas ocasiones», pensaba.

De alguna manera aquel Bari le había arrebatado a su madre hasta el punto de transformarla, y eso no se lo perdonaría nunca.

6

LE SAUVAGE

Carmen, después de varios días de elucubraciones, tomó la decisión de quedarse en España. Dejaba sus estudios en París. No tenía sentido que su padre estuviera solo en Madrid y ella estudiando Bellas Artes en la capital francesa con muchos conocidos, pero sin ningún amigo. Tan sólo Veronique, su compañera de habitación, aliviaba sus solitarios fines de semana.

La ciudad de la luz, la más poblada de Europa y una de las metrópolis más importantes del mundo en el ámbito cultural y artístico, había logrado abrir sus ojos a la belleza, a la estética, a las formas... En tan corto espacio de tiempo, consiguió echar a andar por el difícil rumbo de la pintura. Sin embargo, todavía no tenía un estilo personal. Le apasionaba el cubismo, las formas fraccionadas, imbuida por el fervor que le tenía a Picasso. Así como su espíritu negativo y destructivo encarnado en los cuadros que más le atraían: *Las señoritas de Aviñón* y *El Guernica*.

Aprovechaba cualquier tiempo libre para pasear por el centro de la bohemia parisina, por la calle Ravignan, en Montmartre. Por allí había paseado Picasso y su buen amigo el poeta Max Jacob, quien había bautizado el edificio en el que había vivido el pintor malagueño como «Bateau-Lavoir». El año y medio que estuvo allí se perdió por las mismas calles y quedaba en los mismos bares donde supuestamente había estado el pintor malagueño. Acudía, en concreto, a un bar que estaba lleno de reproducciones de sus pinturas. Te encontrabas frases de él por cada uno de sus rincones. En Le Lapin Agile le gustó una frase que se apresuró a copiar y que llevaba siempre consigo: «El esqueleto de la composición me puede obligar a representar lo redondo como cuadrado. Quizás en el fondo yo sea un pintor sin estilo. Con frecuencia el estilo es algo que fija al pintor en la misma perspectiva, en la misma técnica, en las mismas formulaciones año tras año, a veces toda la vida. Se le reconoce de inmediato, ya que es siempre el mismo traje, el mismo corte de traje. Con todo, hay grandes pintores con estilo. Yo, personalmente, no soy nada ortodoxo, soy más bien un *sauvage*. Ustedes me ven aquí ahora y, sin embargo, por dentro estoy en otra parte. Yo no me sujeto a reglas y por eso no tengo estilo».

Se identificaba Carmen plenamente con la sabiduría que encerraba aquella frase de «le sauvage»: Pablo Ruiz Picasso. Ella tampoco tenía estilo, pero sí sabía lo que no quería. Buscaba, en pintura, los territorios más lejanos a su madre. Le parecía que aquellos cuerpos desnudos, lánguidos, nostálgicos tenían una gran fuerza y estaban maravillosamente pintados por Lourdes, pero ella, al contrario, investigaba parámetros distintos de los que marca el ojo humano. Carmen intentaba en sus lienzos eliminar las huellas de lo real. Por eso, no sólo no le disgustaba Bari en su pintura, sino que le parecía un camino interesante por explorar.

Recordaba las palabras que había leído en la entrevista que encontró en el cofre: «Intento escapar de ser un pintor comercial. Si una serie mía se vende con facilidad y gusta demasiado a la gente, es que algo falla».

Le resultaba interesante esa forma de entender el arte como un terremoto interior cuya contemplación no te deja indiferente. Estaba de acuerdo en que la pintura no podía ser amable, sino látigo de todo aquel que se acerque a ella.

Tenía sentimientos encontrados con respecto a Santiago Bari, por un lado, sentía una enorme curiosidad por conocerlo y, por otro, un inmenso rechazo por el dolor añadido que había sentido tras la muerte de su madre y del que le hacía responsable.

Lo que sí tenía claro es que ya no regresaría a París, porque si lo hacía, corría el peligro de quedarse. Para Carmen haber estado horas y horas en el Louvre junto a la enigmática *Mona Lisa* de Leonardo, perdiéndose en su misteriosa sonrisa y por las sombras y los volúmenes del cuadro, se había convertido en la mejor de las escuelas. Lo que más la fascinaba del retrato de la Gioconda era su enigmática mirada y los fondos, el paisaje irreal, onírico, repleto de brumas y nieblas, caminos que no llevan a ninguna parte. París respiraba arte por sus calles, sus museos... recordaba también las tardes que se escapaba al Orsay, bebiendo del más puro impresionismo de Monet, perdida en el campo de amapolas de Argenteuil y sumida en las innumerables pinceladas que plasman no el paisaje, sino la sensación producida por el paisaje. ¡Qué distinta esa Camille —esposa del pintor— paseando por los campos exuberantes de flores a esa otra en su lecho de muerte. A Carmen le fascinó París, Francia en general, no sólo por ser la cuna del impresionismo, sino por observar de primera mano aquellos mismos lugares que sedujeron a los artistas. La Rue Montorgueil pintada en fiestas por Monet fue visitada en numerosas ocasiones por Carmen, y también la catedral de Rouen, al Norte de Francia, en la Alta Normandía, donde observaba los efectos del primer sol sobre la piedra, los azules y amarillos diluidos en el majestuoso gótico. Le encantaba mirarlo todo con los mismos ojos que sus grandes maestros. Si el museo que visitaba era el Georges Pompidou, intentaba ponerse en el lugar del artista. Era un ejercicio que hacía siempre. Elucubraba sobre las formas, aunque a la vez se esforzaba en disfrutar del espectáculo que le ofrecía la pintura de un artista en concreto, Pablo Picasso. Le divertía pensar que la intención del pintor era crear hostilidad en los ojos del observador y provocar, eludir lo razonable en el lienzo, consiguiendo, por ejemplo, que la llama de un candil proyectara una sombra triangular, que un cazo pudiera ser redondo y cuadrado a la vez, dependiendo del lado desde el que lo observáramos, o cómo simplificaba el pintor las figuras en los trazos. Le gustaba comprobar el efecto que producían estos cuadros en la gente. «Tenía razón Picasso —se decía a sí misma, todos se empeñan en comprender el arte. ¿Por qué no se intenta comprender el canto de los pájaros? ¿Por qué nos gustan las flores o la noche sin que intentemos comprenderlo?»

Todo aquel conocimiento que había ido adquiriendo simplemente observando a los grandes maestros iba a interrumpirse.

Su madre había trazado un plan para su carrera como artista, pero su muerte inesperada lo alteraba todo. En vida no hubiera visto con buenos ojos que su hija estudiara donde ella daba clase, pero ahora ya todo daba igual.

Veronique reaccionó muy mal cuando le explicó que se quedaba en España. Era su compañera de piso y habían compartido muchas experiencias en los últimos meses. Le pidió que enviara sus cosas lo más rápido posible y que alquilara su habitación. Era una despedida apresurada y fría a través del teléfono. A partir de ese momento, empezaba una nueva vida para ella.

Hasta septiembre no podría reiniciar en Madrid sus estudios de Bellas Artes. Por lo tanto, tenía que decidir en qué iba a ocupar su tiempo todos estos meses. Intentaría acercarse a los clásicos, a los grandes maestros, como había hecho en la capital francesa.

Pero ahora, su principal cometido era redescubrir a su madre. La lectura de los diarios se había convertido en mucho más que una obsesión, una necesidad.

Aunque su padre empezó a recriminarla por encerrarse en su habitación y pasar allí las horas muertas, regresó a su pequeño habitáculo, que en las últimas horas se había convertido en su escondite. Como si se tratara de un ritual, volvió a abrir su armario, sacó el cofre y con cierto nerviosismo introdujo la llave en la pequeña cerradura. Después de varios intentos en falso, finalmente se abrió. No podía ocultar las ganas por saber el final de aquella historia que no tenía que haber comenzado nunca. Se dispuso a seguir leyendo...

«Tengo miedo de volver a quedar con Santiago y, por otro lado, me muero por verle de nuevo. No me separo del teléfono. Lo miro de vez en cuando para cerciorarme de que funciona. No llama y me pregunto por qué.

A veces, no necesito ni cerrar los ojos, me quedo ensimismada imaginando el beso que al asalto irrumpió en mi vida y desmoronó mi existencia.

Quisiera ser fuerte y decir no, cuando en realidad estoy deseando gritarle: ¡sí! Esta historia se está convirtiendo casi en una obsesión. Me paraliza la vida. Durante todo el día he estado dando clase y a duras penas he sido capaz de expresarles a mis alumnos algo coherente. Notaba que me miraban extrañados y he tenido que justificarme diciendo que me había comenzado un gran dolor de cabeza.

La tutora de mi curso se ha dado cuenta de que algo no va bien. He estado muy seria y callada en el café que nos tomamos a las doce. Es una bruja, da la sensación de que tiene capacidad para leer la mente. Le he dicho que he tenido una discusión sin importancia con Manuel. Horas después, en la comida, seguía observándome, pendiente de mí, como si percibiera que le ocultaba algo. Me ha llegado a poner verdaderamente nerviosa.

No entiendo por qué Santiago no me ha llamado. Necesito verle de nuevo. Hace que me sienta viva. Me ha devuelto el color: los rojos que estaban apagados han regresado a mi vida.

El teléfono —que pesa como un ladrillo— va conmigo a todas partes. No me separo de él ni para ir al baño. Pero no me llama. Me pregunto si la experiencia de ayer, los dos besándonos en plena calle, significó algo para él. Quizás le pudo molestar que dijera que hoy tenía el día muy ocupado y que no podíamos vernos; o puede ser también que para él todo esto no sea más que un juego. Me gustaría saber qué está pasando por su mente en estos momentos. Si yo pudiera introducirme en su cerebro y saber a ciencia cierta si represento algo en su vida o si soy un capricho, un trofeo más. Me muero de angustia.

Miro a mis alumnos y sólo veo su cara en todos ellos. Noto como la sangre, mi sangre, está en plena ebullición. Siento calor en los pulsos y en las sienes. Se ha despertado en mí el deseo. Es algo difícil de explicar. Me sentiría mejor si continuara adormecido, atontado, en el nirvana de la nada, donde se encuentran todos los matrimonios que han dejado de amarse.

Resulta patético verme en este estado. Me miro al espejo y no me reconozco. Observo en mi mirada un brillo malévolo que nunca jamás había visto antes. Es posible que mi sentimiento de culpa haga que me sienta como la peor de las mortales. Si yo pudiera dominar esta especie de caballo desbocado que se ha desatado en mi interior, todo iría mejor. Mi mente va por un camino y mi corazón, por otro.

Empiezo a torturarme con la edad porque no sé, en realidad, si esta especie de ceguera apasionada puede ser fruto de la crisis de los cuarenta. Todo andaba bien en mi vida. Al menos, eso es lo que yo creía. Mi marido, mi hija, un buen trabajo y mi pintura. En esos cuatro parámetros me movía hasta que el destino ha puesto patas arriba mi mundo. Ahora mismo estoy confundida porque no sabía que dentro de mí se escondían esta sed de ternura y hambre de pasión.

Vuelvo a clase sin noticias de Santiago.»

Carmen no comprendía como unos besos ponían a su madre en una situación tan desesperada. Sentía compasión por una mujer con tanta necesidad de ser amada. Realmente sorprendía comprobar que su madre, que aparentaba templanza y serenidad, era un auténtico volcán en erupción. Siguió pasando páginas del diario.

«Ha sonado el móvil justo cuando estaba conduciendo. A la misma hora de nuestra cita de ayer. Me puse tan nerviosa que estuve a punto de provocar un accidente. Me hice a un lado y paré como pude. Sabía que era él. Respondí al teléfono y me encontré con la frase más bonita que me han dicho nunca: "¿Cuándo puedo volver a besarte para no morir por tu ausencia?". Tragué saliva y simplemente le contesté con otra pregunta, mucho menos poética: "¿Cómo te encuentras?". ¡Le hubiera dicho tantas cosas! Sentía miedo de hacer el ridículo.

Contestó que me había metido en su vida hasta el punto "de haber quedado atrapado".

—Pero eso no es malo, Santiago —le repliqué.

—Estoy atrapado porque he comprendido que nada tiene

sentido si no estás a mi lado. ¿Entiendes? Estoy en el mismo punto que me dejaste ayer. Jodido y sin poder hacer otra cosa que pensar en ti. No he pintado, no he salido de casa... te confieso que me asusta esta adicción a ti. He pensado en no llamarte, pero aquí me tienes hecho una mierda y dispuesto a que tú marques el camino.

—No creas que yo me siento mucho mejor. Llevo todo el día como un zombi. Me muevo entre la ilusión y el vértigo. Resulta todo nuevo para mí. Tengo mucho miedo, mucho.

—¿Cuándo podremos vernos para que se te pase ese miedo?

—Mañana por la tarde tengo dos horas libres.

—¿Vienes a casa y aprovechas para hablarme de pintura?

—¿A tu casa? —me dio un vuelco el corazón. Imaginaba lo que eso suponía. Dos adultos y una atracción irresistible...—. ¿Y si quedamos en una cafetería? —le contesté.

—Por mí no hay problema. Yo no estoy casado.

Me pareció un golpe bajo. Sonaba a recriminación.

—No puedo olvidar mi pasado de un plumazo —le respondí—. Irrumpes en mi vida y pretendes que yo siga tu ritmo. Vas muy rápido.

—Está bien, quedemos en una cafetería, ¿en cuál?

—No, venga. Tienes razón. Si vamos a hablar, lo hacemos en tu casa. ¿Dónde vives?

—Al final de la calle Alcalá. Allí tengo mi estudio y mi casa. No esperes nada del otro mundo, pero a mí me gusta. Llámame a este teléfono que ha quedado registrado en el tuyo, ¿vale? Anochece pronto y no me gusta que andes sola por la calle. Si vamos a quedar a la misma hora de ayer, no hay mucha gente. Bajaré a buscarte.

—¡Pues quedemos una hora antes! ¿A las siete te va bien?

—Me va bien a cualquier hora del día o de la noche.

—Pues... ¡hasta mañana, Santiago!

—¡Hasta mañana, Lourdes!

¡Cómo sonó mi nombre pronunciado por él! En mi cabeza escuchaba una y otra vez su voz: "¡Hasta mañana, Lourdes!". Cuando dejé el teléfono sobre el asiento de al lado me apoyé en el volante. Cerré los ojos y durante unos minutos estuve recreándome en cada palabra.

Santiago tiene una voz preciosa, alegre, llena de vida y con muchos matices. Cuando dijo mi nombre parecía que me estaba acariciando. Un escalofrío recorrió todo mi cuerpo.

Estoy viviendo una especie de segunda adolescencia que no puedo controlar. Esta situación se me está yendo de las manos. Sinceramente, no sé en qué va a acabar todo, pero creo que si la vida me ofrece esta segunda oportunidad, no quiero mirar para otro lado. Dejaré la sensatez que me ha acompañado durante cuarenta y un años y voy a concederme a mí misma una tregua. Por primera vez, me dejo llevar por los sentimientos con todas las consecuencias. Tengo derecho a equivocarme.»

Carmen se preguntaba qué carencias afectivas tenía su madre para llegar a ese estado de necesidad. Y, por otro, se la llevaban los demonios cuando pensaba en su padre. No entendía por qué habían seguido juntos si no había química entre ellos. El caso es que si no hubieran existido los diarios habría pensado que formaban una buena pareja.

Aparentemente, los dos se entendían a la perfección. Se miraban y ya sabían lo que quería el uno o el otro. Hablaban poco, pero siempre lo achacó a que su padre era parco en palabras. En las comidas, cuando estaba en casa, sólo hablaban entre ellas. Su padre quedaba anulado, se limitaba a escuchar nada más y a comer.

Sólo recordaba una mala época en la que su madre estuvo menos vital que de costumbre. Se la veía triste, parecía ausente. Así estuvo durante nueve meses. Todos lo achacaron a la crisis creativa que tuvo. Se quedó seca, sin ideas, cuando se eclipsó ante la genialidad de uno de sus alumnos. De este modo se lo explicó su padre. Carmen, por entonces, debería tener nueve años. Fue como si su luz se apagase durante un tiempo hasta que encontró nuevamente la inspiración para su pintura.

Por un momento, le dio un vuelco el corazón. ¿Coincidiría esa crisis con su aventura con Bari? Pensó que no era probable, ya que recordaba a su padre hablándole con toda naturalidad de como «mamá necesitaba de nuestro afecto, porque estaba atravesando por un agujero negro». Lourdes definía así su estado anímico y Manuel lo reproducía. Carmen, aun con pocos años, entendía que ese agujero en el que se encontraba su madre debía de ser un lugar muy feo y oscuro porque se le borraba la sonrisa y no parecía la misma. Al cumplir la mayoría de edad, comprendió que esos agujeros por los que atravesó en algún otro momento eran exactamente igual que los de los cuerpos celestes: podría ser la fase final de su evolución. Un punto vacío en su vida, en el espacio, como consecuencia del colapso experimentado. Ni reflejaba, ni emitía radiación alguna. Ni sentía, ni padecía. Podía estar así días. Pero aquella vez fueron nueve meses. Un parto. Aunque de aquella situación resurgió la mujer que todos conocían. Comenzó a pintar con más color en su paleta. Los rojos, sobre todo, se incorporaron a sus lánguidos y nostálgicos hombres y mujeres desnudos.

Cuando se recuperaba del «agujero negro», que era como una muerte en vida, salía más fortalecida que nunca. Su energía se disparaba y era muy difícil seguirla entre tanta actividad frenética. En ese momento, necesitaba viajar, conocer mundo siempre unida a su mano. Su madre quería ir con ella a todas partes. Tan sólo este último año y medio las habían separado 1.260 kilómetros.

¡Cómo la echaba de menos! A pesar de los sentimientos encontrados que nacían y morían con respecto a ella. Dependiendo de la hora del día, la quería a morir o la llegaba a odiar con la misma intensidad. No había término medio. Todo era blanco o negro. No existían los grises.

Ahora mismo, según se acercaba el relato del nuevo encuentro entre Bari y su madre, se encontraba furiosa, acalorada, rabiosa. La desconocida que estaba entre las páginas del diario se disponía a narrar el encuentro. No sabía si dejar ahí la lectura o seguir hacia delante.

Se puso de pie y comenzó a andar del cabecero de su cama a la puerta y de la puerta al cabecero. No se dio cuenta de cuánto tiempo estuvo así. Nerviosa, finalmente, se volvió a sentar. Le temblaba la mano, pero regresó al punto donde había dejado la lectura. Antes de seguir leyendo, se prometió a sí misma conocer a Santiago Bari. Necesitaba ver cara a cara al hombre que había trastocado el sentido común a su madre. No le sería difícil localizarlo...

7

LA CONSTELACIÓN DE ORIÓN

«Estoy eclipsada. Sólo existe él. Sus ojos, en la hora violeta de la tarde, me parecieron más negros, más intensos que la primera vez que los vi. Me sumergí en su mirada limpia para ahogarme en ella.

Al minuto de llamarle al móvil bajó a buscarme. Fue verle y comencé a respirar con dificultad, el corazón se me aceleró y cuando estuve a su lado, me envolvió su perfume a vainilla. Era un olor que tenía impregnado en la ropa. Cada uno de sus movimientos iba seguido de una estela olorosa que embriagaba todo el aire.

Se quedó quieto frente a mí. Me observaba igual que el pintor a su modelo. Recorrió con sus ojos toda mi cara. Daba la impresión de que quería grabar en su retina cada surco de mi piel.

Rompí esa situación con un simple: "¡Hola, Santiago!".

No había ni terminado la frase y ya un beso hacía innecesarios más saludos. En mitad de la tarde, en un lugar no muy transitado al final de la calle Alcalá, en donde el viento y el frío se habían dado cita junto a nosotros, no había más universo que él y yo.

Después de sonreírle y echar a andar, le dije que le había traído un libro extraordinario sobre Goya. Pensé que si realmente quería conocer a los clásicos, era un buen comienzo.

Mientras andábamos en dirección a su casa me cogió de la mano. El pulso todavía se me aceleró más. Me hablaba de dos cuadros que habían influido profundamente en él; mientras tanto, yo pensaba que me iba a desmayar de un momento a otro.

—Precisamente uno de mis favoritos es de Goya: *Saturno devorando a un hijo*... La primera vez que lo vi fue recién llegado a España, en una de las visitas que hizo mi colegio al Museo del Prado.

—¿Qué quieres decir con recién llegado a España?

—Que no nací en España. Soy de Manchester.

—No me puedo creer que seas inglés.

—Bueno, mis primeros recuerdos son ingleses, pero yo me siento español. Mis padres estaban trabajando al noroeste de Inglaterra y yo nací allí por casualidad. Lo único que mantengo de aquellos primeros años de mi vida es el idioma. Si quieres practicar, podemos hablar en inglés.

—No, gracias. Ya casi lo tengo olvidado de no practicarlo. Me contabas que una de tus pinturas favoritas era de la época negra de Goya. ¿Sabes que precisamente *Saturno devorando a un hijo* es la obra capital del arte figurativo europeo?

—Yo lo único que sé es que se trata de una obra genial. Saturno, temiendo que sus hijos le arrebataran el poder, se los comió a todos excepto a Júpiter, que logró ponerse a salvo. Y éste al final, cuando estuvo preparado, se enfrentó a él y lo destronó, convirtiéndose en el señor de todos los dioses.

—Si te fijas en la cara de Saturno da miedo, parece que se le van a salir los ojos de las órbitas. Con qué ansiedad se le ve comer a su hijo. Dicen que Goya quiso hacer con esta pintura una crítica del poder absolutista.

Santiago puso mi mano sobre su boca. Parodió los ojos de Saturno y comenzó literalmente a comerme a pequeños mordiscos. Como no me lo esperaba, empecé a reírme a carcajadas. Estaba realmente cómico. Continuó mordisqueando mi brazo hasta que empezó a darme una clase magistral sobre el cuadro.

—Lo que en realidad quiere Goya con ese cuadro y con todas sus pinturas negras, en general, es remover en las profundidades del ser humano. Piensa, Lourdes, que donde pintó estos cuadros fue en la Quinta del sordo. Un lugar en el campo donde uno está expuesto al exterior enigmático del mundo. Las noches frías y oscuras sólo tienen el calor del fuego para calentarse y la luz de las llamas. Unas llamas que proyectaban imágenes en las paredes que más parecían salidas de un mal sueño que de la realidad y que, sin duda, estimularon la imaginación de Goya. El negro y las sombras lo dominan todo. Retrata el espíritu, el pensamiento reflexivo, el abismo de un hombre vencido, las obsesiones de un hombre maduro, las alucinaciones desbordantes de un genio. Saturno, en realidad, no es otra cosa más que la vida que devora a la propia vida; el hambre sin límites y la saciedad sin satisfacción. La figura de Saturno nos esboza a nosotros mismos matando todo espíritu nuevo, joven. Nos consumimos en el mal, en nuestro propio mal. El espanto en forma de hombre que se descubre a sí mismo como un ser miserable y abominable.

Expresó todo ese discurso de un tirón. Me dejó completamente boquiabierta. A penas me atrevía a añadir nada más. Opté finalmente por preguntarle.

—Santiago, ¿y tú quieres que yo te dé clases? ¿Dime de qué?

Volvió a tomar mi mano y con la alegría de un niño que ha conseguido epatar, reinició la marcha hacia su casa. Nunca cien metros tardaron tanto en andarse. Mientras llegábamos no se me ocurrió otra cosa más que hablarle de otro cuadro.

—A mí el cuadro que más me impacta de Goya no tiene que ver con Saturno.

—¿Cuál es?

—También uno de sus últimos cuadros: *Perro enterrado en la arena*. Me parece un cuadro moderno, vanguardista. Podría haber sido pintado hoy y no en 1821. Me produce una enorme fascinación.

—No creas que soy un pedante, pero ¿me dejas darte mi opinión? La duna en la que está enterrado el perro no se sabe si es un experimento del artista. Quizás porque no se puede resolver, la gente lo mitifica. ¿Pero quién te dice que lo que nos ha querido expresar Goya es el tiempo y que nadie escapa al paso implacable de los años? Envejeces y el correr de nuestro particular reloj de arena nos come, nos va enterrando. Esas formas expresionistas y dislocadas de Goya son absolutamente sublimes.

Resultaba maravilloso escucharlo. A cada cuadro le daba una interpretación extraordinaria que iba más allá de lo puramente académico. Definitivamente, me había atrapado.

Llegamos a la puerta de su estudio. Era un edificio funcional, parecía más de oficinas que de viviendas. Subimos andando hasta la segunda planta. Aseguraba Santiago que "mover las piernas con cualquier excusa suponía un buen regalo para nuestro corazón".

Llegué jadeante hasta su estudio, no tanto por lo que suponía de ejercicio físico como por la angustia que me invadía y que me hacía imposible respirar con naturalidad. Mi sentimiento de culpa iba *in crescendo* a medida que nos acercábamos a la puerta. Mi otro yo me martilleaba la cabeza diciéndome que me fuera, sin embargo, allí esperé. Santiago rebuscó en los bolsillos del pantalón vaquero y sacó una llave solitaria en compañía de algo plateado y minúsculo que me puso a la vista.

—Aquí tienes tu pendiente —me dijo.

—¿El que se me cayó cuando...?

—Ése. Después de separarnos, retrocedí lo andado y lo busqué hasta que, en un lateral de la acera, lo encontré sin la tuerca. No creas, también intenté dar con ella, pero no hubo manera de encontrarla.

—¡Eres genial! Muchas gracias, Santiago.

—No, no, no. Esto no se resuelve con un simple «gracias». Me debes un beso.

En el rellano de la escalera, como si el tiempo no existiera, volvió a besarme. Yo iba paralizándome poco a poco, me quedé una vez más sin palabras. Me suele ocurrir a menudo cuando algo me impacta mucho, me bloqueo, como si mi cuerpo se quedara anclado. Allí estaba yo, frente a la puerta de su casa, inmóvil y con la mente en blanco. Me tuvo que invitar a pasar dos veces porque a la primera no reaccioné.

Mi cara debía de ser un poema, yo me notaba sin sangre en las venas. Me imaginaba con la cara blanca y ojerosa. Era la imagen que proyectaba a los demás cuando algo me impactaba o me asustaba. Santiago decidió que esa situación había llegado a su final. Me cogió en volandas y así, suspendida en sus brazos, entré en su estudio. Me levantó como si fuera una hoja de papel, pero sentí una vergüenza inmensa. Yo pataleaba al aire, a la vez que le reclamaba que me dejara en el suelo. Así seguí durante una eternidad mientras Santiago reía y reía sin parar girando sobre sí mismo y esquivando mis piernas, que cada vez se movían con más inquietud. Al final, me dejó caer en un sofá amarillo que tenía en un lateral de su estudio y detrás cayó él, encima de mí. Estábamos a dos milímetros uno del otro, frente a frente, tumbados en el sillón. Se apagó su risa. Se puso serio y después de mirarme fijamente a los ojos, nos besamos lentamente.

Pensé que había llegado el momento que tanto temía, pero que tanto deseaba. Santiago se puso en pie y me dijo: "Eres muy especial, Lourdes. No quiero meter la pata ni tampoco ir más deprisa que tú en todo esto. Vuelvo a decirte que eres la que marcas el ritmo de nuestra relación. ¡Vuelvo en un momento!".

Me había quedado tumbada en el sillón amarillo. Yo estaba dispuesta a todo, incluso mentalizada para que esa tarde no fuera una más en mi vida. Tenía el convencimiento de que acabaríamos fundidos uno en el otro pero, de repente, Santiago el hombre más echado hacia delante que había conocido nunca, frenaba sus impulsos y, sin que él lo supiera, los míos.

Aquel gesto, fuera de disgustarme, me gustó todavía más. Estábamos solos —él y yo— y había sido capaz de frenar a dos corazones que andaban desbocados desde hacía un par de días. Me senté apresuradamente y recompuse mi ropa y mi pelo como pude.

Con todo lo que acababa de suceder, no me había parado a mirar el entorno que me envolvía. Estaban los cuadros apilados en dos grandes grupos. Tenían un formato enorme. De dos por dos eran los más pequeños.

En el suelo había uno, pero daba la impresión de que no estaba terminado. Comprobé que pintaba en la gama de los grises, casi no había color en el lienzo que alcanzaba a ver.

Tenía brochas, botes de pintura y óleo por todos los rincones. Sin embargo, el sillón estaba limpio, impoluto. Debía de ser nuevo.

Apareció Santiago con la cabeza mojada, daba la sensación de que había pasado fugazmente por la ducha y había vuelto a ponerse la misma ropa. Yo creo que ni se había secado. Venía con dos tazas humeantes en sus manos.

—Te he hecho un té indio con canela —fueron sus palabras—. ¡Ya verás qué maravilla!

—Por lo que veo, los olores y los sabores dulces son para ti como una obsesión —le contesté.

—Mi verdadera obsesión eres tú —me dijo mientras me guiñaba un ojo—, pero es verdad que me encanta el olor de la vainilla y el sabor de la canela.

Estaba guapísimo con el pelo mojado. Iba descalzo por casa y sus pies alargados me llamaron mucho la atención. Bueno, lo cierto es que todo en él me parecía extraordinario. Llevaba unos vaqueros y una camisa blanca de un tejido muy fino. La camisa estaba completamente pegada a la espalda, ya que había absorbido el agua que le caía del pelo.

—No te has secado bien, Santiago, tienes la camisa empapada.

—No pasa nada. Una de mis manías al ducharme es no secarme. Te acostumbrarás.

—Lo digo porque con el frío que hace te vas a poner enfermo.

—Los virus me tienen miedo. Piensa que si no temes a la enfermedad, no te pones malo. Pero si vas pensando que puedes coger esto o aquello, acabas en la cama.

Esa desfachatez y esa seguridad en todo lo que decía o hacía llamaba mi atención. Manuel era el polo opuesto a Santiago: hipocondríaco, miedoso, y con el tiempo había perdido algo fundamental para mí: la capacidad de sorprenderme.

Sentía una enorme curiosidad por la pintura de Santiago. Le pedí que me enseñara su obra. Antes de hacerlo, volvió a tomar la palabra.

—Te pongo en antecedentes: en mi pintura hay más de violencia o de denuncia que cualquier otra cosa. Intento que tenga un mensaje, un contenido, un ansia, una fuerza. No me gusta la pintura plácida ni amable.

De forma automática pensé en mi pintura. "Mis desnudos —pensé— seguro que los aborrece." De alguna manera me defendí sin que Santiago lo notara.

—Yo creo que todos los estilos pueden convivir sin tener que anularse unos a otros. ¿No crees?

—Eso sería extraordinario, Lourdes, pero la realidad nos dice que los pintores nada tenemos que ver unos con otros. No hay ninguna conexión gremial, ni tampoco asociación de artistas que intenten hacer algo en común. En España cada uno va por su lado. Hay mucho enfrentamiento entre los distintos colectivos: entre los críticos y los galeristas, entre los galeristas y los artistas, entre los artistas y las ciudades donde exponemos. Somos un país especial.

Recordé entonces su propuesta en la anterior cita. "Vámonos de aquí juntos, a cualquier otro lugar." Estaba convencida de que tarde o temprano acabaría yéndose.

—¿Crees que tu pintura se entendería más fuera de España?

—No sólo la mía, la de cualquiera de nosotros. Se es mucho más respetuoso con la figura del artista. Aquí dices que eres artista y te confunden con un cantante, con un folclórico. Piensan que eres un excéntrico, mala gente. Sales, por ejemplo, a Francia y te tratan con respeto. Se entiende mucho más el arte en general fuera de España.

—¿Cuánto tiempo vas a tardar en irte?

—Me lo he planteado muchas veces. Ahora tenía una buena oportunidad de irme a Berlín, pero esos planes se han borrado al conocerte a ti. Me interesas más tú que todo lo que me rodea. ¿Por qué no nos habremos conocido antes? Considero que toda mi vida anterior ha sido una pérdida de tiempo. Me apasiona todo lo que tiene que ver contigo.

—Todo no. Estoy segura de que si conocieras mi pintura la aborrecerías. Es amable, como tú dices, no tiene nada que ver con la tuya.

—La conozco. Le pedí a Gerardo algún catálogo de antiguas exposiciones tuyas. Te reconozco una gran calidad. En todas las afirmaciones, siempre hay excepciones. Tú eres mi excepción. Para que no te sientas mal te diré algo que saben pocos sobre mí: yo también he hecho retratos, paisajes... he trabajado mucho los cuerpos y la luz, hasta que los abandoné por completo. Vas evolucionando y el camino se va haciendo más angosto y estrecho. Cada vez te van interesando menos cosas y eres más selectivo. Hay pintores a los que sólo les interesa lo suyo. Sin embargo, hay artistas que hacen cosas alucinantes y si no somos capaces de apreciarlo, te limitas. Pero en mi caso en concreto he optado por la abstracción, por abandonar, he abandonado hasta el color.

—Ya he visto que el cuadro que tienes en el suelo sólo tiene grises.

—Eso, Lourdes, va por temporadas. Ese cuadro que está en el suelo no está concluido. Ya no me pide el cuerpo el gris. Ahora lo pintaría todo en rojos. El rojo representa la pasión, la sangre, la fiesta del toro... De todas formas, mi paleta está muy mermada. No doy ninguna importancia al color. Otra cosa es el tono. Yo creo que los pintores españoles nos diferenciamos del resto por nuestra propia factura. Tenemos una preocupación por la luz que no tienen otros artistas extranjeros. Somos capaces de desarrollar una infinidad de tonos precisamente porque tenemos el sol todo el día ofreciéndonos diferentes matices. Y luego, el mimo que damos a nuestro material. Si te encuentras en alguna exposición con pintores alemanes o americanos, ves que no trabajan con el mismo cuidado la materia que aquí. Otra cosa es que sean capaces de generar un discurso teórico que en nuestro país no existe. Pero, Lourdes, no quiero seguir hablando. Te voy a aburrir... Estamos aquí solos tú y yo. ¡Déjame mirarte y admirarte! ¡Eres el ser más bello de la creación!

—Pero, Santiago, eres un exagerado. Yo soy más bien del montón. Estás embrujado, porque no me parece normal lo que me dices.

—¿Ves? Quitándote importancia, todavía me pareces más hermosa. Lourdes, ¿crees que puedo tener alguna oportunidad en tu vida? ¿Me vas a dejar conocerte?

—¿Me vas a dejar conocerte a ti? Santiago, no me has dicho si vives con alguien o si estás casado... No tengo ni idea de qué pinto yo en tu mundo.

—No estoy casado, no vivo con nadie fijo. Y...

(Dice que no vive con nadie ¡fijo! ¡Dios mío!, ¿con cuántas mujeres es capaz de tener relaciones a la vez? Después de tragar saliva logré hablar.)

—¿Qué has querido decir con que no vives con nadie fijo?

—Que ninguna mujer me ha atrapado hasta el punto de compartir mi vida con ella. A ninguna de mis amigas le he propuesto que se venga conmigo a vivir. A ti sí te lo he dicho, y eso que nos hemos visto, con ésta, cuatro veces. Si hay algo que he aprendido con los años, es a distinguir aquellas personas que valen la pena de las que no. Tú vales la pena. Me preguntas: ¿qué supones para mí? Pues te voy a contestar: ¡todo! El rompecabezas de mi vida tiene sentido contigo. Las piezas del puzle encajan, ¿entiendes? Mi vida era un auténtico caos hasta que lo iluminaste todo. Te mentiría si te dijera que no han existido mujeres en mi pasado y en mi presente. El problema es que todas han intentado cambiarme pero no lo han conseguido.

—¿Y qué es lo que querían cambiar de ti?

—No lo sé, supongo que casi todo. Para mí resulta frustrante iniciar una relación y ver que después de la cama no hay nada. Lo pasamos bien y punto. No tengo necesidad de volverla a ver. Además yo nunca hago planes de futuro y todas esas historias que tanto os gustan a las mujeres. Los hombres más estables y con una vida más controlada son los que, al final, se casan. Los artistas somos difíciles para convivir.

—No te olvides de que yo también soy artista y, por lo tanto, conozco de lo que estás hablando. Somos unos seres especiales, sensibles, que vivimos al día exprimiendo cada segundo de nuestra vida. De todas maneras, debo de andar mal de la cabeza porque sin conocerte ya me he besado contigo y ahora estoy aquí, en tu estudio, dispuesta a...

No me dejó terminar la frase. Me cogió la cara y me besó con tal fuerza y pasión que prácticamente no podía respirar. Volvía a embriagarme su olor a vainilla.

No soy capaz de recordar cómo nos desnudamos, pero en aquel sillón amarillo nos perdimos el uno en el otro. Sentía que mi pecho ardía. No hubo ni un milímetro de mi cuerpo que no fuera besado. Aquello parecía más que una realidad, un sueño. Había fuego en cada abrazo, en cada movimiento, en cada respiración. Desapareció la noción del tiempo. Subí varias veces al cielo, me perdí en Orión y en esta constelación me quedé colgada. El calor que sentía dificultaba mi respiración. Le besaba, me mordía. Le acariciaba, me lamía. Seguimos besándonos hasta confundirnos. Nos convertimos en una sola persona. Dejamos de ser él y yo hasta convertirnos en nosotros. Aquella magia nos hizo olvidar nuestra propia realidad. No se cuánto tiempo transcurrió, pero me sentí inmensamente feliz.

La música *chill-out* que sonaba de fondo me devolvió poco a poco a la tierra. Me imaginaba en el Café del Mar respirando aire fresco mientras contemplaba la luna y las estrellas de mi constelación: Betelgeuze y la blanca Rigel. Allí me mantuve en el espacio interestelar viajando de una estrella a otra, sin vértigo alguno y con la ilusión de un niño que se descubre a sí mismo. El tiempo se convirtió en eterno hasta que la realidad, mi realidad, me hizo descender a una velocidad de vértigo de mi constelación al suelo.

De forma inesperada, brusca, reapareció otra vez mi conciencia. Un complejo de culpa irrefrenable impuso algo de cordura en toda aquella amalgama de afectos e instintos.

Comencé a vestirme con movimientos lentos, muy lentos. Tenía que volver a casa, pero no me sentía con fuerzas para mirar el reloj. Debía de ser tardísimo, pero estaba como embrujada.

Santiago me acercó con su coche hasta una calle cercana a mi casa. No quería que me dejara en la puerta. Me invadió un miedo terrible a que algún vecino me viera en compañía de Santiago. Imaginaba mil ojos observándome y acusándome. Mi cabeza estaba a punto de estallar. Por un lado, me sentía feliz por haber descubierto un mundo repleto de colores, un mundo hasta ese momento desconocido para mí, y por otro, me culpaba por ser la más miserable del planeta. Mi conciencia estaba recriminándome todos y cada uno de los pasos que había dado en esa tarde que jamás olvidaría.

No sabía qué excusa poner cuando llegara a casa, pero lo cierto es que olía a vainilla por cada uno de mis poros. Una ola gigante de afecto, un *tsunami* de ternura inundó mi vida. Lo cierto es que no sabía si llorar por todo lo que seguro iba a dejar atrás o disfrutar de esa sensación de felicidad que encuentras cuando redescubres tu camino.

No comprendía bien lo que me estaba pasando, pero entendía que aquella experiencia iba a marcar mi vida para siempre.»

8

NO TODOS LOS ULISES LLEGAN A ÍTACA

«La vida aparentemente sigue igual que siempre. Mi hija, mi marido, mis clases, mi pintura... pero ya nada se encuentra en su sitio. He tardado en volver a escribir en el diario porque no tengo fuerzas para continuar con una narración que no va a llevarme a ninguna parte.

Me he dejado llevar por una ilusión pero quiero ser fuerte y pelear por lo que ya tengo. Manuel no sé si intuye algo, pero está más cariñoso que nunca conmigo. Me ha sorprendido favorablemente comprobar como no me ha recriminado que llegara tarde varias noches seguidas. Ha asumido que ahora le toca a él hacer las tareas de casa cuando llega de trabajar.

Regreso a casa y tengo paz. Una paz que desaparece en cuanto cruzo el umbral de la puerta de mi habitación. Estoy a punto de volverme loca. Sinceramente, no sé qué quiero, ni qué estoy haciendo con mi mundo.

Lo que no puedo evitar es sentir pavor a que Manuel se ponga cariñoso. No entiendo qué me ocurre, pero no puedo besarle, no soporto que me toque, no quiero ni que me roce. Llevo unos días contándole que me encuentro muy mal de salud y, por lo menos, eso le da una explicación a mi estado anímico.

Echo mucho de menos a Santiago. La única forma de soportar su ausencia es volcarme en mi niña, que se ha convertido en mi mundo, mi gran mundo. Me llena de amor, de ternura. Sus besos logran borrar mi incertidumbre. Su cara siempre sonriente y sus enormes ojos que siempre me observan me dan aliento para seguir respirando.

Me siento como un barco a la deriva. No tengo ni idea de qué rumbo voy a ponerle a mi vida. Ahora mismo, simplemente, me dejo llevar. Mi futuro no mira más allá de lo que va a ocurrir mañana. Me siento incapaz de ponerme más plazo. ¿Conseguiré algún día vivir al lado del hombre al que quiero? Sé que no todos los Ulises llegan a Ítaca, pero yo quiero intentarlo. De todas formas, me daré tiempo.

Colgaré mi vida de los hombros de mi pequeña porque en este momento no me veo con fuerzas para comenzar de nuevo. Sólo haré aquello que convenga a mi hija. Ése puede ser el camino, mi camino. No puedo permitirme plantearme separarme de Manuel y empezar una nueva vida junto a otro hombre. No tengo claro si mi momento pasó. Ahora debo pensar en Carmen. Viviré a través de la felicidad de mi hija. Ése puede ser mi nuevo rumbo. No puedo romper con todo mi pasado, sería demasiado fuerte para una simple mujer como yo soy. No quiero hacer daño a nadie, prefiero hacerme daño a mí misma.

A lo mejor me engaño y esta pasividad no es más que un acto de cobardía. No deseo que nadie descubra cómo soy en realidad: una mujer que en plena madurez se ha enamorado como una colegiala. Un amor que me convierte en otra persona porque nadie, durante toda mi existencia, me ha enseñado a ser yo misma. Tampoco me habían enseñado que amar es dar y recibir. Desde pequeña aprendí a ser quien debía ser, a dar y nunca esperar nada a cambio. Una existencia volcada en agradar a los demás, en hacer aquello que jamás deseo y en reprimir mi voluntad.

Por primera vez he hecho algo que quería y que deseaba... He tenido fuerzas para dejarme llevar por mis sentimientos. ¡Algo impensable en mí!

Hoy por hoy, no tengo conciencia de si me muevo entre el cielo o el infierno. Desconozco si hago bien o mal, si soy una mala persona o alguien que se está liberando de un pasado que la tenía encarcelada. Ignoro si me estoy acercando a un pozo que no tiene agua o si voy a beber un agua cristalina que me va a dar la vida.

Toda esta situación me parece horrible, pero también maravillosa. Sé lo que es amar. Tengo el privilegio de saberlo. ¡Pienso en cuántas personas no lo descubrirán jamás!

He dejado de pintar, me he quedado completamente seca. Me sitúo frente al lienzo y me puedo pasar horas observándolo sin saber muy bien adónde o a qué miro. Los ojos se quedan clavados en la tela blanca y puedo pasar mucho tiempo sin hacer otra cosa más que pensar.

Siempre he pintado cuerpos, me gusta recrearme en la belleza del ser humano, en cada músculo, en la desnudez de las personas. Ahí no hay mentiras, es la verdad pura y absoluta. Pero ahora no puedo, sinceramente, no sé qué me ocurre. Creo que la pintura de Santiago ha eclipsado la mía por completo. No soy capaz de abstraer como él lo hace, tampoco me atrevo a imitarlo. El automatismo abstracto, el gesto, las técnicas de azar controlado, la deconstrucción entendida como una estrategia para provocar un terremoto sobre el que observa la pintura; ahora mismo, no estoy preparada para hacerla. Santiago es un genio que arrasa todo lo que toca. De momento, se ha quedado con toda mi energía y me ha dejado en el desierto más angosto por el que he atravesado nunca. Sabré esperar para comprobar como el tiempo pone solución a todo.»

De repente Carmen paró la lectura del diario. Aquella crisis que tuvo su madre de inactividad durante nueve meses tenía que ver con la irrupción de Santiago en su vida. ¿Qué tendría ese hombre para atraparla como lo hizo y seducirla?

Resultaba evidente comprobar que había ejercido sobre ella una influencia nefasta. Debía de ser una especie de depredador de mujeres. Algo parecido le ocurrió a Picasso, al que tanto admiraba, con todas y cada una de las mujeres que se cruzaron en su camino. Según su nieta Marina, los creadores tienen derecho a devorar todo y a todos los que están a su alrededor y a llevarles hasta la desesperación. «El genio necesitaba sangre para firmar cada uno de sus lienzos: la sangre de todos aquellos que, creyendo amar a un hombre, amaron a Picasso.» Marie Terése Walter se ahorcó, Jacqueline se disparó una bala en la sien, Olga terminó su vida paralítica y desolada después de haber abandonado todo por él y Dora Maar murió en la miseria en medio de las telas de Picasso que se negaba a vender...

Carmen se preguntaba si todo genio ejerce una influencia nefasta sobre los que tiene alrededor hasta el punto de anularles y vampirizarles. A su madre, Bari le había robado su personalidad. Había tejido sobre ella una especie de tela de araña que la paralizó hasta el punto de anular su creatividad. Tenía que conocer a ese pintor y ¡decirle tres cosas bien dichas! No le perdonaría jamás que cambiara el rumbo a la vida de su madre.

Estaba pensando cómo localizarle. Rebuscó en el cofre por si hubiera alguna dirección, algo que le permitiera llegar hasta él, pero no encontró ninguna pista. De repente, se acordó de que fue Gerardo Pau el que les presentó en una exposición suya. A él sí sabía cómo localizarle, su teléfono estaba en la agenda de su madre. Le conocía bien, había estado en casa en numerosas ocasiones.

Marcó su móvil y después de dos llamadas, contestó al teléfono.

—¿Sí? ¡Dígame!

—¿Gerardo Pau?

—Soy yo, ¿con quién hablo?

—Gerardo, soy Carmen, la hija de Lourdes...

(No la dejó terminar. Eufórico, tomó la palabra.)

—¿Cómo estás, Carmen?

—Bueno, te puedes imaginar. Intentando asimilar todo lo que ha pasado.

—Ha sido un golpe muy duro para todos. Todavía no me puedo explicar cómo ha podido ocurrir. Tu madre no fumaba, no bebía...

—El caso es que su corazón, literalmente, se rompió. Mira, Gerardo... (no sabía cómo pedirle el teléfono de Bari) sabes que estaba estudiando en París hasta que murió mi madre. Quiero ver pintura, acercarme a los pintores que mi madre admiraba. Había pensado que podría visitarte un día a ti, otro a Santiago Bari...

En el teléfono se hizo un silencio. Se dio cuenta de que Gerardo estaba enterado de la relación de Lourdes con Bari y de que los únicos que permanecieron en el limbo todo este tiempo eran su padre y ella. Finalmente respondió.

—Conmigo lo tienes muy fácil, cuando quieras te pasas por mi estudio. Será para mí un auténtico placer. Lo de Santiago... ya no me atrevo a hablar por él. Hace mucho que no hablamos. Se fue hace tres años a Berlín.

—¿A Berlín hace tres años? ¡Qué contrariedad!

—¿Por qué quieres conocerle precisamente a él?

(Esa pregunta iba cargada de auténtica metralla. Por alguna razón, no quería que llegara hasta Santiago. Eso era evidente.)

—Hombre, no hay ninguna fijación especial con él —aquí procuró poner la voz más grave para dar una mayor sensación de seguridad—, lo que ocurre es que he observado tanto el cuadro que está en la habitación de mis padres que me gustaría conocerle. Me parece interesante su técnica y también la tuya, por supuesto.

—Ya, ya te entiendo.

(No se le oía muy convencido. Carmen siguió insistiendo.)

—Hasta septiembre no puedo comenzar en la universidad Bellas Artes, no quería estar parada tantos meses… pero tengo la impresión de que te incomodo. No te preocupes, comprendo que tú estás muy ocupado.

—No, por favor. No quiero que te lleves esa impresión. Todo lo contrario. Estoy pensando a la vez que hablo contigo. ¿Y si te presentara a más pintores, qué te parece?

—No quiero conocer a más pintores. Me gustaría conocer tu técnica y la de Santiago. Ninguna más.

(A cabezota no la ganaba nadie. Buenas broncas se ganó de su madre por el mismo motivo.)

—Está bien. No te prometo nada. Voy a averiguar dónde está Santiago, si va a hacer alguna exposición en España. Te contaré algo en seguida. Por lo que respecta a mí, cuando quieras ven a verme.

—Muchas gracias. ¡Espero noticias tuyas!

—De acuerdo. ¡Hasta pronto!

Al colgar, Carmen resopló como lo hacía después de un examen del que no estaba muy segura de las respuestas. ¿Por qué tanto misterio? ¿Qué es lo que temía Gerardo? Estaba llena de preguntas porque tampoco entendía que Bari se hubiera ido a Berlín hace tres años. Eso podía significar que su madre y él habían concluido la relación. También explicaba que un despechado pintor se fuera lejos de España, huyendo de la persona a la que amaba. Y si era una relación pasada, ¿por qué su madre se empeñó en que ella leyera sus diarios? Estaba llena de dudas. La única manera de saber más era seguir leyendo. Tenía una idea que le rondaba la cabeza: ir directamente al final del diario. Sin embargo, algo le decía en su interior que tenía que leerlo en el orden que lo había escrito Lourdes. Sin embargo, no pudo reprimir su curiosidad y simplemente leyó la última frase del segundo diario: «Han vuelto a llamar al teléfono y no han contestado. Seguro que es él. El tiempo, mi tiempo, se ha vuelto a detener. Me encuentro en el mismo punto donde estaba hace tres años. Esta vez —como decía el poeta— "podrán cortar todas las flores, pero no podrán detener la primavera..."».

Lejos de ayudarla a comprenderlo todo, la última frase de su diario introducía más enigmas en el final que tuvo su madre. «No podrán detener la primavera...» ¿A qué podría referirse? Hizo un alto en su lectura y decidió ir a pasear. Necesitaba pensar. Dar vueltas en su cabeza a todo cuanto estaba aconteciendo. Guardó rápidamente los diarios y se echó escaleras abajo. Justo cuando abrió la puerta del portal se encontró con su padre, que regresaba a casa.

—¡Anda, ven conmigo, papá! —le dijo de forma imperativa—. Voy a dar un paseo.

Era una tarde soleada, casi primaveral. Un adelanto de la estación que se apresuraba a entrar, después de un invierno crudo y difícil.

Su padre accedió al paseo. Iba Carmen colgada de su brazo mientras le observaba. La muerte de su madre le había echado encima varios años. Las sienes dejaban al aire un tropel de canas y había perdido completamente el brillo en su mirada. Casi no le reconocía, no era ni su sombra.

—¿Cómo estás, papá? —se atrevió a preguntarle, después de un largo silencio.

—¿Quieres que te diga la verdad?

Carmen asintió con la cabeza y su padre siguió el discurso.

—No tengo ganas de vivir.

Incrédula de lo que estaba escuchando, abrió los ojos de par en par.

—No, no lo tomes a mal, hija —continuó su padre con un discurso cansino y lento—. Sé que tú me necesitas y para mí eso es suficiente. ¿Cómo explicarte que tu madre para mí era una necesidad? Yo tenía una vida... fácil a su lado. No tomaba ninguna decisión. Era mi cabeza, mis manos, mi sombra, mi luz... todo. Siempre hemos estado juntos. Llevábamos casados casi un cuarto de siglo. Simplemente mirarla ya me daba tranquilidad. Parecía una niña a mi lado. En todo momento alegre, feliz. Porque tu madre tenía un mundo interior muy rico. ¡Fíjate! A veces, la encontraba tumbada plácidamente y me gustaba mirarla. Sonreía hasta en sueños. Me he preguntado muchas veces qué pensamientos correrían por su cabeza.

Carmen no podía soportar, sin que se le saltasen las lágrimas, las palabras de su padre. Ahora ella sabía qué pensamientos ocupaban el interior de su madre. Daba pena escuchar a un hombre tan dependiente de una mujer que no le quería. ¿Nunca habría sospechado su padre nada? ¿Cómo era posible que viviera en la inopia, en el limbo de los inocentes? Resultaba muy doloroso oírle cómo se expresaba.

—Papá, ¿no hubo ninguna crisis entre vosotros después de tantos años? —se atrevió a preguntarle.

—¿Por qué me haces esa pregunta? —le contestó su padre con cierta incredulidad.

—No sé, quizás porque todos los matrimonios tienen sus baches —no sabía qué decirle. Fue lo primero que se le ocurrió.

—Bueno, es verdad que la convivencia tiene sus baches. Eso es así. Pero nosotros estábamos muy unidos. Tú sabes que yo nunca he sido un hombre muy expresivo. Creo que tu madre sabía interpretar mis silencios. No nos hacía falta hablar para entendernos perfectamente.

—¿Tú la querías?

—¡Por supuesto!

—¿Y ella a ti?

—Hija, ¿dime qué te pasa? No es normal que me hagas esas preguntas.

—No veo la anormalidad en saber si os amabais, papá. Ya soy adulta para hablar de este y de cualquier otro tema.

—Pero la pregunta incluso ofende. ¡Pues claro que nos queríamos! Como se quieren las personas que llevan tantos años juntas. A lo mejor ya no existe la pasión del principio, pero están otras muchas cosas... el cariño, la amistad, el haber compartido muchas vivencias, tener una hija en común...

Carmen no siguió preguntando, se dio perfecta cuenta de que su padre se encontraba incómodo hablando de este asunto con ella. Sintió pena por él, su matrimonio estaba muerto, con el encefalograma plano, sabe Dios desde cuándo, y no fue capaz de percatarse de ello.

Caminaron entre las calles colindantes a su casa. Iban despacio, como a cámara lenta, intentando dar a cada paso un sentido. Las personas que se cruzaban en su camino chocaban con ellos o les esquivaban mientras padre e hija conservaban su parsimonioso ritmo. Llevaban el paso de las procesiones de Semana Santa, mientras la gente corría por las aceras, en una especie de esquizofrenia colectiva en donde la prisa lo dominaba todo. A nosotros el destino nos había obligado a llevar el ritmo de aquellos a los que la vida les pesa demasiado.

De regreso a casa, prácticamente no cruzamos palabra alguna. Simplemente comenté en voz alta el buen tiempo que hacía y mi padre se limitó a asentir con la cabeza.

Me prometí a mí misma no volver a poner en duda el afecto que existía entre mis padres. Era evidente que la sola duda de mis preguntas le había entristecido en exceso. Ya no habló más. Al cruzar el umbral de la puerta, se dirigió hacia su habitación. Entre sus cuatro paredes se encontraba seguro. Hasta el día siguiente no volví a verle.

Nunca más saqué el tema, quise que mi padre borrara aquella tarde en la que me comporté con una crueldad fuera de lo común. Hurgué en una herida abierta y no medí el daño que podía provocarle. Estaba completamente arrepentida. Aquella noche no pude pegar ojo hasta que comenzó a amanecer.

La llamada temprana de Gerardo Pau, el amigo de mi madre y de alguna manera responsable del encuentro con Santiago Bari, me despertó del leve sueño que había podido conciliar.

—Carmen, soy Gerardo, ¿no te habré despertado, verdad?

—Bueno, en realidad me acababa de dormir porque he pasado una mala noche.

—Perdona, si quieres te llamo más tarde.

—No, no, por favor. ¿Tienes algo que decirme?

—He encontrado a Santiago.

Se incorporó de golpe y se quedó sentada en la cama. De repente, ya no tenía sueño. Desapareció el cansancio. Gerardo continuó informándola…

—Está en España.

—¿Pues no decías que estaba en Berlín?

—Tú lo has dicho, estaba. Regresó a primeros de enero.

(Entonces, cuando murió su madre Santiago ya había regresado. ¿Tendría conocimiento de su vuelta a España antes de que su corazón literalmente se rompiera?)

—¿Cómo puedo encontrarlo?

—No te va a resultar nada difícil. La semana que viene se

inaugura una exposición conjunta de varios pintores. Uno de los que exponen es Bari. Allí le encontrarás el mismo día de la inauguración.

—¿Has hablado con él para comunicarle que quiero conocerle?

—Mira, eso no lo he hecho. Desde que se fue al extranjero Santiago perdió todo trato con los que nos quedamos aquí. No creo que tengas ningún problema con él y menos siendo hija de Lourdes.

Aquello le sonó a todo un dardo lanzado al aire. No le gustó el tono en el que lo dijo. Decidió cortar la conversación.

—¿Cómo averiguo el día y la hora de la inauguración?

—El galerista es amigo mío. Te mandará una invitación a casa. ¿Vale?

—Muy bien. Muchas gracias, Gerardo.

Disponía de unos días para preparar ese encuentro con el hombre que cambió el curso de la vida de Lourdes. Pensaría bien las palabras que debía utilizar y comprobaría qué tenía de extraordinario para haber vuelto completamente loca a su madre.

Por otro lado, sentía pavor ante un hombre capaz de hipnotizar a las mujeres que se acercaban a una distancia corta. La clave está en saber qué hace con sus conquistas. ¿Las destruye como tantos genios que se aprovechan de las mujeres que están cerca de ellos para sorberles la vida y finalmente olvidarlas?

La idea de poder hablar con él, sin embargo, la seducía. Era algo inexplicable. Deseaba conocer al hombre que más odiaba sobre la tierra: Santiago Bari.

9

ENTRE INIESTA Y BÉCQUER

No tardó en llegar la invitación. En cuanto vio el sobre blanco en el buzón, a su nombre, supo que se trataba de la información que esperaba sobre la exposición de Bari. Lo abrió precipitadamente en el mismo portal de su casa. El sobre se rasgó por entero y dejó entrever la cartulina blanca con la fecha y la hora de la inauguración: Albert Gallery le invita el día 23 de marzo, a las 20 horas, al cóctel de presentación de la exposición: «Pintores de Vanguardia».

Faltaba menos de una semana, tiempo suficiente para planear una estrategia con respecto a Bari.

Subió corriendo las escaleras de casa y el corazón, otra vez, comenzó a galopar. La sola idea de encontrarse con el hombre que había trastocado la vida de Lourdes la puso nerviosa.

Estuvo durante unos minutos dando vueltas a su habitación. Le resultaba imposible pensar algo coherente. Buscaba una buena forma para conocerle. Tan pronto decidía que al llegar a la galería se haría la encontradiza, como que en cuanto estuviera cerca de él le espetaría a la cara que era hija de Lourdes Zúñiga para comprobar su reacción.

Su habitación estaba completamente desordenada. Los libros se habían empezado a apilar entre su mesilla de noche y su mesa de estudio. El color verde lima imperaba en los doce metros cuadrados en los que había conseguido establecer su mundo.

En una de las paredes, tenía un panel de corcho en el que podían verse fotos que recogían momentos que consideraba importantes en su vida. La mayoría eran en compañía de su madre. En una de ellas, Lourdes estaba realmente guapa. La melena rubia, rizada, le llegaba a los hombros; parecía feliz con su amplia sonrisa y sus ojos color miel algo guiñados por el efecto del sol. La sostenía en brazos a ella. Tendría en esa instantánea tres años nada más. La pequeña sonreía exactamente igual que su madre. Resultaba curioso el parecido físico. A pesar de la corta edad, Carmen compartía los mismos gestos, el mismo color de pelo y de ojos. Se estaban mirando una a la otra y en esa mirada había mucho afecto, cariño, idolatría.

Siempre estuvieron muy unidas, tanto que, a veces, su madre parecía que podía leerle el pensamiento. Lourdes tenía un sexto sentido para adivinar con antelación aquellos problemas que en el pequeño mundo de Carmen parecían insondables. Sobre todo, poseía un arte especial para hacerla callar cuando su llanto se convertía en puro drama. Luego, de mayor, continuó ese lazo estrecho entre madre e hija. Sólo con mirarse podían entenderse, se sentían cómplices en numerosas ocasiones y se reían a menudo, como a hurtadillas, de algunas cosas que mantenían en secreto sólo para ellas.

Eran como una misma persona con dos vidas distintas. Se encontraban a gusto juntas. En ocasiones, resultaba empalagoso verlas abrazarse y besarse.

Lourdes solía envolverla con sus brazos y podían permanecer así largos ratos, que sólo interrumpían las muchas llamadas de teléfono que empezó a tener Carmen ya de adolescente.

Mirando la foto que se encontraba en el centro del panel de corcho de su habitación, sintió un vacío enorme. Pesaba demasiado la ausencia de Lourdes. Los recuerdos se le enredaron en la nostalgia y se entretuvo en navegar por sus vivencias infantiles. Si cerraba los ojos podía oler a su madre. Un olor intenso a jazmín... Siempre las flores pequeñas sedujeron a Lourdes... flores modestas, humildes, pero intensas y profundas. Parecía mentira que ya no estuviera con ella y que nunca más volviera a verla. ¡Nunca!

Carmen arrancó a llorar desconsoladamente. Así estuvo un buen rato. Aprovechando que no estaba su padre, no hizo nada por reprimir el llanto. Lo dejó fluir, escapar por sus mejillas... Aquellas lágrimas, durante tanto tiempo contenidas, la fueron liberando de la rabia que sentía. ¿Por qué su madre? Estaba en su mejor momento, en plena madurez y con unas ganas de vivir que sabía transmitir a todos. Le parecía que la vida era una enorme injusticia. Necesitaba a su madre más que nunca. Lloró con rabia, como cuando era pequeña, pero con una diferencia: esta vez no acudió Lourdes a calmar su angustia.

En muchas ocasiones no nos damos cuenta de lo mucho que necesitamos a una persona hasta que ya no está entre nosotros. El tiempo se había parado para su padre y para ella el día que murió Lourdes. Se notaba en la casa que faltaba el motor que impulsaba el día a día.

El sol se coló por la ventana de su habitación. Era muy intenso y pudo con su fuerza atravesar las nubes que amenazaban tormenta. Siguió el halo de luz que entró en la estancia con el descaro de la fuerza de la naturaleza. Mirándolo, observó que en la pared había hilillos de tela de araña que delataban que, en aquellas paredes, desde hacía meses nadie se preocupaba por limpiar. ¡Hasta las paredes notaban la orfandad y el abandono que había invadido todo en esa casa! —pensaba Carmen.

Después de enjugarse las lágrimas, extrajo el cofre de madera que se hallaba en su armario. El legado que recibió de su madre nada más morir. Sacó fuerzas para seguir con la lectura que tanta hiel había vertido sobre su relación con ella. Se dio cuenta de que el odio que sentía al leer el diario no era otra cosa más que rabia. La rabia de haberla perdido y el coraje de creer que lo habían compartido todo, a excepción del secreto de Bari. Esa Lourdes del diario era una perfecta desconocida para ella. A pesar del dolor, continuó la lectura.

«Las dudas que vienen a mi cabeza en tropel desaparecen en cuanto oigo su voz. Me ha llamado y hemos quedado en vernos hoy en el parque que hay cerca de mi casa, el de la Fuente del Berro, a las dos y media de la tarde. A esas horas no hay nadie y me apetece mucho enseñarle mi entorno y, sobre todo, verle a plena luz del día. Esta tarde no tengo clases y mi hermano Ricardo irá a por la niña. Intuye que algo no va bien y se ha prestado a echarme una mano. No sabrá nunca cuánto se lo voy a agradecer.»

Carmen decidió leer de un tirón el diario, aunque sufría con cada encuentro amoroso de su madre con Bari. Lo vivía como si fuera una infidelidad a ella. No podía soportar la idea de que prefiriera estar con el pintor antes que con su hija. Tenía una especie de celos que emergían cada vez que en la lectura salía su nombre. Máxime cuando a ese parque, en el que habían quedado, estaban ligados sus primeros recuerdos infantiles.

Vivían a pocos metros de la continuación del parque que más ha inspirado a artistas y directores de cine. Nadie que no lo conozca se puede imaginar que al final de calles tan empinadas y estrechas emerja una de las joyas paisajísticas más hermosas. Se trata de un lugar único en Madrid en cuyo paseo, lleno de desniveles, curvas, rías, puentes rústicos... uno se puede encontrar con pavos reales exhibiendo con toda la pompa y majestuosidad su plumaje extendido a modo de abanico; o puede que te encuentres con cientos de palomas comiendo cerca de un estanque que a su vez alberga a patos y ocas, en un ejemplo de convivencia entre diferentes especies.

Es un rincón único entre grandes arterias por las que circulan miles de coches a diario. Un paisaje que te reconcilia con el ser humano y con la naturaleza. Un oasis en medio del corazón de la gran ciudad. Sólo el paseo entre olmos, secuoyas, cipreses, sauces, pinos, hayas, cedros... y los magnolios que tanto gustaban a Lourdes, supone un viaje de placer para los sentidos.

Una orgía de olores se entremezclan entre el colorido de los árboles centenarios que salen al encuentro del visitante. Las magnolias marcan su territorio e invaden el de las otras flores. Su olor dulzón acuna el olfato y provoca una especie de ensoñación que envuelve ese momento en algo mágico. Los sonidos poseen también un importante protagonismo y te acompañan en ese paseo por el siglo XVII. Aguas que caen en forma de riachuelos, caños que golpean cantarinamente en su encuentro con los estanques, pájaros que revolotean, el sonido de las pisadas sobre la arena, los niños que juguetean en los alrededores y los novios que se entrelazan entre los serpenteantes caminos. Ése era el marco elegido para la siguiente cita entre Santiago y Lourdes.

«Llegué pronto. En realidad, estaba tan nerviosa que preferí salir con tiempo de casa. No sé cuántas veces me cambié de ropa. Al final, me puse un pantalón negro, una blusa negra y una chaqueta rosa. Quería gustarle. Me invadía la ilusión de volver a verle, después de varios días de arrepentimiento y de angustia por un encuentro amoroso que no había logrado borrar de mi mente ni un solo instante.

Le dije que me encontraría entre las estatuas del músico Iniesta y del poeta Bécquer. Las separaban doscientos metros, no más. No me paré a pensar, hasta que llegué a la estatua del poeta, que habíamos quedado en el lugar del homenaje al escritor al que tanto inspiró un amor imposible. En la placa junto a la figura de su musa se podía leer una de sus rimas. Estaba embebida en su lectura cuando unos brazos me envolvieron por detrás. La sorpresa me hizo gritar. Menos mal que no había nadie a esas primeras horas de la tarde paseando por allí.

Nos echamos a reír por lo cómica que resultaba la situación. Verle a plena luz del día, sus ojos negros azabache clavados en los míos, su pelo negro rizado empapado en agua y su boca de labios gruesos sonriéndome, parecía un sueño más que una vivencia real.

Me cogió la cara con sus dos manos y me besó con el mismo ímpetu de siempre. Cuando pudimos desunir nuestros labios comenzamos a caminar. Todo le llamaba la atención, quería recorrer el parque por entero. Empecé hablándole de este lugar que tantas veces había recorrido con mi pequeña.

—¿Sabes desde cuándo este parque está abierto a los ciudadanos? —fue lo primero que se me ocurrió preguntarle.

—No tengo ni idea, desconocía que hubiera un lugar tan bonito en mitad del asfalto y en pleno corazón de Madrid.

—En 1630 lo compró Felipe IV por 32.000 ducados y adquirió el derecho de sus aguas para la casa real. Tres siglos después el Ayuntamiento se hizo con él. De modo que por donde nosotros estamos pisando lo hicieron antes reyes y personas de la corte. ¿No te parece fantástico?

—Lo que me parece fantástico es que estemos juntos. Eso sí que me parece único. Llevo pensando en ti desde que te conocí. ¡Vente conmigo, Lourdes! No es fácil que dos personas se encuentren y se atraigan de la misma manera que nosotros. No perdamos tiempo. El amor hay que atraparlo y no dejarlo escapar nunca. La vida es muy corta.

No supe qué contestar. Me quedé callada mirándole. Volvimos a besarnos. Era una necesidad estar pegada a su boca. No quería ni pensar en lo que me decía, sólo vivir ese momento como algo irrepetible. Cuando pude hablar, procuré cambiar de tema.

—Santiago, ven por aquí. Te voy a enseñar mi árbol preferido.

Anduvimos pocos metros y me paré frente al magnolio que tantas veces había admirado por su imponente altura.

—Éste es uno de los magnolios más altos del mundo, y eso que nunca pueden alcanzar más de veinticinco metros —le comenté con mi aire doctrinal de siempre—. En él todo es grande, sus hojas, sus flores... El olor que desprenden me encanta.

—Además, tienen una particularidad —me replicó mientras admiraba este ejemplar de árbol—, sus flores no están al alcance de todos. Andan siempre escondidas entre sus hojas. Lo más hermoso no suele estar a la vista. La belleza no se expone, hay que hallarla y cuando se encuentra, no quieres más que vivir para contemplarla —esta última frase la dijo mirándome.

Santiago tiene una enorme fuerza en sus palabras y en su mirada. Sus teorías sobre todo lo que nos rodea me fascinan. Ha adaptado la vida a su mirada. Exprime cada segundo como si fuera el último que va a vivir.

El sol nos acompañó parte del camino hasta que empezaron a aparecer nubes que con cierta velocidad fueron tapizando el cielo de blanco y gris. Como si fuéramos ajenos al festival de lluvia y truenos que nos tenía preparado la tarde, seguimos paseando como si nada ni nadie pudiera estropearnos el paseo.

Aproveché para saber de él y averiguar más datos sobre su pasado. Es hijo único. El hecho de haber vivido su infancia en Manchester y después haber regresado a España con su familia, arrancándole del entorno y de sus amigos, le ha hecho un ser independiente y un tanto introvertido. He observado que no le gusta mucho hablar de sí mismo. Se escapa siempre para acabar imponiéndose la pintura como su gran tema. Está claro que se trata del territorio en el que se encuentra más seguro.

—¿Cuál es tu ritmo de vida? —le pregunté.

—Yo exprimo la vida, Lourdes.

—¿Te quedas con la sensación, al final del día, de que todavía le podías haber sacado más jugo a todo?

—Mira, ando siempre jodido porque yo tengo una velocidad y el mundo tiene otra. Entonces, cuando salgo a la calle, me voy chocando con todos porque el mundo va parado.

—Vives acelerado, Santiago —le dije mientras sonreía-.

—Tengo prisa. A mi me gustaría dormir las mismas horas que duermo, pero vivir más horas despierto, ¿entiendes? Ojalá el día tuviera 48 horas y no 24. Me daría tiempo a hacer muchas más cosas.

—¿Y para qué querrías tantas horas?

—Depende. No quiero tantas horas sólo porque piense en pintar. No. Por ejemplo, yo cuando como, como. Cuando hago algo, lo que sea, amar... el gasto de mi energía es como un dispendio. ¡Me gusta vivir!

Mientras decía esas palabras empezaba a chispear. No hicimos por salir corriendo a protegernos de las tímidas gotas. Todo lo contrario. Me contagié del gusto por sentir la lluvia en la piel. Santiago buscaba el contacto de su cara con las gotas que caían cada vez con más intensidad. Respiraba hondo y yo le imitaba. Ese olor a tierra mojada que trae la lluvia al abrazar la tierra fue un gran regalo para los sentidos.

Comenzaron a sonar los truenos de fondo y para mí la magia se truncó. Tras el sonido brusco de los relámpagos un escalofrío recorrió todo mi cuerpo. Me quedé paralizada sin poderme mover.

—Lourdes, ¿qué te ocurre? —me dijo Santiago extrañado.

—El miedo me paraliza. No puedo andar.

Mi cuerpo temblaba hasta el punto de que mis dientes empezaron a rechinar. Santiago casi en volandas me llevó hasta el palacete reconstruido, que está cerca de la puerta principal del parque. Allí nos protegimos de la lluvia que caía con saña. Estábamos empapados de agua. Notaba como las gotas que salían de mi pelo recorrían la cara y el cuello. Santiago volvió a envolverme con sus brazos y la lluvia dejó de tener protagonismo.

—¿Quién ocupó antes tu vida: una mujer o la pintura? —le pregunté con la curiosidad que se siente por saberlo todo de la persona amada.

—Una mujer.

Aquella respuesta no me gustó. Me llenó de angustia.

—¿Sigues teniendo contacto con ella?

—No. Fue un amor muy intenso, muy doloroso.

No dije nada, esperando que su explicación fuera algo más larga.

—Fue mi primer amor, yo tenía dieciocho años. Estuvimos juntos cerca de cinco años.

—¿Tenía que ver con la pintura?

—No, en absoluto.

—¿Después de ella no has vuelto a querer igual?

—Lo cierto es que no. Me hizo mucho daño. Admiro mucho a la gente que se enamora perdidamente. Bueno, hasta ahora, yo me enamoro y me desenamoro con la misma facilidad. Procuro no poner el alma porque no estoy preparado para que me dejen. Yo soy mucho de afectos, pero no de perder la cabeza...

En ese momento, me sentí ridícula. Estaba abrazada a un hombre del que estaba locamente enamorada y, sin embargo, él me confesaba que se enamoraba y desenamoraba con igual rapidez. Y, en cualquier caso, nunca hasta el extremo de perder la cabeza. Yo, en cambio, la cabeza la había perdido el mismo día que le vi por primera vez.

No sé explicar la sensación tan extraña que tuve. Me hubiera gustado irme corriendo de allí a pesar del chaparrón que estaba cayendo.

Me preguntaba qué película me había montado en mi cabeza para pensar que estaba tan colado por mí como yo por él. Sus besos tan apasionados debían de ser nada más que besos. Era evidente que la pasión la ponía yo.

—No te equivoques conmigo —me dijo como leyéndome el pensamiento—. Te he encontrado después de buscar algo, todavía no sé muy bien el qué, en muchas mujeres. No puedo vivir solo, tengo ese defecto. Necesito una mujer a mi lado. El que sea de afectos más que de amor no quiere decir que no te hayas colado en mi vida sin pedirme permiso y estés muy adentro. Te confieso que tengo mucho miedo porque si caigo, no tengo límite. Aquella primera vez me volví loco y me temo que estoy con un pie ya en la locura. Lo único que te pido es que no juegues conmigo. No me hagas daño.

—¿Por qué me dices eso?

—Porque me temo que contigo me está pasando lo mismo que cuando tenía dieciocho años, me colé por una mujer que me hirió profundamente. Fue una relación brutal, fantástica y, también, terrible. Acabó de la peor forma que pueden acabar las cosas.

—¿Cómo?

—Se largó con un amigo mío y me mataron en vida.

Se hizo un silencio. Ni él fue capaz de seguir hablando, ni yo fui capaz de seguir preguntando. Cambié bruscamente de tema. Se nos estaba entristeciendo el alma tanto como la tarde gris y lluviosa que estábamos viviendo. Decidimos salir del parque e ir hasta el coche aunque nos volviéramos a empapar. Corrimos con todas nuestras fuerzas, estábamos lejos del todoterreno de Santiago, pero cuando llegamos a alcanzarlo, nuestra ropa estaba completamente mojada. Parecía recién salida de la ducha.

—Te llevo a mi casa. No puedes presentarte así en la tuya. ¿Estás de acuerdo?

No tenía muchas ganas de hablar. Le dije que sí con la cabeza. Estaba calada hasta los huesos y me preguntaba una y otra vez qué hacía allí con un hombre siete años más joven que yo. ¡Siete años! No sé si él intuiría que yo era mayor, pero sentía pavor a que lo descubriese. Pensaba todo esto mientras Santiago conducía por las callejuelas colindantes al parque. Finalmente salimos a una de las arterias más importantes de Madrid, la calle Doctor Esquerdo. Esta gran avenida estaba —por efecto de la lluvia y de las salidas de los niños del colegio— absolutamente colapsada. Un mar de coches nos precedía, con lo cual había que tomarse con calma la llegada a nuestro destino.

La policía de tráfico intentaba poner orden en aquel caos, pero era misión imposible. Los más impacientes tocaban el claxon en cuanto el semáforo se ponía en verde, pero los agentes impedían el paso, daban preferencia a los coches que venían por la perpendicular. Muy poco a poco fuimos accediendo hasta la calle Alcalá, que nos llevaría al estudio de Bari.

—¿No crees que para ser artista hay que estar algo loco? —le comenté por romper el silencio.

—¡Por supuesto! Seguir a un artista es muy difícil. Tú lo sabes, también lo eres, Lourdes. Aunque tienes una faceta de estabilidad que no tenemos los demás. El hecho de dar clases en Bellas Artes te hace diferente al resto. Tú tienes un trabajo más o menos enlatado y te pagan por eso. En mi caso yo soy el egoísmo personificado, no para mí, sino para mi trabajo. Siempre tengo la sensación de estar en venta. Me veo obligado a mantener constantemente un discurso y una imagen. Cuando me invitan a una cena, sé que están invitando al artista y no a mí. Por ejemplo, un matrimonio que es coleccionista de mi obra, cuando me invita a cenar, voy solo, nunca llevo a ninguna pareja porque no quiero perder la amistad con esa gente.

—¿No entiendo por qué ibas a perder la amistad por llevar a tu pareja?

—Entre mujeres surgen muchas competencias y yo no quiero que haya conflicto.

—¡Qué idea más primitiva tienes de las mujeres! Los conflictos pueden surgir igualmente entre los hombres. Si prefieres ir solo, no pongas excusas. Yo nunca podré ir contigo a ninguna cena, de modo que eso has ganado.

—No me entiendas mal, por favor. Quiero decirte que yo siempre, siempre soy artista. El único momento en el que me quito el disfraz es cuando llego a casa o cuando estoy a solas contigo. Ahí soy artista puro, sin tener que venderme.

—Me da la sensación de que te expresas como lo hacen los hombres solitarios, los que no han aprendido a compartir, a vivir en pareja.

—Casi siempre estoy solo, eso es verdad. Es muy difícil desarrollar afectos cuando viajo constantemente. Yo puedo invitar a una chica a un viaje, a dos, incluso a tres viajes, pero ya a cuatro no lo permito.

—¿Por qué?

—No me gusta que me controlen. Prefiero ir a mi aire. Sólo quiero compartir algunas situaciones, no todas.

—Ya entiendo. Eres un espíritu libre. ¿Entonces por qué me pediste el otro día y hoy mismo, hace un rato, que lo dejara todo y me fuera contigo a Berlín?

—Te he dicho que soy un egoísta y te quiero conmigo. A mi lado. Eso no quiere decir que yo no necesite mis espacios de libertad, ¿entiendes?

Todo aquel discurso me deprimió por completo. Durante unos minutos me quedé en mi mundo pensando: estoy al lado de un hombre que me quiere a su manera. Me atrae hasta el punto de volverme loca, pero hay algo en lo que dice y hace que me asusta.

—¿Crees que hay amores eternos? —Estaba obsesionada con entender su visión del amor.

—Sólo creo en lo que siento hoy. No me planteo nada para mañana y menos para la eternidad. La vida me ha enseñado a no hacer planes. Yo atrapo el momento y como egoísta que soy, quiero prolongarlo, pero no me pongo plazos. ¿Y tú, Lourdes?

—¿Te digo la verdad?

Santiago no pronunció ninguna palabra pero asintió con la cabeza. Continué hablando.

—Yo, todo lo contrario. Lo quiero todo de la persona a la que amo, este momento y el siguiente. Me gustaría escucharte qué es lo que quisieras hacer conmigo en Berlín, si tus planes sólo son para hoy. ¿Puedes imaginarte mi frustración cuando dices eso? Pienso que estoy frente al hombre más apasionado de la tierra y resulta que su gran apuesta conmigo sólo dura unas horas.

—Soy realista, Lourdes. A lo mejor "hoy" son todos los días de mi vida. No me gusta poner plazos, ni prometer amor eterno. Ahora mismo sé que me vuelves loco. De eso estoy seguro. No hago otra cosa más que pensar en ti, a todas horas. Cierro los ojos y te veo. Pinto y apareces tú. Quedo con alguna amiga y me acuerdo de ti. ¿Qué más quieres de mí? ¿Te recuerdo que vives con un hombre que es tu marido y que tienes una hija? ¿Qué crees que pasa por mi mente cuando sé que te acuestas en la misma cama y que, igual que yo, te abrazará él y le besarás, exactamente como a mí? Estoy muy jodido, Lourdes, porque tengo la seguridad de que jamás voy a tenerte conmigo. Aun así, arriesgo y me dices a tal hora y a esa hora estoy. Yo soy libre y he decidido que cuando tú quieras, yo estaré contigo. Ahora, te toca arriesgar a ti. ¡Quédate esta noche conmigo!

—Sabes que no puedo.

—¿Por qué no? ¡Hazlo!

Me eché a llorar. Sentía impotencia. Tenía mi corazón dividido. Por un lado, me hubiera quedado con él esa noche. Por otra, no podía dejar a mi niña y a mi marido como si no me importaran ninguno de los dos. Lloraba con tanto desconsuelo que Santiago paró el coche. Me cogió por los hombros y me abrazó fuerte. Estuve llorando un buen rato, hasta que empezó a besarme por el pelo, por la frente, por los ojos, las mejillas, la boca...

—No temas, Lourdes. No tengas prisa aunque yo sí la tenga. No pienses que te empujo a algo que no quieras hacer, con verte tengo suficiente. Tienes que entenderme, eres como un trozo de mantequilla y tengo ansiedad por comerte ya.

Aquello de la mantequilla me hizo reír. Todavía con lágrimas en los ojos comencé a soltar nervios con estruendosas risotadas.

—Prefiero verte reír. Olvídate de todo lo que nos hemos dicho hoy, por favor. Vive el momento nada más. No quiero, en estos ratos en los que estamos juntos, verte llorar de nuevo. No me lo podría perdonar.

Esa tarde en su casa, nos pusimos cerca de un radiador eléctrico que tenía. Me hizo un café con leche y estuvimos compartiendo unas galletas. Me acurruqué en él y pasamos el resto del tiempo hablando. Una vez más, me resultó curiosa su teoría sobre las emociones.

—Todo me emociona, Lourdes. Me emociona la luz por la mañana. Me emociona un paisaje… No sé cómo explicarte, voy al cine y me vuelve loco. Voy al teatro y disfruto como un idiota. Voy a un concierto y salgo llorando. Soy muy de piel, muy tocón, muy de… de todo. Sabes que a los tíos nos "toca los cojones" tener que reconocer que somos sensibles, pero lo soy.

Esa desfachatez con la que habla y esa forma de abrazarse a la vida me fascina. Con él me siento viva y me contagio de su entusiasmo por respirar. ¿Cuándo volveré a verle?»

10

LAS MANOS DE EL GRECO

A las ocho de la tarde la diosa Cibeles ya estaba iluminada, junto con el palacio de Comunicaciones al fondo. Los automóviles avanzaban torpemente entre la calle Alcalá y el paseo del Prado. Un guardia urbano, vestido con un chaleco reflectante amarillo, movía sus brazos compulsivamente, acompasados por el sonido de su monótono silbato. La diosa parecía ajena a las prisas de los conductores y a la amalgama de ruidos que se cruzaban y anulaban unos a otros.

Carmen conducía el coche de su madre, un Fiat l de color blanco, que tenía siete años de raspones y señales que formaban parte de su carrocería. Llegaba tarde a la inauguración de la exposición «Pintores de Vanguardia». Era imposible acceder a la plaza de las Cortes para dejar el coche en el párking que está pegado al hotel Palace y al Congreso de los Diputados. Le había dicho su padre que si quería llegar pronto fuera en metro, pero no hizo caso y ahora estaba atascada en un mar de coches que circulaban a golpe de volante y claxon.

Mataba los nervios con pequeños golpecitos en el volante mientras hablaba sola. Animaba a los coches a que cogieran más velocidad con un: «Venga, vamos, vamos...» que no parecía surtir el más mínimo efecto sobre el tráfico. Por fin, accedió hasta la Carrera de San Jerónimo y una vez allí todo fue mucho más rápido.

La Albert Gallery estaba situada justo detrás del palacio de las Cortes. Varios guardias nacionales vigilaban los alrededores y seguían de cerca cualquier movimiento de cuantos se acercaban. Carmen corría con dificultad por la estrecha calle del Marqués de Cubas hasta que torció la primera a la derecha y se topó de cara con la exposición. Llevaba puestos los tacones de su madre, a los que no estaba acostumbrada, y un traje de chaqueta negro que también sacó, para la ocasión, del armario de Lourdes.

Había mucha gente en la galería, tanta que los invitados salían a la calle con bebidas y canapés. El recinto se había quedado pequeño para los conocidos y amigos que acompañaban a los pintores en la inauguración.

Carmen se acercó como pudo a la puerta. Se disculpaba a cada paso intentando abrirse un hueco para acceder al interior.

En seguida detectó los óleos de Bari. Su desproporcionado tamaño delataba su pintura. Andaba absorta admirando los cuadros cuando se le acercó un señor bajito y rechoncho. Parecía entendido en pintura.

—¿Qué le parece Bari como pintor?

—No le conozco lo suficiente como para juzgarle. Pero su pintura me conmueve. Eso es lo único que puedo decirle.

—Le conmovería más si pintara como él sabe hacerlo.

—¿A qué se refiere?

—Mira, muchos pintores, y te lo dice uno que también lo es, prefieren ir por el camino de la abstracción que por la pintura figurativa porque está de moda. Nada más que por eso. Ven que resulta mejor negocio y renuncian a pintar de verdad.

—¿Y dice que usted es pintor?

—Sí, y amigo de Bari.

Pensaba Carmen que con amigos como ése para qué temer a los enemigos. No quiso contestarle nada, pero el hombre bajito siguió hablando en un tono más confidencial.

—Yo no he renunciado a mi estilo, aunque gano menos que Bari, pero lo prefiero. Te diré que tengo dibujos de Santiago que son una auténtica maravilla. Pinta retratos como nadie y paisajes extraordinarios, pero... un día descubrió que la pintura deconstructiva automática le daba más dinero y se apartó de la pintura, pintura. Ya me entiendes.

Carmen se iba indignando poco a poco con los comentarios del supuesto amigo. Si había algo que no soportaba eran las falsas amistades, los envidiosos, los que a la espalda te crucifican, los aduladores, los mentirosos. Daba la impresión de que este caballero tenía algo de todos ellos. Aun así, decidió darle conversación para averiguar más en torno a Bari.

—¿Le conoce desde hace muchos años?

—Desde hace veinte años. Era cuando compaginaba su pasión por la pintura con trabajos esporádicos en oficinas, en hoteles...

—¿Está casado?

—¡Qué va! No está hecho para el matrimonio. En el amor ha sido siempre un desastre. Es un lobo estepario. Demasiado egoísta, dicho por él mismo. De todas formas, siempre revolotean a su lado mujeres. Algunas, incluso casadas...

Cuando oyó esa última frase Carmen sintió un golpe fuerte en el estómago. Se empezó a poner colorada. Sentía, de repente, toda la sangre en la cara. Ella, que era una mujer de arrebatos, en eso se diferenciaba de su madre, le hubiera mandado a paseo... finalmente optó por callarse y seguir escuchando.

—Hubo una que le volvió loco por completo —continuó

hablando en el tono confidencial que tanta desconfianza provocaba en Carmen—. No hace mucho además. Tuvo que irse a Berlín para olvidarse de ella. ¡Las mujeres podéis hacernos la vida imposible a los hombres!

—A veces es al contrario —dijo escuetamente, y se retiró al otro extremo de la sala.

El hombre bajito y rechoncho se quedó mirándola con asombro. Le había dejado con la palabra en la boca. Algo de lo que había dicho, era evidente, había molestado a esa joven.

El director de la galería tomó la palabra con ayuda de un micrófono que se oía con mucha dificultad. De repente, los murmullos se fueron adormeciendo; no así el sonido de las voces de los invitados que se encontraban en la calle y que hablaban alto, sin rubor alguno.

Personas cercanas a los tres pintores elegidos para esta exposición comenzaron a dibujar un somero perfil de cada uno de ellos. El tercero y último del que se hablaba era de Santiago Bari. Un conocido crítico arrebató el micrófono al responsable de la galería para decir algo sobre él.

—Hay artistas con el aura del éxito. Santiago lo tiene y, sin embargo, duda de él. Quiere alejarse permanentemente del éxito porque cree que el reconocimiento es la antítesis de la buena obra. Persigue la integridad de su trabajo frente a las modas hasta el punto de jugársela con los directores de diferentes exposiciones a las que acude, por la discusión constante que provoca el que no quiera repetir series de cuadros que se han agotado. Bari se lo cuestiona todo, es la duda permanente. La contradicción andante. Su pintura se mueve entre lo épico y lo lírico. Su arte tiene verdadera vocación cosmopolita. Acaba de llegar de Berlín, donde ha cosechado un rotundo éxito, después de haber visitado Israel y Moscú. No hay nada, ni nadie, que pueda frenar a este artista.

Sonó un rotundo aplauso en la sala por estas palabras, pero a Bari no se le veía por ningún lado.

Carmen miraba a izquierda y derecha por si en algún rincón de la sala podía verle. Todas las caras le resultaban desconocidas, a excepción del hombre bajito y rechoncho que se había situado otra vez enfrente de ella y que le hacía señas que no lograba traducir. Mientras intentaba comprender aquello que le decía mediante gestos aquel hombrecillo, los invitados a la inauguración hicieron un pasillo a Santiago Bari para que accediera al micrófono.

Vestido con camisa, chaqueta y pantalón negros, apareció en medio de la galería. Sonreía a todos con timidez. Daba la impresión de que no se sentía cómodo siendo el centro de atención.

Carmen observaba cada movimiento de Bari. No le hacían justicia las fotos de aquel reportaje que había guardado Lourdes celosamente. Parecía más corpulento y joven. Tenía una voz grave y cálida.

—Gracias a todos por compartir conmigo y con mis dos colegas este momento. Espero poderme tomar una copa con vosotros. No hagáis mucho caso de todo lo que dicen sobre mí. No soy más que un pintor que disfruta con lo que hace...

De repente, se quedó callado. Mudo. Fue en el momento en el que descubrió en la sala a Carmen. Se le abrieron los ojos de color negro azabache más de la cuenta y le cambió el gesto. Su sonrisa se quedó congelada y la mirada se le transformó por completo.

—No soy nada más que un pintor que quiere seguir soñando. Gracias.

No dijo más. El público le aplaudió y otra vez desapareció entre el gentío. Carmen daba vueltas a sus gestos. Estaba convencida de que la había reconocido. Si era cierto que su madre y ella se parecían como dos gotas de agua, Bari debía de imaginarse quién era. Mientras daba pequeños sorbos a un zumo de naranja que había cogido de la bandeja de un camarero, una mano le daba unos pequeños golpecitos en su hombro.

—Carmen, buenas noches. Me alegra mucho verte.

Era Gerardo Pau, el amigo de su madre, quien la saludaba. Por un momento, el corazón le dio un vuelco por si se trataba de Bari.

—¿Qué tal, Gerardo? ¡Vaya éxito de convocatoria! Es imposible ver la exposición con tanta gente. Tendré que venir otro día.

—Será mejor, porque parece imposible verla bien. ¿Has saludado ya a Bari?

—No, me ha sido imposible.

—Ven conmigo.

Gerardo la cogió por la mano y así atravesaron gran parte de la exposición. Carmen iba pegada a su espalda cuando, de pronto, se paró.

—Aquí tienes a Bari.

—Te presento a Carmen.

Bari se quedó unos minutos callado. La miraba a los ojos como intentando descubrir algún rasgo que la diferenciara de Lourdes.

—Me parezco mucho a ella. Al menos, eso dicen.

Carmen interpretó que no hacían falta más explicaciones. Intuía que Bari sabría a quién se refería. Aquella forma de escrutarla llegó a incomodarla. Finalmente, Bari habló.

—Sí, es cierto. Sois muy parecidas.

Carmen le extendió la mano, pero Bari acercó su cara para darle dos besos. El olor a vainilla lo inundó todo. Se acordó de las páginas escritas en el diario de su madre. Aquel olor perfectamente descrito estaba ahora presente en este encuentro.

Gerardo le explicaba que Carmen estaba interesada en conocer su obra. Santiago esquivaba su mirada. Escuchaba atentamente mientras miraba hacia el suelo.

—¿No podrías recibirla algún día en tu estudio?

—No, ahora mismo me es imposible. Lo siento de verdad.

Bari se mostraba incómodo. Estaba clarísimo que no tenía ningún interés en este encuentro con Carmen.

—Mañana mismo me voy de viaje y no tengo ni idea de cuándo voy a regresar.

—Bueno, quizás más adelante.

—Seguro, más adelante.

Se dio la vuelta y siguió conversando con otros invitados. No hubo más conversación. Gerardo se quedó sorprendido de su actitud.

—Le encuentro rarísimo. Es posible que se deba a todo este bombo que le están dando los periodistas. No todo el mundo asume la fama.

—No te preocupes. No puedes hacer ya más por mí. Te estoy muy agradecida.

—Bueno, sabes que a mi estudio puedes venir cuando quieras. Para mí es un placer.

—Lo sé. Bueno, yo ya me voy.

Carmen decidió irse. Comprendía que había sido una equivocación conocer al enamorado de Lourdes. Tenía algo especial en sus ojos, en su boca, en sus manos largas y blancas como las de El Greco... Sin embargo, le parecía un engreído y un antipático. No se había dignado a cruzar dos palabras con ella. Aunque sólo fuera por afecto a la figura de su madre.

Tan difícil como le había resultado entrar, le costó salir de allí. Cuando alcanzó la calle sintió un gran alivio, el aire fresco de la noche sofocó la tensión de los últimos minutos.

Caminaba ya sin prisa por el empedrado de la calle cuando una mano la sujetó por detrás.

—Carmen, perdona. No quiero que te vayas así.

Se dio la vuelta y era Santiago. Dio la última calada a un cigarrillo que llevaba en la mano. Hizo un gesto que le recordó al hombre misterioso que estuvo todo el rato mirándola en el velatorio de su madre.

—Tú estuviste en el tanatorio, el día que murió mi madre, ¿verdad?

—Sí. De no haber ido, no me lo hubiera perdonado nunca.

—Me extrañó que no hablaras ni conmigo, ni con mi padre —le dijo ella en un tono seco.

—Bueno, yo no os conocía. Sólo fui por respeto a Lourdes. Quería estar cerca de ella, nada más. Ahora que nos han presentado sólo quiero que sepas que cuando te he visto en la galería he llegado a pensar que eras una aparición. Nunca pensé que dos personas pudieran parecerse tanto. Además, vas vestida como ella y eso me ha confundido.

Ahora se miraban a los ojos. Carmen tomó una actitud seria, distante, y Bari tampoco hacía muchos esfuerzos por ser excesivamente simpático.

—Sólo pretendía disculparme —continuó Bari— y además, darte mi teléfono por si necesitas algo de mí, sin intermediarios. ¡Me joden los intermediarios! Tu madre y yo éramos... muy amigos.

Extendió su mano y le entregó una servilleta de papel con su número de teléfono escrito. Carmen estuvo a punto de saltar cuando escuchó su frase de: «Éramos amigos» y decirle que estaba al corriente de «su amistad». Sin embargo, prefirió callar. Se limitó a darle las gracias.

Cada uno se marchó en direcciones opuestas. Bari regresó a la galería de arte y Carmen fue a por su coche. Tuvo la sensación de que el pintor seguía mirándola. Percibía que la observaba, pero no era capaz de darse la vuelta y cerciorarse de si era así. Los tobillos se le torcieron varias veces según iba caminando. Los tacones no los dominaba en absoluto y menos los de su madre, que eran de siete centímetros.

En el camino de regreso a casa tuvo un único pensamiento: Bari. Sentía atracción y, a la vez, rabia hacia él. Le llevaba veinticinco años. El pintor tenía 45 años y podía ser su padre. Sin embargo, reconocía que aquel hombre tenía algo parecido a un imán. El hombrecillo rechoncho de la exposición estaba cargado de razón: poseía el arte de atraer a las mujeres.

Fue llegar a casa y apenas cenó. Tenía necesidad de descubrir a través de su madre más experiencias en torno al pintor. Carmen no había visto nunca unas manos más alargadas y bonitas. ¡Tenían una palidez extrema! Cuando le dio su teléfono se fijó en ellas y eran tan blancas que parecían de mármol.

Se encerró nuevamente en su habitación y comenzó el ritual de la lectura del diario. Continuó donde lo había dejado.

«He estado varios días sin escribir. No sé por qué me cuesta hacerlo. Tengo poco tiempo, ésa es la verdad. Ahora mismo, duermen la niña y Manuel. Llevo varias noches sin pegar ojo y he preferido levantarme a "lavar" mi conciencia.

He vuelto a verle hoy. Esta vez ha sido en su estudio. La tarde era maravillosa, soleada. La primavera ha explotado para todos, también para mí.

Santiago estaba preocupado por su proyección como artista. Por un lado, no quiere hacer concesiones a los galeristas pero, por otro, tiene que comer.

—Nos movemos en un campo muy paradójico. Por un lado, quieres machacar a la gente y que se olviden de ti y, por otro, estás deseando que compren tus cuadros para vivir de esto. Tengo miedo a convertirme en un personaje utilitarista, muy ganapanes. Pero también me angustia pensar que no tengo unos ingresos regulares. Se supone que para crear hay que arriesgar, pero si no vendo, ¿cómo vivo? No sé, Lourdes, cómo conseguir el equilibrio. Parecemos los seres más comprometidos con todos los problemas sociales, pero luego somos unos egoístas.

—Estás muy negativo, Santiago. ¿Te ha pasado algo que yo no sepa?

—Me pasa que te necesito a mi lado. Despertarme por la mañana y verte, tocarte. Eso me daría la seguridad que necesito. ¡Estoy harto de vivir a golpe de sorpresas! Me resulta insuficiente verte una hora o dos. Me angustia que el reloj pase despacio las horas hasta que vuelvo a verte y que vaya tan deprisa cuando estoy contigo. Tengo que matar esta angustia de alguna manera.

—¡Pero si es la vida que te gusta! No te entiendo. No quieres estar atado a nadie, ni a nada. Quieres la libertad de hacer lo que te dé la gana y, por otro lado, me quieres cerca de ti.

—Lourdes, teorizar es fácil, otra cosa es la realidad. Mira, yo no pinto mejor porque no me sale mejor. Yo no soy más violento pintando porque no sé hacerlo de forma más violenta. No soy más radical en pintura porque no puedo. Intento llevarlo todo a lo máximo, al extremo. Una cosa es el trabajo en el taller y otras son las "pajas mentales" que puedas hacerte mientras elaboras una obra. En fin, somos unos personajes terribles los artistas. Pero eso nada tiene que ver para que necesite que estés a mi lado. ¿Cómo crees que son esos sábados y domingos que tú vives en familia? ¿Te has preguntado qué pasa por mi cabeza?

—No, no se me ha ocurrido, porque aunque yo esté en familia, mi mente está a tu lado. No sé cuál es la peor tortura. ¿Te has parado a pensar qué me ocurre cuando mi marido me abraza, me besa? Pues para poderlo soportar tengo que imaginarme que estoy contigo. Cierro los ojos y pienso que eres tú. Aun así, Manuel sabe que algo me ocurre.

—Deja de sufrir. Acaba con esta farsa. Se ha convertido en una situación insostenible para mí y para ti.

—No es tan sencillo como piensas. Tengo una hija, no se te olvide. Romper lazos sin hacer daño resulta imposible. No me gustaría que mi hija sufriera lo mismo que yo cuando mi padre se fue de casa. Fue horrible la sensación de pérdida, de desamparo. Un niño tiene que crecer con sus padres cerca siempre que sea posible. Otra cosa es cuando son mayores de edad. Ahí ya se les puede hacer partícipes de tus problemas, pero antes no. Les haces crecer antes de tiempo, les cortas de cuajo la infancia. Yo no quiero eso para mi hija.

—Ya sabes que no tenemos la misma visión del mundo y de las cosas. Yo prefiero que el mundo vaya a más velocidad y no tan parado. Por eso, me voy chocando con la gente. Entiendo a tu padre si un día se fue porque apareció otra mujer en su vida.

—¿Y me entiendes a mí, que no perdoné a mi padre jamás por no darnos ninguna explicación? Un buen día se fue para no volver jamás. ¿Cómo crees que nos quedamos mi madre, mi hermano y yo? Si mi padre me hubiera querido algo, no lo habría hecho así. Un día desapareció y nunca más supimos de él. No sé si vive o está muerto. Tampoco me importa. Para mí es una sombra del pasado. Yo no quiero ese infierno para mi hija. Cualquier sacrificio resulta compensado por su sonrisa. Cada noche a mí me alimenta más verla sonreír que mi propia felicidad.

—Lourdes, ¿quién ha engañado a las mujeres? ¿Por qué no tenéis procesado en vuestra mente que la responsabilidad no está reñida con la búsqueda de vuestra propia felicidad? Durante siglos las mujeres os habéis acostumbrado a ser quien no sois y a amar a quien no queréis y a vivir al lado de hombres que os llenan de obligaciones y cargas. ¿No crees que ha llegado la hora de que, por fin, viváis con la persona que amáis? ¿No crees que es hora de que exijáis vivir solas antes que acostaros con un hombre al que ya no os une nada? Lourdes, tienes derecho a ser feliz. ¡Sólo hay una vida! ¡Una! ¿A qué esperas?

Después de escucharle, me eché a llorar. Siempre que algo me supera, termino llorando. Y esta conversación removía en exceso mi interior.

Últimamente estamos muy nerviosos. El deseo de vernos es muy grande y cuando lo hacemos, discutimos. Aun así, quiero volver a encontrarme con él cuanto antes.»

Carmen se sentía muy mal con la lectura del diario. Ahora entendía el motivo que le llevó a su madre a dejarle este legado. Quería que la historia no se repitiera, que rompiera con la tradición femenina de hacer siempre lo conveniente y nunca lo deseado. Aquellas páginas parecían un compromiso de su madre con ella. Deseaba que aprendiera el difícil camino de ser uno mismo.

Leyó hasta bien entrada la madrugada. Tenía curiosidad por saber si su madre describía algún encuentro amoroso con Bari. Estas últimas páginas de su diario recogían mucha tensión en sus diálogos. Frenó la velocidad de su lectura cuando comprendió que su madre describía con todo lujo de detalles algo que parecía la descripción de su gran aventura.

11

EL VIAJE

Carmen se disponía a pasar una noche imbuida en la lectura. Ahora aquel documento escrito por su madre tenía para ella un doble interés: conocer un secreto que Lourdes no quiso compartir con ella en vida y, a la vez, saber más de aquel hombre que ejercía también sobre ella una atracción difícil de explicar.

Debía de ser la curiosidad, pero necesitaba averiguar qué había encontrado su madre en Bari para hacerle perder la cabeza. Le parecía un misterio todo lo que envolvía al pintor, al hombre de negro que había conseguido el reconocimiento profesional y la fama de huraño.

Antes de continuar con la lectura, se acordó de que guardaba en su bolso el papel escrito por Bari. Se cercioró de que todavía estaba allí. Lo que no sabía era qué uso haría del número de teléfono que le había dado. Se quedó mirándolo unos segundos. ¡Ya pensaría algo! De momento, tenía que continuar hurgando en el pasado de Lourdes.

«Me voy de viaje mañana mismo a Toledo. Participo en un curso de dos días sobre El Greco. ¡Dos días! Nunca he faltado tanto tiempo de casa.

Estoy nerviosa porque me ha dicho Santiago que me va a acompañar. En principio hemos quedado en que los dos nos vamos a alojar en el Parador de Toledo, aunque luego utilicemos una sola habitación.

Acudo en representación de la Facultad de Bellas Artes y coincidiré allí con catedráticos de otros campus universitarios. Algunos de ellos son conocidos míos. No sé qué tiempo me quedará para compartir con Santiago, pero aunque sólo lo vea por la noche, me parece extraordinario. El hecho de poder cerrar los ojos a su lado y despertarme abrazada a él me quita el sueño. ¡Hemos pensado tanto en un momento como éste!

Sin embargo, confieso que me siento sucia. Sé que no es la mejor decisión pero, por una vez, no voy a hacer lo correcto, lo que todo el mundo espera de mí. Necesito seguir el dictado de mi corazón. Son nada más que dos días que me van a permitir respirar para una eternidad. Si no lo hago, me echaré en cara lo cobarde que he sido.

No va a ser ningún escándalo porque son pocos días y nadie se va a enterar de lo que ocurra en mi habitación. Seré libre una vez que cierre la puerta. A partir de ese momento, el mundo, mi mundo, se inundará de colores.

Manuel me ha hecho mil y una preguntas. No está muy convencido de quedarse solo con la niña un par de días. Aunque sabe que es una oportunidad para mí que cuenten con mi conocimiento más allá de las aulas de la universidad. Echaré de menos a mi niña. Su carita, sus ojos, sus manos, sus besos... me tienen atrapada. No sé si podré estar tanto tiempo sin ella, pero necesito ponerme a prueba. Vivo permanentemente simulando lo que no siento. Estoy realmente agotada, necesito darme una oportunidad.

Si mi hermano se enterara, no sé cómo reaccionaría. Pienso que no entraría en sus esquemas mentales que su hermana esté enamorada de un hombre siete años más joven que ella.

En principio, esa diferencia de edad no pesa, pero yo sí la noto. Tiene menos convencionalismos, más ganas de vivir y una vitalidad que impregna todo aquello cuanto toca. Me siento más joven yo también a su lado.

Nunca le he visto con corbata. Es más, no sé si tiene alguna. Siempre va vestido con vaqueros negros y una camisa que no llega a abrochar del todo. Da la impresión de que todo le sobra, la ropa incluida.

En cuanto puede se descalza, el contacto de su pie con el suelo es una necesidad. El hecho de ducharse y acto seguido vestirse sin secarse, pienso que responde más a una manía que a una costumbre. Todo en él resulta salvaje, excéntrico, nuevo. Transmite libertad en cada uno de sus gestos, de sus expresiones... Ha llenado de luz mi vida. De repente me interesa todo: una puesta de sol, una noche estrellada, una mañana soleada... todo tiene un sentido, una trascendencia. Pensaba que la vida ya no me iba a deparar ninguna sorpresa y, sin buscarlo, cuando la monotonía pintaba de gris todos mis días, me pone en el camino a un hombre que desbarata mi mundo. Me habría gustado conocerle veinte años antes, cuando no tenía responsabilidades y mi vida estaba por hacer. También era mucho más joven. Quizás sea demasiado tarde para empezar de nuevo.

No tengo fuerzas para borrar mi vida anterior. Haría demasiado daño a muchas personas a las que quiero y que no entenderían mi actitud. Mi tiempo siento que ha pasado. El amor tiene su momento. Una vez que se ha traspasado ese umbral, resultan casi cómicas, patéticas en ocasiones, las decisiones drásticas que toman algunas personas maduras.

Ahora no me siento capaz de pensar, tampoco quiero hacerlo. El tiempo sabrá poner todo en su sitio.»

Carmen estaba en plena madrugada entregada a la lectura. El cansancio no lograba vencerla. Era mucho más fuerte la curiosidad que sentía por todo lo que relataba Lourdes.

En la calle no se oía ni un solo ruido. Miró por la ventana y se quedó durante unos minutos con la mirada perdida. Podía sentir la frustración de su madre de vivir a contracorriente. Se había enredado en lazos familiares que le impedían tomar decisiones libremente. Todos sus esfuerzos por vivir estaban condicionados a su marido y a su hija.

¿Cuántas uniones soportarán el peso de lo socialmente correcto? ¿Cuántas personas vivirán un laberinto de pasiones clandestinas? Se cuestionaba Carmen la sinceridad en las relaciones humanas. Estaba convencida de que la mentira era la paradójica gran verdad entre las parejas.

Ése era su problema. No había conseguido enamorarse y pensaba que no lo haría nunca. Desconfiaba de las personas en general y de los enamorados en particular.

Se apartó de la ventana y volvió a abrir el diario de Lourdes. Continuó leyendo donde lo había dejado.

«Es una preciosidad la habitación del parador. Las vistas sobre la ciudad imperial me han impresionado. Lo diviso todo: la catedral, el alcázar, las sinagogas... Está situado el parador en un lugar privilegiado: en el cerro del Emperador, justo al lado de un meandro del río Tajo.

Da la impresión de que he dado un salto en el tiempo. Las vigas, la escalera y barandillas de madera le dan un aire antiguo a todo el recinto, que invita a soñar. Me siento como una niña en este entorno. ¡Estoy deseando verle! Me pregunto a qué hora llegará.»

En las últimas citas en su diario, Lourdes estaba siendo muy escueta. Por la letra que hacía, se veía clarísimamente que estaba nerviosa y alterada.

«Ya hemos tenido el primer seminario sobre El Greco, y Santiago no aparece. Creía que me iba a dar la sorpresa presentándose en plena inauguración. La verdad es que no ha venido mucha gente. Espero que mañana acudan más personas. Al final, me ha resultado interesante enfrascarme en una discusión con otro catedrático de la Universidad Carlos III. La verdad es que Constantino Villa estaba dispuesto a polemizar y yo se lo serví en bandeja.

—Iniciamos unos seminarios —comencé diciendo— en los que vamos a acercarnos a uno de los genios de la pintura de todos los tiempos. Un maestro de la vanguardia, precursor de Cézanne y del abstracto. El único artista de la historia capaz de evolucionar y utilizar distintos lenguajes en su obra: uno en su inicio, otro en su madurez y, finalmente, transformarlo en otro distinto en el final de su vida. Su caso sólo es comparable al de Picasso, con un lenguaje en sus inicios, otro lenguaje en sus primeros años en París y finalmente, la creación del cubismo.

—Yo, sin embargo, su opulencia expresiva —me interrumpió Villa— veo que tiene relación con las figuras de Veronés y por su composición diría que recuerda a su maestro, Tiziano.

Pasó de ser un artista posbizantino a pintor del Renacimiento italiano. Sus evoluciones no fueron graduales, ni lineales, están llenas de enigmas y de interrogantes que están sin resolver. Hubo quien llegó a decir que su evolución sólo tuvo como objetivo apartarse de la pintura de su maestro Tiziano, ya que se llegaban a confundir sus obras. Por esta razón comenzó a descoyuntar los dibujos y a empalidecer los rostros de sus figuras.

—De modo que usted no le reconoce a El Greco un universo propio, sino que el mérito se lo da a Tiziano.

—Exactamente. Le diré más. Aparte de su visión astigmática que le ayudaba a deformar los rostros, era un paranoico, un visionario de figuras retorcidas en un mundo no sé si celestial o herático.

—Se ve que no coincidimos —volví a interrumpirle—. Pienso que Doménico Theotocópulos se distinguió por su carácter extravagante, anticonformista, que le llevó a enemistarse hasta con Miguel Ángel por no estar conforme con sus frescos de la Capilla Sixtina. El Greco creó su propio lenguaje original elevando la pintura española al más alto nivel internacional. Inauguró el Siglo de Oro. Un pintor errante en busca de "su mejor patria": Toledo.

Las pocas personas que estaban participando de las jornadas irrumpieron en aplausos. El seminario se convirtió en un debate sobre dos visiones distintas en torno al pintor de Creta, que los últimos treinta y siete años de su vida vivió en la capital toledana.

Yo miraba constantemente a la puerta de acceso al salón donde se desarrollaba el seminario. Cada ruido me hacía pensar que era Santiago que llegaba tarde. Pero no fue así. He tenido que comer con todos mis compañeros y ya a primeras horas de la tarde, me he despedido de ellos hasta mañana.

Sin Santiago aquí no sé qué pinto fuera de casa y lejos de mi familia. Me siento ridícula. Por otro lado, estoy preocupada,

¿y si le ha pasado algo? No es normal que no dé señales de vida. Voy a moverme por el parador. Haré tiempo hasta la noche.»

Las páginas del diario se sucedían unas a otras sin fechas, ni relación de días. Eran una amalgama de experiencias contadas a borbotones. El diario fue para Lourdes el mejor de los confidentes y, también, el mejor de los psiquiatras.

«Estaba en una de las terrazas del parador contemplando la vista majestuosa sobre Toledo. Ayudada por un lápiz, garabateaba sobre un cuadernito que siempre llevo encima. Aunque a mí me gustan las figuras humanas, de vez en cuando, y siempre a lápiz, dibujo paisajes. Casi lo prefiero a sacar fotografías.

Pues bien, estaba en esa situación cuando una voz por detrás me susurró: "Lo mejor del paisaje eres tú". Me dio tal alegría que se me cayó la libreta, el lápiz... me incorporé y según me ponía de pie, me abrazó y nos fundimos en un beso eterno.

—¿Qué te ocurrió, Santiago?

—¡De todo! —no quiso ser más explícito.

Estaba eufórico. El pelo lo tenía seco y se le movía hacia delante. Me llevó hasta su habitación. Nos separaba nada más que un pasillo largo. Temía que en ese tramo nos pillara alguno de mis compañeros de seminario, pero llegamos hasta la habitación 19 sin problemas.

—No, en serio, cuéntame qué te ha ocurrido.

—Se ha presentado en mi estudio la pareja que colecciona desde hace años mi obra. Querían comprarse un nuevo lienzo y he tenido que estar con ellos toda la mañana. Después, les he invitado a tomar algo. ¡No tenía más remedio!

—¡Vaya, qué inoportunos!

—Lo importante es que ya estoy aquí y pienso estar ilocalizable por espacio de dos días.

Me cogió de la mano y me invitó a tumbarme en la cama doble de su habitación. Pusimos la televisión y estuvimos abrazados un buen rato. Yo no oía, ni veía. Por un momento, me imaginé la vida cotidiana a su lado. Me parecía maravilloso estar junto a él sin prisas ni ansiedades. Aquellas cuatro paredes se convirtieron en mi mundo.

Al cabo de un rato, empezó a hablarme a un milímetro de mi boca. Estábamos tan cerca que casi bizqueábamos al mirarnos. Un beso tuvo la culpa de que la pasión se destapara. Fue un beso de fuego que prendió rápidamente en mí. La tarde se convirtió en un sueño inolvidable.

Sonaba la televisión de fondo. Los presentadores hablaban y decían frases inconexas, sin sentido, porque no les prestábamos atención. Estábamos enredados en la calidez de los besos y las caricias de dos amantes que se amaban como si ésa fuera la última vez que se vieran.

No había más que ternura, borrachera de besos, piel con piel, manos que se buscan, frases susurradas, un te amo que se descuelga de su boca, un te quiero de la mía. El ritmo cardíaco agitado, la respiración que también se altera, sonidos inconexos, mi nombre que suena a gloria en sus labios. Parecemos dos locos hambrientos. No hay fin. Vuelvo a la galaxia que descubrí la primera vez que nos amamos: Orión. Me elevé a 1.500 años luz de distancia y allí me quedé. Todavía no soy capaz de pensar el tiempo que transcurrió. Lo único que sé es que desapareció la relación espacio-tiempo. Los movimientos y las palabras se hicieron más lentas. Daba la impresión de estar ingrávidos, desnudos en la inmensidad de la Vía Láctea.

Seguían las palabras que salían del televisor sonando de fondo. Nuestros labios no se despegaban, seguíamos entrelazados, confundido un cuerpo con otro, en una especie de lazada irracional.

Agotados, caímos de golpe en una especie de sopor que nos dejó sumidos en un sueño del que no queríamos despertar. Seguíamos abrazados, como los niños que no sueltan la mano de su madre para que no se vaya. Fue Santiago el que finalmente habló.

—Lourdes, ¡vayámonos juntos a cualquier parte!

No quise responderle, me quedé callada simulando que seguía dormida.

Después de un silencio, Santiago se levantó. Escuché la ducha y al rato, empapado, tal y como a él le gustaba, vino envuelto en una toalla.

—Lourdes, amor mío, tienes que despertar. ¿Qué te parece si comemos algo?

—Muy bien... —le contesté casi sin vocalizar.

—Pues voy a llamar al servicio de habitaciones.

—¡No se te ocurra pedir dos platos, pueden imaginarse que estás acompañado!

—¡Pues que se imaginen lo que quieran!

Le daba igual que pensaran en recepción que estaba solo o acompañado. Pidió cuanto quiso. Casi parecía que en esa habitación había un regimiento hambriento.

Cuando llamaron a la puerta, aproveché para ir a la ducha. Antes de salir envuelta en uno de los albornoces del parador, me cercioré de que ya no se oyeran voces.

Tenía Santiago organizada una mesa fabulosa a base de ensaladas, jamón, queso y dos tartas de chocolate. No dije nada, pero de todas las tartas, la única que no me gusta es precisamente ésa.

No sé de dónde sacaba tantas energías. Yo apenas tenía hambre y él me recordaba al Saturno de Goya devorando que tanto admiraba. Comía y comía de forma compulsiva.

—Santiago, te va a sentar mal tanta comida.

—Lourdes, cuando como, me gusta comer. Ya sabes que me gusta disfrutar al máximo de todos los placeres.

—¿Qué te parece si damos una vuelta por Toledo? ¿Te apetece?

Fue visto y no visto. A los pocos minutos salíamos de la habitación a dar un paseo.»

Carmen dejó de leer. Estaba más agotada que su madre con la simple lectura. Le hacía gracia que Lourdes identificara Orión con el éxtasis amoroso. ¿Por qué esa comparación? No sabía que su madre supiera tanto de constelaciones. En realidad, desconocía muchas cosas de ella que, poco a poco, iba descubriendo.

Al día siguiente seguiría ahondando en los secretos que había heredado, pero ahora ya no le quedaban fuerzas. Cuando apagó la luz, faltaban sólo dos horas para que amaneciera. La noche iba a ser muy corta para ella.

El sol irrumpió con toda su fuerza desde primeras horas de la mañana. Pocas nubes manchaban el cielo azul intenso. Madrid se despertaba entre coches que circulaban a toda prisa.

La calle en la que vivían, Sancho Dávila, un desagüe de la gran arteria que atraviesa Madrid, la calle Alcalá, estaba atascada por un autobús que no podía arrimarse a la acera. Había coches aparcados en segunda fila que impedían que se circulara con más fluidez. Los conductores del Servicio Municipal de Transportes se veían obligados a parar en mitad de la calle y los viajeros, acostumbrados, se bajaban lejos de las paradas, obligados a sortear los automóviles. Era la hora de más movimiento: unos acudían a los trabajos y otros llevaban a sus hijos a los colegios. El caos circulatorio era total.

Sin embargo, el estudio donde solía pintar Lourdes permanecía ajeno a todo ajetreo y a todo caos urbano. La ventana daba al parque, a la prolongación del parque de la Fuente del Berro, y desde ella, sólo se veían chopos de una gran envergadura. Nada tenía que ver un extremo de la casa con el otro. Cada uno proyectaba su mirada a mundos distintos.

Manuel había madrugado. Daba vueltas por la casa, parecía inquieto. Cuando llegaba a la altura de la habitación de Carmen se paraba y acercaba el oído a la puerta por si escuchaba algún ruido que le certificara que su hija estaba despierta.

En quince minutos tenía que salir de casa para ir a trabajar a la agencia de viajes en la que trabajaba desde hacía años. Desayunó tan solo un café y volvió a recorrer el pasillo para comprobar el sueño de su hija. Era evidente que algo le inquietaba.

Cuando ya no pudo esperar más, dio unos golpecitos a la puerta de su hija.

—Carmen, ¿me oyes?

No obtuvo ninguna respuesta. Su sueño era muy profundo.

Volvió a intentarlo de nuevo. Esta vez, los golpes en la puerta fueron más sonoros.

—¡Carmen! Me voy a trabajar. Tengo que hablar contigo, ¿me oyes?

Quiso abrir, pero estaba el seguro de su puerta echado. A la tercera intentona, Carmen salió de su sueño con un sobresalto. Fue incapaz de articular una palabra que fuera audible. Se limitó a hacer un ruido con la voz para que su padre supiera que estaba allí intentando dormir algo.

—Hija, se me hace tarde. Cuando vuelva quiero que me enseñes un cofre que al parecer te ha dejado tu madre en casa de la vecina. ¿De acuerdo?

Los ojos adormilados de Carmen se abrieron como platos. No podía creer lo que acababa de decirle su padre. ¡Era un secreto! Cómo había sido su vecina capaz de romper la confidencia de su madre, ¡con lo amigas que eran!

Optó por seguir haciéndose la adormilada y contestar con otro sonido ininteligible que pareciera una contestación afirmativa. Cuando escuchó el sonido de la puerta, se sintió aliviada. El corazón le latía a una gran velocidad, como siempre que la situación la superaba.

Tenía que pensar con rapidez. ¿Qué contenido inventaría en pocas horas? Era evidente que tenía que serle fiel a su madre, por lo tanto, su secreto sólo podía conocerlo ella. Debía esconder los diarios. Todo aquello, le parecía que no tenía sentido.

Se levantó de la cama a toda velocidad. Sacó de su armario el cofre y, por un momento, pensó que también su padre estaba en su derecho de conocer la verdad. Tenía un verdadero dilema, no sabía si ser fiel a su madre o a su padre. Con el añadido de que podía generar mucho más dolor el conocimiento de la realidad.

Lourdes quiso que la única lectora del diario fuera ella. Tenía que ser fiel a su última voluntad. Por lo tanto, debía inventar otro contenido.

No entendía el hecho de que la vecina le hubiera contado a su padre lo de la existencia del cofre. ¿Por que faltó a su palabra?

—¡Cotilla! ¡Vaya amiga! ¿Será posible que esté ocurriendo esto?

Hablaba sola en voz alta. Se movía nerviosa de un lado a otro de la habitación. Se paraba frente al cofre, lo miraba y volvía otra vez sobre sus pasos.

Le resultaba imposible pensar. ¿Qué le diría a su padre?

Estaba claro que en su interior había que introducir otras cosas. ¿Pero qué cosas?

Miró el interior del cofre y empezó a sacarlo todo y a extenderlo encima de la cama: la bufanda verde de lana, los diarios, los recortes de prensa guardados, cajitas con diferentes recuerdos, una caja de música china que al abrirla bailaba una diminuta bailarina con el tema de Lara de *Doctor Zhivago*, una muñeca de trapo y un sinfín de papeles con poemas, posavasos con frases, servilletas de papel con dibujos y una libretita con dibujos de paisajes. ¡Ése era todo el contenido!

Pensó que lo mejor era distribuirlo por bolsas entre el colchón y el somier de su cama. A fin de cuentas, era la única que organizaba la casa desde que murió Lourdes.

Al cabo de cinco minutos el legado de su madre estaba escondido. Ahora había que inventarse otro...

12

EL OTRO COFRE

Parecía que la cabeza le iba a estallar a Carmen de un momento a otro. Era un dolor intenso que se cernía sobre las sienes y la frente. La falta de horas de sueño y el inesperado interés de su padre por el cofre habían desatado todos sus males.

El día también influía, estaba plomizo. El cielo que se vislumbraba a través de la ventana de su habitación estaba completamente encapotado. Amenazaba lluvia, pero el agua no acababa de caer sobre Madrid. También su estado de ánimo amenazaba tormenta.

Había que improvisar el contenido del cofre. Miró y remiró en sus cajones. Algunas cajas con pequeños «tesoros» —como llamaba a los pendientes y pulseras que había ido regalándole su madre por su cumpleaños— decidió ponerlas en su legado. Confiaba en que su padre no recordara nada. Se fue al estudio de Lourdes y rebuscó en algunos de sus dibujos. Eran bocetos sobre futuros cuadros que no había llegado nunca a trasladar a un lienzo. Tres de ellos los enrolló para introducirlos en la amalgama de objetos, sin sentido alguno, que estaba preparando.

En su biblioteca halló varios libros sobre pintura impresionista y de vanguardia, los introdujo también. Cuando ya el cofre casi no podía cerrar, se sentó en la cama de su habitación y empezó a reflexionar.

Esas cosas, no tenía sentido que su madre se las dejara a la vecina en un cofre. «Piensa, piensa», se decía a sí misma en voz alta.

Estaba frenética, sabía que aquello no aguantaba ni un cuarto de hora de reflexión de su padre. ¿Qué podría dejarle su madre, con cierto interés para ella, si moría?

Se le iluminó la cara cuando tuvo la idea. «¡Ya lo tengo!» Buscó todos aquellos recuerdos de cuando era pequeña. Los primeros dibujos, algunos regalos del día de la madre, cuadernos de cuando aprendió a escribir. Pequeños juguetes de su infancia. Todo aquello que le gustaría guardar a una madre. Fotos, muchas fotos de Carmen. Una cinta de vídeo de su primera función de colegio. Multitud de objetos que habían pertenecido a su pasado más lejano: muñecos de trapo, un chupete de goma marrón, el libro con el que aprendió a leer... Todo lo tenía Carmen minuciosamente guardado en diferentes puntos de su habitación. Quizás en una excesiva adoración de su niñez había ido haciendo acopio de aquellas cosas que fueron importantes para ella. Tuvo una infancia egocéntrica en la que nunca acabó por acostumbrarse a ser hija única.

Carmen hubiera deseado tener un hermano, pero nunca fueron atendidas sus peticiones, a pesar de que le puso mucho empeño, sobre todo, en la adolescencia.

Tenía más sentido ese legado que el anterior. De modo que el cofre lo vació por completo para acto seguido volverlo a llenar de anécdotas y vivencias de una niña que se había convertido en el centro de la vida de Lourdes.

Cuando ya lo tuvo todo, lo cerró con llave y, de nuevo, lo metió en su armario.

Carmen volvió a respirar con normalidad. Desde el momento que oyó a su padre hablar del cofre su corazón había cogido velocidad y, ahora, volvía a tener el ritmo de siempre.

No se le iba de la cabeza el hecho de que la vecina, Áurea, hubiera roto el secreto. Debía hablar con ella inmediatamente.

Llamó al timbre varias veces. Finalmente, la puerta de la vecina se entreabrió.

—¿Qué pasa, me tienes miedo?

—No sé a qué te refieres —dijo mientras abría la puerta de par en par.

—Le has dicho a mi padre lo del cofre y se supone que era un secreto que te confió tu mejor amiga. ¿Es así como tú entiendes la lealtad? De verdad que no comprendo nada.

—No te pongas así, Carmen. No hubo maldad en el comentario. Estaba hablando con tu padre y se me escapó que Lourdes te había dejado en casa un cofre para ti.

—Pues que sepas que el cofre no contenía ningún misterio. Eran cuatro bobadas mías que a mi madre le hacía ilusión que yo recibiera a su muerte. ¡Por lo tanto, el misterio se esfumó!

Cuando Carmen mentía sudaba por las manos en exceso y se le levantaban las dos cejas, de una manera muy característica. Pero eso sólo lo sabía Lourdes.

—No quiero que me digas qué contenía el cofre, sólo sé que tu madre le dio mucha importancia y me insistió en que sólo te lo diera a ti. No sé por qué tanto secretismo, la verdad.

—Áurea, a ti no te importa, perdona que te lo diga así. Debías haber tenido el valor suficiente para decirle a mi madre que no ibas a cumplir su promesa. Me parece muy grave lo que has hecho, por lo que significa. Has roto una promesa de una amiga. Una amiga que ya está muerta.

Carmen mintió a su vecina con el contenido del cofre. Ya no se fiaba de ella. Le ocurría a menudo: si alguien le fallaba, era para siempre. No había, con respecto a los sentimientos, segundas oportunidades. Sólo entendía la vida en blanco o en negro. Sin medias tintas. Tampoco debió fiarse su madre de ella cuando no le hizo partícipe del contenido.

Sentía rabia y se lo hizo saber a la vecina con el portazo que pegó sin despedirse de ella.

—¡Mierda, mierda, mierda! —decía en voz alta mientras iba por el pasillo a su habitación—. ¡Cotilla! ¡Falsa!

Siempre percibió algo en su mirada que no le gustaba. Las primeras impresiones de piel nunca fallan. A veces, la razón se encarga de llevarnos por caminos que intuitivamente no nos gustan. Deberíamos fiarnos más de nuestros instintos.

Hasta la tarde no llegaría su padre a casa. Aun así, volvió a echar el seguro de su puerta. Quería seguir leyendo el diario de Lourdes. No quería más sorpresas, prefería encerrarse a pesar de estar sola. Había dejado la lectura cuando su madre acababa de pasar el primer día a solas con Bari en Toledo. Volvió a coger el hilo de la narración.

«El sol salía con toda su fuerza por el horizonte. Desde la ventana del parador fuimos testigos de todo un espectáculo de luz: rojos, blancos brillantes, amarillos… Amanecer en sus brazos con el sol madrugador por testigo fue una experiencia que me acompañará mientras viva. Lo más cerca que he estado de la felicidad ha sido esta noche y este amanecer. Me siento como si Dios me hubiera tocado con el dedo creador de Miguel Ángel. Me ha elegido a mí para vivir con intensidad este regalo. Bari es el regalo que me ha dado la vida después de tantos años de perseguir sombras.

Todo me parece nuevo, pongo la ilusión de un niño en cada uno de mis actos, mis ojos se abren a la vida como si comenzara ahora a respirar. Es una sensación extraña pero maravillosa. Me ha costado mucho despedirme de Santiago para irme al curso.

He estado puntual en el seminario sobre El Greco. Hoy analizábamos su obra y nos centrábamos en algunos de sus cuadros. Yo he hecho una defensa a ultranza del expresionismo extremo del pintor de Creta, analizando uno de sus últimos cuadros: *La visión del Apocalipsis*. A la izquierda del lienzo se puede ver a san Juan arrodillado en primer plano, preso del terror, con las manos extendidas hacia un cielo plomizo, terrorífico. Al fondo, varias figuras de mártires desnudas, estilizadas, pálidas como el yeso, sobrevoladas por un ángel que porta una túnica blanca.

—Es un cuadro extraordinario —dije en la presentación—, precursor en casi tres siglos de *Las bañistas* de Cézanne, y el gesto de san Juan posee la fuerza de *El grito* de Munch. Todo es original en esta obra: los encuadres, las figuras, el aire que se respira en él, los colores... Es un cuadro rotundo por sus dimensiones, más de dos metros por dos metros, y absolutamente moderno.

—Cuadro rotundo e imponente —replicó el catedrático Villa con su voz grave— *El entierro del conde Orgaz*. Éste sí que es representativo de su obra, más que las últimas excentricidades que hizo un pintor en los albores de su muerte, como el cuadro que nos dice doña Lourdes Zúñiga. El Greco auténtico es el de este cuadro en el que no hace otra cosa más que escenificar la leyenda de la primera mitad del siglo XIII, en la que parece ser que se abrió el cielo para que descendieran dos santos: Esteban y Agustín, a fin de proceder con sus propias manos al entierro del conde de Orgaz. Entre los clérigos y nobles, los dos santos vestidos con casullas doradas se inclinan y recogen el cuerpo del conde.

—Señor Villa, yo no seré la que quite mérito alguno a El Greco de *El entierro del conde Orgaz*. Son etapas distintas y lenguajes diferentes de un mismo pintor. Coincido en la importancia del lienzo pero, por favor, no menosprecie el de *La visión del Apocalipsis*. Le diré que doy también una enorme importancia a *El entierro del conde Orgaz,* porque el pintor renuncia a cualquier indicación espacial, lo que hace posible la apertura del cielo y la convivencia de los seres celestiales con los seres terrenales.

En plena discusión de repente pidió la palabra una persona del público. En esta segunda y última sesión había venido mucha gente. Fue una sorpresa ver que tomaba la palabra Santiago.

—Me van a perdonar ustedes, pero quisiera decirles que un pintor no es un cuadro, sino la evolución de toda una vida, la búsqueda permanente. Tan importante es el primer cuadro que pintó como el último, porque no se explicaría uno sin el otro. Del cuadro de *El entierro del conde Orgaz* vale la pena destacar a Cristo como juez del mundo en el centro y en la parte superior del lienzo. La Virgen y san Juan hacen de intercesores de la humanidad. Pero lo verdaderamente importante es que la muerte y la resurrección se manifiestan simultáneamente. Los detalles del cuadro son asombrosos porque, en realidad, el niño —Jorge Manuel, el hijo de El Greco— es el que está invitando al observador del cuadro a contemplar toda la escena.

—¿Es usted estudioso de El Greco?

—Soy pintor y admiro la genialidad. Y como dice doña Lourdes Zúñiga, el cuadro *La visión del Apocalipsis* me parece magistral, lo cual no impide que admire toda su obra. Lo atrayente de su pintura es lo enigmática que resulta.

Reconozco que sentí una profunda admiración hacia Santiago. Me demostró otra vez que su conocimiento sobre los clásicos era extraordinario.

Siempre me sorprende con algo. Esta vez, como tantas, me dejó con la boca abierta. Autodidacta o no, sabía de pintura más que todos los catedráticos que estábamos en la mesa.

Toledo y El Greco quedarán siempre para mí en el recuerdo de dos días únicos, imposibles de olvidar. Es más, serán mi huida, me ayudarán a escapar de la rutina que me mata, que me asfixia. Los días iguales son mi cárcel. Comprendo al poeta disidente cubano Raúl Rivero cuando en su Manifiesto —que recogió toda la prensa internacional— desde la prisión pidió que "no ilegalizaran la tristeza". "Es solamente amparo —añadía el poeta—. No hay peligro. No le impongan impuestos al cariño, al vacío, la asfixia, la amargura..." Él decía que tenía que escribir en la cárcel para que "me mataran menos". Yo también, desde "mi cárcel", tengo que pintar para morir menos.

No sé si era más feliz antes de compartir dos días con él o ahora, porque me ahogo con su ausencia.»

Carmen no tenía ningún recuerdo de aquellos días que faltó Lourdes de casa. Le resultaba increíble que aquel viaje no tuviera ninguna incidencia —en apariencia— en la vida cotidiana de la familia. Su madre había llevado su pena en soledad. Ni Manuel ni ella habían notado nada. Si no hubiera sido por los diarios, hoy llorarían su pérdida convencidos de que habían formado una familia feliz.

Lourdes se resignó a vivir dos vidas, a ser de una manera con Santiago y otra con Manuel. Con uno encontró motivos para querer vivir, con el otro estaba muerta en vida. ¿Pero por qué nunca se quejó? ¿Por qué no se atrevió a hablar con su marido?

Bueno, en realidad, Carmen no sabía si la crisis personal alguna vez había explotado entre sus padres. Ésa era una duda que no tendría respuesta nunca o, a lo mejor, encontraría algo de luz en la lectura de los diarios.

Se había hecho tarde. Estaba somnolienta y sin comer. Finalmente, el sueño la venció. Cayó en un estado de semiinconsciencia en el que veía perfectamente a su madre. Estaba tan guapa como siempre: su pelo rubio rizado, sus ojos de mirada limpia y su sonrisa. Su eterna sonrisa...

—Carmen, nunca olvides que la sonrisa es la mejor tarjeta de presentación. Nada como una sonrisa para abrir el camino.

Podía escucharla, tocarla. Estaba abrazada a ella. El brazo derecho de Lourdes la envolvía y ella se acurrucaba en su regazo.

De repente, unas voces inconexas la sacaron de ese estado entre ensoñación y realidad en el que se encontraba. Esas voces poco a poco fueron cobrando intensidad. Le resultaban familiares. Se incorporó, aunque no abandonó la cama, y prestó más atención.

Su padre estaba hablando en el salón con alguien. El caso es que no dialogaban alto. Daba la impresión de que susurraban.

Abrió con mucho sigilo el cerrojo y movió el picaporte con tanto cuidado que no se oyó ningún ruido. Fue caminando descalza por el pasillo y se paró antes de llegar a la puerta del salón.

Prestó más atención a la conversación...

—Ha sido un arrebato. No sé cuántas veces tengo que decirte, Aurita, que no se lo tengas en cuenta.

¡Aurita! ¡Con qué familiaridad hablaba su padre a la vecina! Le parecía increíble lo que estaba ocurriendo.

—Manuel, yo tenía que decírtelo. Sabes que contigo soy transparente y más ahora que tú y yo...

Volvía la presión sobre la cabeza de Carmen. ¿Qué significaba ese «ahora que tú y yo...»? Ya no podían desmoronarse más mundos. ¿Dónde estaba ese hombre de convicciones fuertes al que tanto admiraba? Resulta que el luto, el cariño por su madre, había durado tan sólo tres meses. ¿Ese hombre al que Lourdes le había dedicado su vida, junto a su hija, ya la había empezado a olvidar? ¿La tendría olvidada antes de morir?

Carmen se sentía muy mal por su madre. La había juzgado prematuramente cuando empezó a leer el diario. Estaba convencida de que, en cuestión de relaciones sentimentales, el mundo de los adultos era un laberinto inaccesible, repleto de convencionalismos, costumbres y pocas verdades.

Ahora no se oía ninguna conversación. ¿Cómo dos vecinos podían estar callados uno frente a otro, sin decirse nada? Decidió irrumpir en el salón...

—Hola, papá, yo...

No pudo decir más. Se quedó paralizada observando a su padre abrazado a la vecina. Se estaban besando en los labios. Áurea le cogía la cara con las dos manos. Y en esa situación se quedaron, no se apartaron. Se quedaron congelados en la misma posición en la que estaban.

Pasados unos segundos, Carmen se dio media vuelta. Regresó corriendo a la habitación, cogió su bolso y se fue de casa dando otro portazo. Apresuradamente, bajó las escaleras de dos en dos. Lloraba de rabia. No se lo podía creer.

No tenía donde ir. Le parecía mal llamar a antiguos amigos cuando no sabía nada de ellos desde hacía más de un año. No podía decir a nadie lo que le estaba pasando. Se imaginaba la conversación:

—Mira, te llamo aunque han pasado tres meses de la muerte de mi madre. Llevo todo ese tiempo en Madrid y hasta hoy no he encontrado un hueco para llamarte. Lo hago porque no doy crédito a lo que acaban de ver mis ojos. Mi padre estaba en el salón de casa besándose con la vecina, que, se suponía, era una buena amiga de mi madre. Resultaba todo sórdido, patético... ¿Puedes quedar conmigo para escuchar mis penas?

No, realmente, no podía hablar con nadie. La invadía una sensación de soledad total. Volvían las personas a fallar en lo esencial: en decir la verdad a costa de todo, aunque sea una verdad dolorosa que sólo tiene un camino. Decía Esquilo que «la mayor parte de los hombres falsean la verdad». Quizás porque resulta insoportable escucharla en toda su crudeza. En este sentido, Nietzsche se preguntaba: ¿qué dosis de verdad puede soportar un hombre? Ésta es una cuestión de difícil contestación porque estamos rodeados de mentiras, con lo cual nuestro desconocimiento es total sobre el peso de la verdad y lo que podríamos soportar.

La mentira tiene infinidad de combinaciones. Además, alguna tiene la cualidad de parecer más verdad que la propia verdad. Sin embargo, dice un proverbio árabe que la verdad que daña es mejor que la mentira que alegra. No hay limbo para el que recibe la falsedad, sino una cruz que aplasta y asfixia para siempre.

Vivir en la mentira es algo cotidiano. Los hay que se creen sus propias mentiras y viven según ellas.

Algunas falsedades se alimentan solamente de ocultar la verdad, de esconderla. Eso también es mentir. Otras, en cambio, necesitan de una quimera construida en el aire, éstas son las más peligrosas porque el engaño resulta mayor.

Carmen elucubraba sobre la verdad y la mentira mientras andaba sin rumbo por Madrid. Iba como una autómata merodeando por callejuelas que la llevaron hasta la céntrica plaza de Manuel Becerra. La boca del metro parecía un hormiguero del que salían y entraban estudiantes, emigrantes y trabajadores de todo tipo de pelaje y condición.

Cansada de andar, se subió a uno de los muchos autobuses que allí se podían coger. Tomó asiento en el autobús número 105. No tenía ni idea de adónde la podía llevar, pero le daba igual. Miraba por la ventana y observaba a la gente. Seguramente la mayoría ocultaba episodios de su pasado en algún rincón del alma, con la esperanza de que nadie los destapara nunca.

Dirigía su mirada hacia todos los rostros que emprendían con ella este viaje a cualquier parte. Se sentó a su lado una señora bajita, rubia y sonriente. Tenía ganas de conversación.

—¿Sabe cuántas paradas quedan hasta el parque de El Capricho?

—No, lo siento.

—Nada, no te preocupes. ¡Guárdame el sitio!

Se levantó del asiento y salvando el equilibrio con dificultad, alcanzó a llegar hasta el conductor. Le pidió que avisara cuando el autobús llegase a la altura del parque y regresó tras sus pasos.

—Tengo entendido que el parque de El Capricho es una maravilla. ¿Lo conoces?

—No, nunca he estado allí.

—¡Cómo sois los madrileños! Porque tú eres de aquí, ¿verdad?

—Sí.

No estaba su ánimo para conversaciones, pero la señora rubia y bajita insistía.

—Yo soy de Sevilla. ¡Me encanta mi tierra! Y cuando estoy fuera echo de menos su gente, su alegría. Ahora, por estas fechas, olerá a azahar por sus calles y los coches de caballos con sus cascabeles inundarán de alegría los paseos.

—¿Es del mismo Sevilla? —preguntó Carmen avergonzada de haber cruzado apenas una palabra con ella.

—No, yo nací en Madrid.

—¡Ah, perdone! Le había entendido que nació en Sevilla.

—No, he dicho que soy de Sevilla. Uno es de donde siente que le tira la tierra. Hace años que me di cuenta de que, aunque nací en Madrid, mi alma está atrapada por el sur. Yo hablo con acento porque quiero, bailo sevillanas porque me gusta y no soy feliz hasta que llego a la estación de Santa Justa.

Carmen esbozó una sonrisa. Esa mujer era única, original, diferente. Consiguió hacerle olvidar por unos segundos la sensación de soledad que le invadía.

El conductor avisó en voz alta que la siguiente parada era la del parque.

—¿Por qué no te animas y conoces esta maravilla que te invita a caminar por otro tiempo, por otro siglo? —insistió la sonriente señora rubia.

—No sé…

—¡Venga, ánimo!

Carmen se levantó del asiento no muy convencida, pero le daba igual ese u otro plan.

13

EL LABERINTO

Faltaba una hora para que cerraran el parque. Fue un paseo fugaz pero tremendamente terapéutico para Carmen. Aquella mujer tan especial logró convencerla para visitar el parque que perteneció a María Josefa Pimentel, madre del conde duque de Osuna.

Rodeada de lilos, embriagada por el espectáculo malva que inundaba visualmente todo el entorno y envuelta en un olor dulzón, escuchaba el discurso que pronunciaba su inesperada amiga, de la que no sabía ni su nombre.

Pasearon por la plaza de los Emperadores, por el estanque de los cisnes y por el de las tencas, llegaron hasta el jardín de la fuente de las ranas; le fascinó el palacete y el laberinto que lo custodia a su derecha.

Estuvo callada durante minutos observándolo e imaginándose todo tipo de situaciones vividas por los inquilinos originarios de aquella estancia de finales del siglo XVIII. El jardín de El Capricho, en plena Alameda de Osuna, parecía salido de un cuento romántico. Máxime con las historias que aquella mujer rubia y bajita no paraba de contarle.

—Los laberintos no solamente son ornamentales, están cargados de simbolismos. El mito de Teseo y el Minotauro tienen que ver con ellos. Teseo, el hijo de Egeo —rey de Atenas—, fue reconocido heredero después de mil y una vicisitudes. Finalmente, le envían a la isla de Creta como tributo al rey Minos. Allí se enfrenta al Minotauro, que vive en el laberinto del que no ha logrado salir nadie vivo. Teseo consigue matarlo y encontrar la salida. ¿Sabes gracias a qué artimaña?

—No tengo ni idea.

—Pues gracias al ovillo que le entregó Ariadna —la hija de Minos— y que le sirvió para salir de allí. Según se introducía en el laberinto iba deshaciendo el ovillo. Al final, cuando mata al Minotauro, logra salir gracias al hilo que le marca el camino. Yo, por si acaso la leyenda se hace realidad, nunca entraría en uno de ellos.

—Pues yo sí, por curiosidad, para ver si encuentro a Teseo —contestó Carmen, fascinada por aquella mujer.

Estaba cayendo la tarde y el parque cerraba sus puertas a las nueve de la noche. Tuvieron que correr para no quedarse allí encerradas. Aquella experiencia borró por unos instantes el encuentro de su padre en brazos de la vecina.

Carmen cogió en dirección inversa el mismo autobús 105 que la había llevado hasta allí. Se despidió de la mujer con la seguridad de que no la volvería a encontrar nunca más.

—Ha sido un placer conocerte… amiga.

—El placer ha sido mío. Me gusta contar historias. Hace años fui profesora y lo echo de menos. Gracias por escucharme.

—¡Hasta siempre! Y gracias a ti. Me tengo que ir.

—Confío en volverte a ver por aquí. Vengo muy a menudo.

La mujer rubia se quedó observando como se alejaba. Mientras decía adiós con la mano, esbozaba una sonrisa.

Fue un encuentro maravilloso que no olvidaría nunca. Carmen tenía un atractivo especial para este tipo de personajes extraños e increíbles. No era la primera vez que algo parecido le ocurría y, seguramente, no sería la última.

Cuando volvió a abrir la puerta de su casa, se cercioró de que no se oyera ninguna conversación para poder irrumpir en el salón. Estaba su padre viendo solo la televisión.

—¡Hola, papá!

—Hija, quiero explicarte lo que ha pasado esta tarde…

—Eres mayor de edad y no me tienes por qué dar ninguna explicación.

—Carmen, pero yo sí quiero dártela. Somos dos personas adultas que necesitan cariño. Áurea vive sola y yo, después de lo de tu madre, me siento igualmente solo. De forma natural hemos compartido nuestras soledades.

—Papá, por favor. No han pasado ni tres meses de la muerte de mamá y ya te estás besando con la lagarta esa. Una persona que no es capaz de guardar el secreto a una amiga no merece tu cariño.

—No me gusta que hables así de ella. Es una buena mujer. Siempre ha estado cerca de nosotros.

—¡Ja! Más que cerca, al acecho. Esperando cualquier movimiento de mamá para echarte la zarpa. Seguramente al día siguiente de su muerte ya te estaba besando.

—Carmen, tú sabes que soy un desastre. Me gusta que me cuiden y que piensen por mí.

—¡Pero si estoy yo! ¿Qué necesitas? ¿Una menopáusica que te planche? Se supone que estabas enamorado de mamá. ¿Cómo puedes sustituir a una mujer por otra? ¿Tan poco dura la pérdida de una persona que estuvo a tu lado toda la vida? ¿Así se lo pagas? Mamá te dedicó su vida.

Carmen estaba rabiosa. Sabía que su madre nunca dio el paso de irse con el hombre al que amaba por su padre y por ella. Entendía la vida como un compromiso más allá de los ritos y los papeles. Renunció a su propia vida, a su felicidad para nada. Tres meses después de su muerte, su padre ya había sustituido a una por otra. Le parecía inaudito. Todo aquello volvía a sumirla en ese estado de descreimiento total sobre las personas.

—¿De qué pasta estás hecho, papá? Cómo puedes estar con esa mujer tan fea y tan cotilla.

—Yo no la veo fea. Es más, siempre me ha parecido atractiva. Es una mujer muy de su casa. Ha estado pendiente de mí todo este tiempo.

Áurea se teñía de rubio. Siempre arreglada, a cualquier hora del día o de la noche. Las uñas largas, pintadas de rojo, con una única preocupación: ella misma. De ademanes exquisitos pero con un gesto que la hacía fría y distante. Vivía sola, aunque debió de estar casada hacía muchos años y cobraba una pensión de su marido. No tenía oficio, ni hacía nada por trabajar. Su vida consistía en dejar pasar el tiempo.

Su madre veía en ella a la vecina perfecta porque nunca molestaba y siempre estaba dispuesta a escuchar. Era muy sibilina. Se hizo con su confianza, aunque Lourdes nunca le contó que en su corazón había otro hombre. No se atrevió a decírselo a nadie. Sólo a su hija, después de muerta.

—Vamos a zanjar esta conversación —espetó Manuel—. ¡Soy tu padre y no tengo por qué darte ninguna explicación! Dejémoslo ya. ¿Por qué no me dices qué secreto mantenías con tu madre? ¿Qué es eso del cofre?

—No tiene ningún misterio. Lourdes quiso dejarme en un cofre todos mis recuerdos. Desde mis primeros dibujos al libro con el que empecé a leer... En el cofre está toda mi infancia.

—¿Y por qué no quería que yo lo supiera?

—Te lo ha dicho así esa bruja, ¿no? Era un juego entre las dos. Algo sólo entre ella y yo. Sabes que teníamos esa complicidad. Me sorprendió al principio, pero me hizo mucha ilusión comprobar el mimo con el que mamá había ido guardándolo todo.

—¡Enséñamelo, por favor!

La mentira había sonado a verdad. Resultaba evidente que Manuel creyó la versión que le dio su hija de los hechos. No había ningún misterio. Todo tenía una explicación. Áurea se había equivocado en la percepción de algo oculto en aquel legado. «A veces —se decía Manuel a sí mismo— las mujeres ven fantasmas donde no los hay.»

Apareció en el salón con el cofre. Hizo el rito de abrirlo con la llave y durante un buen rato, Manuel se zambulló en la infancia de su única hija. Cada dibujo, cada cuadernillo de caligrafía, las fotos... todo sirvió para que los ojos se le llenaran de lágrimas.

—De modo que tu madre, durante todo este tiempo, fue recopilando tu infancia. Y yo que he llegado a pensar, estas últimas horas, que había algo que me ocultabas. Hija, tu madre ya no era la mujer alegre que todos hoy recordamos. Durante los últimos meses podía estar un buen rato pensando en las musarañas, ausente y triste. Se quedaba con la mirada perdida en su mundo inaccesible.

—¿Pero os llevabais bien, no?

—Sí, pero tu madre y yo...

—¿Ya no os queríais? Si me habías dicho que sí.

—Déjame terminar la frase... Aunque compartíamos el dormitorio, no... pues no... ¿me entiendes?

—¿Qué ocurrió? —preguntó con incredulidad para no despertar sospechas.

—Pues lo que a muchos matrimonios... Aunque nos queríamos mucho, a tu madre dejó de interesarle que estuviéramos juntos como marido y mujer. Siento mucho hablarte así, Carmen.

—¿Quieres decir que un buen día decidió no mantener más relaciones?

—Hija, no me gusta hablar de esto contigo. Podemos decir que fue algo así. ¡Es posible que yo tuviera la culpa!

—¿Por qué te culpas ahora, papá?

—Porque yo tuve muchos problemas en el trabajo, no sé si te acuerdas. Aquel jefe que me hacía la vida imposible. Yo empecé a salir con mis compañeros de trabajo después de terminar en la agencia y llegaba tarde a casa. Pienso que empezó a encontrarse sola. Dejó de sonreír y sé que tenía problemas aunque no los compartía conmigo. Yo nunca fui muy expresivo y reconozco que no hice nada por adentrarme en su mundo. Seguí con mi fútbol, mi tele y mis domingos de música...

—¿No compartías ninguna afición?

—Nos acostumbramos a vivir juntos, pero a no compartir nada más que tu cariño.

—Bueno, papá, no voy a discutir contigo cómo se puede vivir así... ¿Y Áurea cuándo aparece en tu vida, antes o después de morir mamá?

—No, Carmen, no te voy a contestar. Esto parece un interrogatorio y te recuerdo que yo soy tu padre. Te diré algo, Áurea es una mujer muy sensible que se ha dado cuenta de que yo estoy falto de afecto y me ha ayudado a sobrellevar este momento.

—¡Ya! Le ha faltado tiempo para echarse en tus brazos. Por favor, papá, ¿cómo no te das cuenta de que es una arpía! ¿Te ha pedido ya formalizar vuestra situación? No, no me contestes. Estoy segura de que sí. Ahora, te digo una cosa. El día que ponga los pies en esta casa para vivir yo me voy. ¡Ya lo sabes!

Carmen se fue de la habitación congestionada. Dejó a su padre con el cofre y con todos los recuerdos de cuando era niña, desperdigados por la mesa del comedor.

La soledad le pesaba demasiado. La rabia, el rencor y los recuerdos casi la ahogaban. Cerró la puerta de su habitación y de rodillas rebuscó entre el somier de su cama y el colchón. Allí estaban los diarios de Lourdes. Ahora, su lectura la reconfortaba. Su madre mientras escribió esas páginas estaba llena de vida.

«Resulta muy difícil volver a la rutina diaria cuando has tenido el regalo de compartir cuarenta y ocho horas con el hombre que te ha devuelto la ilusión por todo aquello que te rodea y que, cuando estás muerto en vida, ni siquiera valoras.

Ha sido bonito encontrar el sueño agarrada a su mano y comprobar al despertarme que sus brazos seguían siendo mi refugio.

Ahora no estar a su lado resulta insoportable. Tengo que hablar con Manuel porque esta situación se me ha ido de las manos. No calibré las consecuencias de mi amistad con Santiago. Me he enamorado con todas las de la ley y mi sufrimiento es total.

Procuro meterme en la cama cuando Manuel ya está durmiendo. Me quedo en la esquinita para ni tan siquiera rozarle. Y me despierto antes de que se levante. Mi comportamiento no tiene sentido. Le evito. No me siento capaz de mirarle de frente, cuando lo hago procuro que la niña sea mi parapeto. Debo hablar con él porque me siento muy mal. No sirvo para vivir entre dos hombres. No puedo más. ¡Si yo pudiera contarle a alguien que estoy hecha un lío y que ya no sé a ciencia cierta cuál es mi mundo! Y que tampoco sé ya quién soy.

He descubierto que tengo dos personalidades: una de amante apasionada, optimista y soñadora. Otra de esposa y madre, cumplidora y resignada a un mundo que no me gusta pero que he aceptado como mío.

Pienso que debo ser valiente. Romper con mi vida actual, instalada en la mentira más absoluta, y poder gritar a todo el mundo que amo con todas mis fuerzas a Santiago.

Hoy le he llamado varias veces. Necesitaba oír su voz. Al final, he ido a su estudio y hemos charlado durante un buen rato de pintura. Resulta maravilloso hablar el mismo lenguaje y compartir la misma pasión por los pinceles.

—Santiago, ¿tú le temes a algo?

—Yo no soy nada valiente, lo que ocurre es que soy un inconsciente. Por ejemplo, coger un avión me da pavor pero monto siempre que puedo.

Tomaban un café en el estudio rodeados de lienzos. Algunos tirados en el suelo, esperando a secarse; otros apilados en grandes montones sobre las paredes de la habitación.

—¿Cuándo pintas mejor?

—Yo trabajo siempre, eso no quiere decir que esté pintando todo el día. Son cosas diferentes. Me obsesiona pintar por las mañanas, la luz que entra por la ventana a esas horas resulta perfecta. El tabique blanco de la casa que está enfrente hace de pantalla, rebota la luz y me ayuda mucho a crear. Por la tarde, lo que hago es prensar tela, barnizar o resinar, pero procuro no pintar porque no me sale igual, no estoy inspirado. También cuando anochece, a eso de las nueve de la noche, puede ser otro momento extraordinario para la creación.

—Entonces, cuando yo me suelo ir, te pones como loco a pintar.

—No, cuando te vas, durante minutos me quedo bloqueado y sin ganas de nada. Necesito un tiempo para recuperarme de tu ausencia y volver a pintar. Cada día que pasa lo llevo peor.

Sentí una pena inmensa cuando me dijo estas palabras. No podía prometerle nada porque nuestra relación no tiene futuro. Procuramos no hablar de plazos, ni de márgenes. Por no hablar, no mencionamos el hecho de que estoy casada. Lo ignoramos, aunque sabemos los dos que escondemos una realidad. La pintura, los colores, las formas, nos evaden de nuestros problemas personales.

—Lourdes, ¿sabes cuál es mi color?

—Sí, el rojo.

—Exacto. Es mi color fetiche, aunque también me interesa toda la gama de grises hasta el negro y el blanco. ¡Ésos son mis colores! Y de vez en cuando, le pongo al cuadro un amarillo como soporte. Ya sabes que el soporte en mi pintura resulta protagonista porque no me gusta taparlo, al contrario, quiero que se vea.

—Te comprendo porque, a veces, te cansas de utilizar los mismos colores en la paleta. A mí me ocurre igual. Yo antes metía muchos azules, violetas, colores suaves… pero últimamente introduzco el rojo por ósmosis contigo.

—Los azules y violetas también los he utilizado muchas veces. Tuve una serie de cuadros azules que llamé *El visitante inesperado*. La vendí completa en Bélgica. Me acuerdo de que me llamaba el galerista pidiéndome más cuadros azules, pero le contesté que yo no pintaba cuadros para vender más, que habían salido así. Sin embargo, insistió. Al final, resulta que vives de esto. Nosotros somos como "unas putas". No queremos, no queremos pero… nos prostituimos.

—¡Hombre! Tampoco lo tienes que ver así. Es estupendo tener éxito y que tus cuadros se vendan. Todos soñamos con ser reconocidos.

—Yo no. Sueño con ser libre y pintar lo que quiero. Si el éxito te atrapa, estás obligado a hacer siempre el mismo cuadro y eso es igual a morir.

—Santiago, no puedo creer que no sueñes con vender tu obra como Julián Gómez o tener tanto reconocimiento como Saliés.

—No, Lourdes. Mira, Julián Gómez es un gilipollas integral, mala persona además. No me caen bien los pintores que resoban una y otra vez su pintura. Los hiperrealistas que son incapaces de acabar un cuadro. Si te acercas a uno de sus lienzos ves la respiración de todos los colores. Además, eso de que te venda un cuadro y al cabo de los tres años te llame y diga que quiere retocarlo porque no está terminado lo veo una soberana estupidez.

—¿Por qué eres tan drástico? Yo lo veo original. Todos los pintores tenemos alguna paranoia.

—El rollo ese de querer atrapar lo efímero, la fugacidad del tiempo, lo han absorbido todos los realistas. Los mismos que se tiran seis meses con el mismo cuadro.

—Yo soy realista, Santiago. No creo que debas despreciar a los que nos gusta pintar copiando la realidad. Igual que tampoco entiendo a los que desprecian a los que pintan como tú, huyendo de lo real, atrapando conceptos. Ser artista está por encima de tu propia pintura. Es una filosofía, una forma de entender la vida. Todos perseguimos la belleza o la provocación. No queremos que el que se acerque a nuestra pintura se quede impasible. Nos gusta remover las entrañas y cada uno tiene su forma de hacerlo.

—Sí, pero unos van sólo a por la pasta y otros no. Otros han hecho un buen cuadro y pasan el resto de su vida haciendo el mismo cuadro. Éste es el caso de Fernando Saliés. Mira, si se hubiera muerto después de haber pintado los primeros cuadros, no hubiera pasado nada. No ha sabido evolucionar, se ha copiado toda la vida a sí mismo. Antes de hacer eso y vender como churros, preferiría cambiar de profesión. Saliés no ha hecho otra cosa más que imitarse y pintar malos Saliés. Y estamos hablando de un hombre de una pintura poderosísima, muy interesante. Pero si se hubiera muerto hace diez años no hubiera pasado nada. Mira, Joan Miró, cuando tenía crisis de pintura, se pasaba dos años haciendo grabados y no hacía otra cosa. Yo también he tenido parones, a todos las musas se nos han escapado alguna vez. Cuando pasa eso, la postura honesta es parar. En este tema soy muy inquisitivo y crítico con mi propia obra. Ya sabes que tengo mucho afán de superación y creo que todavía puedo sacar algo mejor de mi pintura. Pero si de aquí a cinco o seis años se me agotan las ideas, te juro que me dedicaré a otra cosa.

—¿A qué te dedicarías? ¡La pintura es tu vida!

—¡No lo sé! Me dedicaría a escribir obras de teatro malas... Lo que no haré será engañar al personal. En cualquier otra profesión parece que mientras pasa el tiempo pues el tema va a mejor. En la pintura no es así. Repetirte algunos dicen que puede ser signo de madurez, maestría y seguridad, pero para mí es engañar y, por supuesto, algo muy aburrido. La monotonía mata al pintor. Algunos se han quedado en el mismo discurso que utilizaban cuando vivía Franco. ¡Estoy hasta los cojones de todos esos que siguen vendiendo el mismo discurso!

—Santiago, estás enfadado con media profesión. Y con la otra media no te hablas. No puedes ir así por la vida.

—No, eso no es cierto. El proceso mío ha sido muy curioso. Al principio, me recorría todas las galerías de Madrid con muy pocos años. De unos me gustaba su linealidad, de otros el cielo... siempre sacaba algo. Daba igual que fueran abstractos, figurativos o realistas. Luego, fui evolucionando y el camino se fue haciendo más angosto, estrecho y cada vez me fueron interesando menos cosas. Te vas convirtiendo en mucho más selectivo. Se produce un fenómeno curioso: cosas que no te interesaban, de repente, ocupan un lugar importante en tus preferencias, y cosas que ensalzabas en un momento determinado te parecen basura.

Yo no soy de esos artistas a los que el camino se les hace tan estrecho que tan sólo se gustan ellos mismos. No, yo no soy así, Lourdes. Hay gente que hace cosas acojonantes y si no eres capaz de apreciarlo, te limitas y no puedes crecer. Yo admiro la genialidad, pero estarás conmigo en que hay poca.

Me encantó hablar de pintura con él. Se supone que yo soy catedrática pero, a veces, me siento como una estudiante. Aprendo mucho a su lado, mucho. Santiago pone pasión en todo lo que hace. Incluso su intransigencia con la mediocridad, su intolerancia con todo aquello que no es auténtico, me parece extraordinario. No sé qué me está ocurriendo, pero noto que cuando voy a pintar la mano no me responde. Creo que estoy empezando a sentir una de esas crisis creativas que mencionaba Santiago. A mí no me había ocurrido nunca.

Me gustaría evolucionar, encontrar otro camino de expresión. La genialidad de Santiago me hace buscar algo diferente en mi pintura. Espero hallarlo pronto porque si mi vida ya no me llena y mi pintura tampoco, mi barco hace aguas por todas partes. Necesito una tabla de salvación para no hundirme.»

14

«DAME UNA OPORTUNIDAD»

Carmen entendió de golpe el porqué su madre estuvo durante nueve meses sin pintar. Fue un tiempo de reflexión en el que se cuestionó todo su mundo. No quedó piedra sobre piedra en su pasado. Necesitaba tiempo, pero la vida no suele darlo. Las decisiones hay que tomarlas casi por intuición. Aparentemente, nadie notó nada en Lourdes salvo esa ausencia de ganas por pintar. Podía estar horas con el pincel en la mano y el lienzo en blanco. Se quedaba extasiada con la contemplación de ese universo ausente del que todo puede emerger. Parecía que se iba a arrancar a sacar rostros humanos y cuerpos desnudos de ese limbo de musas pero, al cabo de un tiempo, cualquiera se daba cuenta de que no se atrevía a evocar ningún mundo. Prefería dejarlo en el blanco más puro.

Carmen recordaba como de niña y adolescente veía con naturalidad que su madre no encontrara motivo alguno para manchar el lienzo. Lo que nunca entendió es por qué cada noche antes de acostarse repetía la misma operación y durante nueve meses jamás salió nada de su pincel.

Igual que se bloqueó su mente, un día sorprendió a todos volviendo a pintar. Su mano comenzó a sacar rostros de la nada y cuerpos lánguidos desnudos. Como novedad, surgieron más colores y palabras sueltas, desgranadas en cada cuadro, que adquirieron un protagonismo que antes no tenían. Palabras inconexas que, en principio, sólo entendía ella. En un cuerpo cubierto por páginas de periódicos podías leer diferentes palabras salpicadas: incomunicación, mentira, burla..., en otro cuadro en donde figuraba una mujer sobre un suelo bicolor aparecían otras: soledad, tristeza, sueño... Encontró la fuerza y expresividad de la palabra sobre el lienzo. Y, desde entonces, fueron sus aliadas en la pintura.

Lourdes cuidaba mucho sus expresiones. Mimaba las palabras y no sólo en sus cuadros. Hablaba con una perfecta dicción. Acariciaba lentamente sus sonidos y se recreaba en alguna que especialmente le gustaba.

Entre las palabras que utilizaba muy a menudo, ya que estaban entre las preferidas de su vocabulario, se encontraban: niña, luna, terremoto, pasión, esternocleidomastoideo... Esta última la aprendió para un examen del colegio y ya se la quedó para siempre. Le parecía una palabra en sí misma llena de potencia. Cuando le dolía el cuello o las cervicales ella responsabilizaba al esternocleidomastoideo de la falta de movilidad de su cabeza. Adoptó esa palabra y la pronunciaba siempre que le venía a la memoria, como si por hacerlo impidiera que nos olvidáramos de ella. Era su trabalenguas de cabecera.

Carmen no dominaba el idioma como su madre. Su forma de hablar era mucho más directa. También se mostraba más impulsiva delante de la gente. Mientras Lourdes daba la impresión de ser una mujer muy sosegada y tranquila, su hija parecía un puro nervio. Aunque físicamente tenían rasgos idénticos si uno se paraba a mirarlas detenidamente, Carmen seguramente estaría moviendo sus pies o sus manos a la vez que hablaba, mientras su madre aguantaría sus nervios sin que nadie los notara.

Lourdes durante toda su vida aprendió a dominar sus impulsos, sus sentimientos, su estado de ánimo. Nunca se le oyó una palabra más fuerte que otra. Carmen, en cambio, explotaba a menudo y no era muy extraño oírla dar voces o pegar portazos.

Tampoco Lourdes hubiera cogido el teléfono por iniciativa propia para llamar a Santiago, cuando acababa de conocerlo. Su actitud fue de ansiosa espera. Sin embargo, Carmen, desde que Santiago le dio su teléfono, buscó el momento oportuno para marcarlo.

—¿Sí, dígame?

—Don Santiago, soy Carmen, la hija de…

—Sé quién eres perfectamente. Por favor, no me llames don Santiago, me haces mayor y me pones muy nervioso.

—Perdona, en Francia me acostumbré a llamar a todo el mundo con cierto protocolo. He marcado el teléfono sin mucho convencimiento porque estaba casi segura de que estarías de viaje.

—No, al final lo he pospuesto. ¿En qué te puedo ayudar?

—Me gustaría conocer tu estudio y ver de cerca tu técnica a la hora de pintar.

Carmen no se andaba por las ramas. Se moría de curiosidad por conocer el lugar donde su madre y él se encontraban.

—No vas a aprender nada, Carmen. Yo no soy un pintor al uso.

—Por eso, precisamente, tengo ganas de observarte trabajando. Yo no tengo un estilo definido y me encanta tu pintura.

—El mejor consejo que te puedo dar es que seas tú misma, que no intentes imitar a nadie.

—Entonces éste es el segundo no a mi petición de ir a verte al estudio.

—¿El segundo?

—¿No te acuerdas? En la galería ya me dijiste que no. La excusa era el viaje. Ahora no tienes excusa.

Carmen se puso realmente agresiva. Resultaba difícil avasallar a Santiago, pero ella lo había conseguido.

—Está bien, Carmen. Te advierto que no soy un buen anfitrión. ¿Qué te parece mañana por la tarde? Las mañanas las necesito para pintar.

—Me parece estupendo. Muchas gracias, Bari.

Cuando colgó, Santiago se quedó paralizado frente al teléfono. No acababa de entender muy bien qué estaba haciendo. Iba a jugar a un juego muy peligroso. Era la primera vez que sentía miedo frente a una joven.

Carmen parecía la versión atrevida y descarada de la mujer que más había querido en su vida. Lourdes llegó a ser mucho más que una obsesión, quizás porque nunca consiguió que fuera del todo suya.

Santiago había perdido la sonrisa el mismo día que viajó a Berlín huyendo de una realidad que no podía modificar. Esperó en el aeropuerto de Barajas. Primero con euforia, después con impaciencia y, finalmente, con desesperación. La euforia de escaparse junto a Lourdes. La impaciencia ante el temor de que llegara tarde. Y la desesperación al comprobar que no acudía a la cita...

Cuando escuchó por megafonía la última llamada para el embarque de su vuelo, estuvo a punto de quedarse en Madrid. No tenía sentido irse a vivir solo a otro país lejos de Lourdes.

Sin embargo, sintió rabia y una pena inmensa cuando se dio cuenta de que Lourdes no se presentó a la hora convenida. Era evidente que ella se había arrepentido a última hora. Al no presentarse en el aeropuerto, pasaba página a una etapa de su vida. Eligió quedarse junto a su marido y su hija antes que escaparse con él. Todos los planes que habían proyectado, las ilusiones esbozadas durante ocho intensos años, se quedaron en nada.

La tarde anterior parecía contenta. Estaba decidida a escaparse con él y empezar de cero. Fue una decisión madurada entre los dos durante mucho tiempo. Por eso, no entendía que, al final, quedase todo en nada.

Nunca hubo un hombre más solo que él en aquella mañana de aeropuerto, rodeado de viajeros que iban y venían cargados de equipaje. Se movía como un autómata por la cinta transportadora que le llevaba hasta la puerta de embarque.

Según se dirigía hacia el avión, dos azafatas movían sus manos como intentando que acelerara el paso. Miró hacia atrás una última vez por si llegaba Lourdes...

—Señor —dijo una de las azafatas—, hemos retrasado el cierre de puertas por usted. ¿Dónde se había metido?

Masculló algo ininteligible que las azafatas ni tan siquiera hicieron por entender. Los viajeros le miraban con caras largas pero Santiago estaba solo, no veía a nadie.

Se dejó caer sobre el asiento, cerró los ojos y durante todo el vuelo permaneció así. Su mente era incapaz de pensar. Sólo veía el rostro de Lourdes. Sus ojos color miel, su sonrisa, su pelo rubio, rizado. Podía sentir su piel suave, aterciopelada incluso, sus besos... Su olor intenso a jazmín.

Ahora tenía que aprender a olvidarla. Intentar vivir sin ella, sin el motor que había dado sentido a su vida. Desde aquel primer día sin Lourdes, se le borró la sonrisa para siempre. Santiago se volvió hosco, antipático. Nadie de su entorno supo nada de él en tres años. Algo que interpretaron como un intento de olvidar su modesto pasado al lograr un gran éxito internacional.

Estaba claro que a Santiago Bari la vida le premiaba con éxitos profesionales y le denegaba la felicidad. «No se puede tener todo en esta vida», le dijo un viejo maestro cuando era un niño, y ¡qué razón tenía! Sin embargo, el aplauso le dejaba vacío, hueco por dentro, y Lourdes conseguía hacerle sentir el hombre más importante de la tierra.

Bari se encerró en la pintura como quien ahoga sus penas en el vino. Pintaba compulsivamente para no pensar. Los galeristas estaban encantados porque encontraron una especie de hombre-máquina que no paraba de producir y para ellos eso era lo esencial. Vender cuanto más mejor.

Su teoría de que «si vendes mucho, es que algo falla artísticamente» la enterró. Le daba igual que se vendieran sus cuadros o que no. El éxito y el fracaso —«esos dos grandes impostores», como decía Kipling— se dieron la mano. Convivió con el éxito sin que le aturdiera y tocó fondo con su fracaso personal.

Se descuidó hasta el límite de dejarse crecer el pelo y la barba de forma salvaje. Parecía Moisés, aunque con la barba y el pelo de color negro. Se mostraba arisco con todo el mundo, pero eso se interpretaba como una excentricidad de artista.

Pintar se convirtió en una terapia que no lograba restañar heridas que estaban muy profundas. Cada lienzo era un mazazo, un terremoto. Nunca tuvo una pintura amable, pero ésta resultaba agresiva. Muchos rojos pasión, sangre, víscera... El tiempo y la memoria se adueñaron de cada pincelada. Cada cuadro llegó a encerrar un misterio que sólo él sabía descifrar. La duda permanente, la verdad transformada en trazos rápidos, efímeros, informales y geométricos. El azar y el orden también se dieron la mano, los antagonismos comenzaron a convivir en su pintura. Las pinceladas, el goteo, las veladuras, las superficies escurridas... y el fenómeno deconstructivo. Jugar a descomponer, romper, destruir para crear de nuevo. Así se autoafianzó en una pintura subjetiva, incómoda contra la cultura de la satisfacción.

Los críticos alemanes y españoles coincidían en elogiar sus creaciones, que consideraban como «la última pintura del siglo XX». «El artista anula el tiempo y en su lugar coloca el espacio del origen del mundo», decía el gran crítico Pfnüer del periódico *Frankfurter Allgemeine Zeitung.* «Un vacío donde la pintura se expande para recuperar el acto engendrador de la memoria», así se expresaba Juan María Muñoz en la conferencia que dio sobre «La pintura de final de siglo» en el Círculo de Bellas Artes de Madrid y en la que hacía especial mención al pintor madrileño, nacido en Manchester.

Se convirtió en uno de los grandes pintores de abstracto de los noventa. Desde que se fue a Berlín no dejaron de lloverle ofertas para exponer en Moscú, Londres, París, Lisboa... Producía y producía sin parar, pero era profundamente infeliz...

Carmen ya tenía la cita con Bari. Mañana por la tarde. Durante todo el día revoloteó por el estudio en el que su madre pasaba muchas madrugadas pintando.

Miró y remiró aquel cuadro que Lourdes nunca daba por terminado. El del hombre tumbado, desnudo, con la cabeza ligeramente hacia atrás. Podía ser Bari, aunque sus rasgos estaban ligeramente disimulados.

Pasó su mano por todos los pinceles mientras pensaba en lo mucho que echaba de menos a su madre. Era un hueco difícil de llenar. ¡Había tanta compenetración entre ellas! Necesitaba saber más de Santiago. De alguna manera, el hombre que le robó tanto tiempo de estar con ella le ayudaría a recordarla.

Se fue a su habitación y, aunque estaba sola, cerró la puerta como solía hacer siempre. Volvió a retomar la lectura del diario de su madre...

«He tenido hoy una conversación muy difícil con Manuel.

Me he sentido miserable, rastrera, mala, desleal... No he

sabido presentarle la verdad en toda su crudeza, pero ha entendido la gravedad de la situación.

Cuando se acostó Carmen, en lugar de ir a mi estudio a pintar, decidí poner punto final a este sinsentido en el que vivo desde hace tantos meses.

Entré en la habitación y le comenté que teníamos que hablar.

—Manuel, nuestro matrimonio no va bien. Tú lo sabes.

—¿Por qué lo dices?

—¿De verdad que te hacen falta datos? Llevamos meses en los que no hemos tenido una sola relación de pareja. ¿Lo ves normal?

—No sé, las mujeres sois un tanto extrañas. Ahora te ha dado por pintar cuando yo me voy a acostar. Tenemos horarios incompatibles. Yo lo achaco a eso.

—Manuel, yo te quiero mucho pero lo nuestro se ha acabado. Siento que no estoy enamorada. En realidad no sé cómo explicarte… me siento muerta en vida. Me ahoga nuestro matrimonio. Además, no quiero engañarte, hay otra persona en mi vida.

Cuando pronuncié las últimas palabras, Manuel se desmoronó. Todavía me sentí más miserable. Me eché a llorar con él. Estuvimos así durante varios minutos, abrazados y llorando uno en el hombro del otro.

—No me dejes, Lourdes, por favor. No me dejes.

—Me haces sentir muy mal, Manuel. Dar este paso me está costando muchísimo.

—Te pido por la niña y por mí que nos des otra oportunidad. Te prometo que volveré antes del trabajo, te atenderé más, te lo prometo. Sabes que he tenido muchos problemas en la agencia, que he hecho muchas tonterías en estos últimos meses, pero, por favor, no me dejes. ¿Quién es esa persona que se ha interpuesto entre tú y yo?

—No lo conoces.

—¿Pero quién es, Lourdes? ¿Un alumno, un profesor...?

—Podríamos decir que un alumno.

—¡Lourdes! ¿Es que te has vuelto loca? Un chico joven. Se te ha ido la cabeza.

—No es tan joven. Sólo le saco siete años. Esa diferencia es imperceptible.

—¿No te das cuenta de que todo te ha pasado porque hemos dejado de compartir afecto, vivencias...? Volvamos a ser los que éramos. ¡Déjate de niñerías! Te pido después de tantos años juntos una oportunidad. Nada más que una. Por favor...

Mientras Manuel hablaba yo no paré de llorar. Sentía mis entrañas abiertas, rotas, rasgadas de dolor. Manuel me pedía una oportunidad y yo por dentro me repetía "amo con toda mi alma a Santiago. Lo amo. No hay más oportunidades". Mi cabeza estaba a punto de estallar cuando mi boca dijo algo que no salía del corazón, sino de la pena.

—¡Tranquilo, tranquilo! Por supuesto, te debo una y mil oportunidades.

Acaricié su pelo mientras pronunciaba estas palabras que eran las correctas, las que debía decir, pero no las que sentía. Dándole una oportunidad a Manuel, me la quitaba yo.

Después de esa conversación me metí en la cama con él. Me quedé a su lado hasta que se durmió. Antes quiso que hiciéramos el amor. Un amor a la desesperada. No hubo sentimiento, pasión... Absolutamente nada. Mientras Manuel quería demostrar que podíamos estar en la cama como dos enamorados, mi mente estaba al lado de Santiago. En la oscuridad de la noche, no vio que lloraba. Las lágrimas me brotaban sin sonido pero con mucho dolor. Un dolor amargo, imposible de calmar.

Cuando Manuel comenzó a emitir pequeños ronquidos, decidí irme de la habitación. Necesitaba estar junto a Carmen. Se ha convertido en mi único refugio, mi aliento y mi vida.

¿Cómo voy a renunciar a Santiago, la persona que más he querido en mi vida? No sé qué va a ser de mí. Le necesito tanto como respirar...»

Lourdes escribía como a ráfagas. Daba la impresión de que arañaba cortos espacios de su tiempo para poder verter todos sus pensamientos. A veces, su escritura resultaba ininteligible. Carmen imaginaba que estaba escrito a hurtadillas y de forma apresurada.

«En general, las cosas se están complicando, lejos de arreglarse y aclararse. Antes de irse de casa esta mañana, Manuel me ha dicho que pida una semana libre para reencontrarnos. Dice que en la agencia de viajes buscará algún destino interesante para perdernos los dos. ¡Yo sólo quiero perderme con Santiago! Sin embargo, me da pena la situación que le estoy creando a Manuel. Si fuera valiente, cogería a mi niña y me iría lejos de aquí.»

A Carmen le reconfortó leer que su madre, en la desesperación de no poder vivir con Santiago, estaba dispuesta a irse de casa, pero con ella. Siempre fueron más que dos almas gemelas, más que madre e hija, eran como una misma persona. Se entendían con la mirada, muchas veces las palabras —entre las dos— sobraban.

El cordón umbilical que las unió en el vientre de Lourdes nunca se había cortado del todo. Por eso, al principio, cuando supo que su madre tenía un secreto, que nadie podía sospechar, reaccionó mal. No comprendía que algo se hubiera interpuesto entre las dos, ni que durante ocho años callara Lourdes, guardando el secreto de un amor oculto. Por otro lado, no haber notado nada en su comportamiento la sacaba de quicio. Sin embargo, ahora iba acercándose poco a poco a los motivos que llevaron a su madre a guardar silencio.

Es difícil romper con los afectos y más difícil todavía dejarse guiar por el corazón. Muchas veces, hacer lo que uno quiere y desea hiere a terceras personas y eso se convierte en motivo suficiente para no dar nunca el paso.

Carmen se decía a sí misma que ella no caería en esa trampa. Ya era hora de que las personas estuvieran juntas por amor y no por compromiso, ni por caridad. La pena es la peor de las aliadas en las relaciones de pareja.

Antes de ver a Santiago, tenía ganas de saber cómo Lourdes resolvió la situación, después de que su padre pidiera una nueva oportunidad para seguir juntos.

15

Y SE ENCONTRARON...

Carmen tenía auténtica necesidad de llegar al final. La paciencia no era precisamente una de sus virtudes. La lectura del diario se convirtió en el principal motivo para comenzar el día.

«Me preguntó Santiago si había hablado ya con Manuel. Dudé si decirle la verdad o mentir, ya me estaba acostumbrando a ocultar la verdad.

—He hablado a medias —le contesté.

—¿Qué quiere decir eso? ¡Explícate!

—Le he dicho que estaba enamorada y que nuestro matrimonio estaba acabado.

—¿Cómo reaccionó?

—Muy mal, horrible. Se echó a llorar y yo tampoco pude contener las lágrimas.

—Pero al final, ¿qué habéis decidido?

—Me ha pedido una segunda oportunidad y... no he sabido decirle que no.

Nunca debería haber pronunciado esa frase. Santiago se enfadó muchísimo. Hablaba fuerte a la vez que se movía como un loco de un lado a otro de la habitación.

—Yo desde que te conocí te he pedido una oportunidad y no me la has dado. ¿Me tengo que echar a llorar o hacer aquí un numerito para que te conmuevas?

—No es eso, Santiago. Me parecía cruel decirle que no.

—¿Y no te parece cruel lo que estás haciendo conmigo? He soportado verte una hora diaria, no llamarte los fines de semana, poner patas arriba mi vida en función de la tuya. ¿Cuándo llegará mi momento? Yo te quiero, Lourdes, me estoy volviendo loco porque nunca una mujer me había llegado a obsesionar tanto como tú. ¡Pídeme lo que quieras! Estoy dispuesto a dejar esta ciudad, a abandonar España, irme contigo a donde tú quieras... Pero no prolongues más esta agonía. Piensa seriamente qué quieres hacer con tu vida y con la mía. Tu indecisión nos va a matar a los dos.

Tampoco pude contener las lágrimas. No le respondí porque sabía que tenía razón. Mi indecisión no está provocada por mis sentimientos, que los tengo claros, sino por la situación que voy a crear.

¿Realmente podría hacer lo que deseo? ¿Qué pasaría si me voy con Santiago, junto con mi niña? ¿Tengo derecho a irme con ella cuando quiera, sin dar explicaciones? ¿Qué pensaría mi hermano de mi actitud y el resto de la familia, mis amistades, mis compañeros de trabajo? ¿Cómo reaccionaría Manuel? ¿Intentaría quitarme la custodia de Carmen? No podría ser feliz sin ella. Si decido irme es dando un cerrojazo a mi vida anterior. Aquí no caben transiciones. Y eso me asusta. No tengo la valentía suficiente para hacerlo.

—Te pido un tiempo, Santiago —le dije. Estoy muy nerviosa, no tenses la cuerda. Ya le he dicho a Manuel que estoy enamorada de otro hombre. Necesita hacerse a la idea. Su petición de otra oportunidad ha sido a la desesperada.

—¿Hasta cuándo durará esta situación?

—No lo sé, pero no me agobies. De todas formas, hay algo más que no te he contado. Quiere hacer un viaje conmigo.

—¡Un viaje! ¿Por qué? Está claro que quiere recuperar tu amor. Y yo, mientras viajáis como dos tortolitos, me quedo aquí esperando como un imbécil, ¿verdad? Lourdes, no puedo más. Tienes que ponerte en mi lugar. Se acabó. ¡Quédate con tu marido, viaja y procura olvidarte de mí! Eso es lo mejor para todos.

—Santiago, cariño, ¿qué estás diciendo? Yo necesito verte para poder vivir.

—Tenemos que darnos un tiempo. Lourdes, debes aclarar tus ideas. Si seguimos viéndonos, esta situación se va a prolongar para siempre. Te conozco, no quieres hacer daño a nadie y, en este momento, alguien tiene que perder. Y está claro, el único perdedor de esta historia soy yo.

—¿Por qué de repente te precipitas? He dado el paso de decirle a mi marido que existe otro hombre en mi vida. Me pide otra oportunidad, pero tú sabes igual que yo que lo que me está pidiendo es tiempo. Nada más que eso. Para el amor ya no hay más oportunidades. Mi corazón está contigo, Santiago. Te amo.

—Lourdes, si uno da el paso, lo tiene que asumir con todas las consecuencias. En realidad, le has confesado que existe en tu vida otra persona, pero que estás dispuesta a intentarlo otra vez con él. Eso es lo que le has dicho. Y si lo vais a intentar, yo me aparto. Te dejo el camino libre. Sólo te pido que me llames cuando sepas qué vas a hacer con tu vida y con la mía.

Se fue a la ducha. No dijo una sola palabra más. Yo recogí mis cosas y me marché de allí destrozada. En realidad, confesando a Manuel mi amor por otro hombre, lo que había conseguido era romper con el motor de mi vida. Todo parecía un sinsentido. Las palabras te conducen a laberintos inexplicables, cuando la verdad sólo tiene un camino.

Mientras regresaba a casa di vueltas a todo lo que me había dicho Santiago. Quizás poner en orden mi vida me ayude. Hemos llegado a un punto sin retorno.

De todas formas, creo que ha sido muy drástico. Parecía un lobo herido. Me he sentido muy mal. Esperaba su comprensión y ha reaccionado al contrario, cortando nuestra relación. ¿Qué es lo que he hecho mal? ¿Debería haberme callado "lo de la oportunidad"? Justo ahora que necesito que esté más cerca de mí, me pide que nos alejemos hasta que le diga: "¡Me voy a vivir contigo!". Para Santiago resulta muy fácil. No tiene ninguna atadura, es un ser libre. Yo no. Nunca lo he sido.»

Carmen se quedó muy pensativa después de leer estas líneas en el primero de los diarios escritos por Lourdes. Al que, por cierto, le quedaban muy pocas páginas.

Entendía perfectamente el sentido del legado de su madre. Ahora sí. No quería que ella cometiera los mismos errores. Lourdes deseaba que su hija viviera por ella. Por eso se encargó de educarla para quc fuera un espíritu libre e independiente.

La decisión de enviarla lejos de España y de la familia a estudiar no tenía otro fin más que el de conseguir que no fuera tan dependiente del entorno como ella. Lourdes se enredaba siempre en los afectos. Era muy difícil saber cuándo tomaba una decisión por iniciativa propia o inducida por las circunstancias.

Si conocía a una persona y ésta le abría su corazón, ya adquiría una obligación moral con ella. No necesitaba contratos, ni firmar compromisos, los adquiría simplemente por el hecho de dar su palabra. De pequeña la enseñaron a oír y callar. Podía ser una tumba guardando un secreto y si se le pedía un favor, lo hacía de forma espontánea.

La única vez que se dejó llevar por sus propios sentimientos fue cuando irrumpió en su vida Santiago. Ahí no hubo compromisos previos adquiridos, apareció y se le iluminó la vida.

Carmen, treinta y dos años más joven que su madre, poseía otro carácter. Mucho más segura de sí misma y reivindicativa. Estaba dispuesta a poner patas arriba la profesión de artista. No estaba conforme con que los hombres hubieran copado toda la gloria durante siglos y las mujeres no brillaran por su talento jamás.

Lourdes se reía mucho con ella cuando le decía que se «iban a enterar de quién era Karmen, con K». Así firmaba sus óleos. No tenía un camino definido en la pintura. Lo mismo pintaba paisajes realistas que imitaba a Picasso, por el que sentía verdadera idolatría. En Francia no sólo se dedicó a visitar Montmartre persiguiendo el alma joven del pintor por París, sino que podía pasar días enteros merodeando por el castillo de Vauvenargues, cerca de Aix-en-Provence, la magnífica morada del siglo XIV de un Picasso ya maduro, en donde fue enterrado. En Cannes sólo estuvo una vez. Allí visitó el estudio La Californie, el lugar sagrado del artista, donde se produjeron los milagros pictóricos más famosos.

Se preguntaba si algún día alcanzaría el grado de madurez suficiente o de egoísmo para desentenderse de toda exigencia emotiva, como hizo el maestro malagueño para abstraerse de todo y poder crear. El pintor un día decidió excluir de su vida a parte de su familia, a su hermana Lola, y la excluyó para siempre —según cuentan algunas de sus biografías—. Eso fue haciendo sucesivamente con sus amantes y familiares. Pablo Picasso estaba convencido —a raíz de la muerte de su otra hermana, Conchita— de que el destino era el peor enemigo del hombre. Y Carmen, que tanto le admiraba, también en esto le iba a la zaga. El destino le había arrebatado a su madre cuando ella empezaba a caminar sola. Esa sensación de orfandad inicial se fue transformando en rabia contra todo y contra todos.

Quizás por ese estado de ánimo que la dominaba, encajó

tan mal la conversación que tuvo su padre con ella cuando llegó a casa esa noche.

—Quiero hablar contigo, Carmen. Me gustaría que te llevaras bien con Áurea. Es importante para mí.

—Por favor, no me pidas eso. Me cruje el estómago cada vez que la veo.

—¡Pero si antes te llevabas muy bien con ella!

—Antes de que se destapara como una hiena. No me gusta y sabes que no puedo disimular. Las cosas o me salen del corazón o no me salen.

—Había pensado que podíamos cenar los tres juntos esta noche. Áurea ha preparado algo especial para nosotros. ¿Qué te parece?

—Papá, ve tú. Además, no tengo hambre.

—Te lo he dicho por las buenas. Ahora, ¡te exijo que vengas conmigo por las malas!

No hizo falta hablar más. Si algo odiaba eran los chillidos y las voces subidas de tono. La última frase la dijo Manuel a gritos. A los pocos minutos, estaban llamando a la puerta de la vecina.

Áurea estaba arregladísima. Era evidente que había ido a la peluquería. Su padre no se había cambiado, continuaba con traje y corbata, tal y como había ido a la oficina. Sin embargo, Carmen iba en vaqueros. Tampoco hizo nada por arreglarse, después de los gritos de su padre. Aquella cena prometía poco.

—¡Qué buena pinta tiene todo! —dijo Manuel rompiendo el hielo.

—¡Hombre, la ocasión lo requiere!

Carmen asistía a lo que decía su padre y Áurea como si se encontrara en un partido de tenis. Movía su cabeza hacia un lado y hacia el otro según hablaban.

No entendía qué hacían allí. Rodeados de velas en un ambiente íntimo. Aunque pronto empezó a comprender...

—Esto lo podemos hacer todas las noches porque yo no trabajo y no me cuesta nada prepararos la cena.

—La verdad, es todo un detalle por tu parte —mientras hablaba sonreía a Áurea—. ¿No te parece estupendo, Carmen?

Se le atragantó la crema de verduras que estaba empezando a tomar.

—Pues... te lo agradezco. Yo casi no ceno. Prefiero tomar cualquier cosa en casa. Hoy estoy haciendo una excepción.

Carmen estaba tan en tensión que le dio un tirón en uno de los dedos del pie.

—No le hagas caso —continuó Manuel—, ¡vendremos! Tiene que comer más. Se está quedando muy delgada y ya sabes que lo de cocinar se nos da fatal a los dos.

—No se hable más. A partir de mañana cenáis aquí.

Áurea estaba feliz. Por fin, su existencia tenía un objetivo: preparar la cena. Sus días y sus noches se apelotonaban desde hacía años sin más obligaciones que respirar y cobrar la pensión de su marido a fin de mes. No tenía familia, no tenía hijos, no tenía amigos... sólo Lourdes y Manuel. Ahora únicamente a Manuel.

Carmen estaba a punto de vomitar. Esa cena y las que tenía proyectadas para su padre y para ella le parecían repugnantes. Una traición a la memoria de su madre.

Hubo un momento en el que a la vecina se le escapó una expresión, dirigiéndose a su padre, que le produjo un escalofrío por todo el cuerpo.

—¡Cielo! ¿Quieres un poco más de crema de verduras?

Carmen dejó de comer. No podía. Tenía la impresión de que si entraba algo más en su boca acabaría vomitando. El resto de los comensales lo notaron.

—Hija, ¿te encuentras bien?

—Me encuentro regular. Lo siento. Me voy a casa.

Se levantó y se fue con la mano en la boca. Cerró la puerta de golpe, con el portazo que sellaba sus enfados.

—Áurea, tenías que haber sido más discreta —la recriminó Manuel.

—Cariño, ¿qué es lo que ahora he hecho mal? Con tu hija no hay forma de acertar.

Se echó a llorar como los gatos. Parecían más maullidos que sollozos. Manuel la intentó consolar.

—Venga, que no ha pasado nada. Tienes que darle tiempo. Es lógico que se comporte así. Piensa que para ella es un cambio muy brusco.

La cena, en cualquier caso, se truncó.

Carmen, ya en su habitación, con el cerrojo echado como siempre, lloró y lloró sin poder parar. Encima de la cama, desconsolada, se quedó dormida.

Su último pensamiento no fue para la vecina, sino para el pintor al que iba a visitar al día siguiente...

Al despertar por la mañana, tenía un fuerte dolor de cabeza. Según fueron pasando las horas, la emoción de ver a Santiago logró borrar el disgusto de la noche anterior.

A la hora de vestirse no acudió a su armario. Se fue como una flecha al ropero de Lourdes. Rebuscó entre sus cosas y, finalmente, se decidió por un traje malva con flores blancas que guardaba su madre con un plástico transparente.

Tampoco se olvidó de los zapatos de siete centímetros de tacón. Ni de su perfume con olor a jazmín, ni de su barra de labios.

Cuando finalmente se miró al espejo, Carmen se quedó sorprendida. Le parecía estar viendo a su madre. Pensó que ese enorme parecido le gustaría a Santiago.

En el momento que el reloj marcó las cuatro de la tarde se

fue de casa. En veinte minutos un taxi la llevó hasta la misma puerta del estudio de Santiago Bari.

El corazón, como siempre que algo la alteraba, comenzó a acelerarse más de la cuenta. Subió las escaleras despacio y en el rellano de la puerta esperó un poco a tranquilizarse y a que su respiración no estuviera tan acelerada.

Llamó dos veces al timbre y al rato, Santiago abría la puerta. La saludó con la mano, invitándola a que pasara, mientras hablaba con alguien por el móvil. Al mirarla con más detenimiento se quedó callado, con los ojos muy abiertos, igual que si hubiera visto un fantasma.

Carmen podía imaginarse lo que pasaba por su mente. Tras unos segundos colgaba el teléfono.

—¡Hola, Carmen! Perdona el desorden.

Santiago estaba con el pelo mojado, como recién duchado —tal y como describía su madre en el diario—. Iba descalzo y en el suelo de su estudio había varios cuadros a los que estaba tratando con diferentes materiales para poder pintar en ellos. La miraba fijamente, intentando discernir si era una realidad o, simplemente, su imaginación había conseguido traer a Lourdes a casa.

—Me encuentras parecida a Lourdes, ¿verdad?

—Llevas su ropa, sus zapatos, su perfume... Así vestida, por un momento, me pareciste ella.

—Me gusta ponerme sus cosas. Me siento más segura.

—Pues yo te agradecería que no lo volvieras a hacer.

Le dio repentinamente la espalda. Carmen se sintió azarada, no sabía qué hacer. Santiago estuvo unos segundos con la cabeza agachada. Finalmente, respiró hondo y comenzó a hablarle.

—Tu madre y yo somos, bueno, éramos amigos, muy amigos. Cada vez que te miro, me recuerdas a ella y no sabes el dolor que yo siento por su pérdida...

Carmen se acercó y le abrazó. Todas las imágenes descritas por su madre en sus encuentros con Bari le vinieron a la mente. Acercó su nariz —como hacía siempre— para oler. La vainilla y el olor a pintura se daban la mano. Un olor resultaba dulce y el otro, aunque era fuerte, quedaba prácticamente anulado.

Santiago se separó de Carmen bruscamente con la excusa de tener que hacer una llamada urgente. Desapareció unos minutos de la habitación. Al regresar, cambió completamente de tema. Mientras le hablaba mantenía una distancia.

—Dime, Carmen, en qué te puedo ayudar.

No sonreía nada. Estaba serio y se comportaba de forma agria y antipática.

—No quiero molestarte, pero me gustaría verte pintar. No encuentro mi estilo y me gusta mucho la abstracción. No sé realmente cuál debe ser mi camino. ¿Me podrías ayudar?

—Yo creo que lo mejor que puedes hacer es estudiar Bellas Artes y no mezclarte con gente como yo.

—¿Cómo me puedes decir eso? Tú precisamente eres autodidacta y nunca has creído en los títulos. Además, hasta el curso que viene no puedo incorporarme a las clases. De todas formas, sabes más de pintura que cualquier catedrático.

—¿Cómo sabes eso de mí?

—Yo sé muchas cosas tuyas, pero no me preguntes por qué.

Santiago se quedó cortado. Carmen conseguía hacerlo. Era la única mujer que podía ponerle nervioso en un tiempo récord. Se preguntaba si Lourdes le habría contado algo de su relación con él.

—¿Qué quieres que te enseñe?

—Todo.

Lo dijo de una manera que Santiago necesitó ir a la cocina a por un vaso de agua.

—¿Quieres agua? —le dijo a Carmen.

—Vale.

Mientras extendía su mano con el vaso de agua, volvió a encontrarse con las manos de El Greco que describía Lourdes con tanto detalle. Todo lo que hacía o decía le parecía familiar; ya se lo había imaginado con el relato de su madre en los diarios.

—Carmen, soy de los que piensan que el mejor maestro es uno mismo. Tú tienes que forjar tu propio camino, a base de darte mil bofetadas.

—A mí la vida ya me ha dado la primera, me ha quitado a mi madre sin previo aviso. Y eso, como decía Picasso, no se lo voy a perdonar nunca.

Santiago se agarró al nombre y a la obra del pintor. Era la única posibilidad de no estar en tensión durante toda la visita de Carmen.

—¿Qué cuadro te gusta más de él?

—No sé cuál decirte... quizás *El Guernica,* aunque me parecen muy interesantes las variaciones que hizo sobre *Las Meninas* de Velázquez o *La merienda campestre* de Manet, sus retratos, su ventana abierta y *Las Palomas*...

—Ese último es un cuadro sin segundas intenciones —le replicó Santiago—. Sólo quiere transmitir lo que Picasso ve a través de su ventana en La Californie, dos palomas. Un genio no tiene por qué constantemente estar de guardia, también puede darse un descanso. Pero el Picasso más genuino es el provocador. ¿Sabes? Solía decir que «la gente cree que un artista es un imbécil que sólo tiene ojos para pintar y, sin embargo, un artista es un ser político que vive pendiente de todos los acontecimientos que ocurren en el mundo». Estoy de acuerdo con él en que la pintura no existe exclusivamente para decorar las paredes de las casas. La pintura puede ser un arma que sirve para atacar al enemigo y para defenderse de él. En *El Guernica* consiguió dar vida a la pena y al dolor. Por eso, exagera la expresión del sufrimiento con el contraste de los objetos, para representar la destrucción y el desgarramiento. De lo que ya no estoy tan seguro es de si atenuó la fuerza de ese dolor al intentar conseguir una multiplicidad de formas. También te diré otra cosa, *El Guernica,* con la reducción de colores y la descomposición de las formas, no fue un obra suficientemente atrevida, la realidad la superó.

Carmen le escuchaba tan fascinada como lo hizo su madre la primera vez que le conoció. Tenía un gran conocimiento sobre todo tipo de pintura y todo tipo de artistas.

—¿Cómo sabes tanto de Picasso?

—En realidad, no es que tenga mucho conocimiento, simplemente en mi currículo hay muchas horas de museos, muchas. Yo sólo aprendo con la observación. Para mí el error en el que incurrió Picasso estuvo en su éxito. Todo lo que hacía se transformaba en oro. Cualquier cosa estaba al alcance de su pincel. Compraba casas, todo lo que se le antojara, a cambio de sus dibujos. El hambre y la miseria acabó con otros artistas. A Picasso, en cambio, le mató la publicidad. La fama lo fue aislando en una especie de cárcel de cristal que acabó asfixiándole. Yo, fíjate lo que te digo, temo más al éxito que al hambre.

—Yo tengo pánico a no trascender, a que mi obra no la conozca nadie. ¿Te has fijado, Santiago, en que no hay mujeres que destaquen tanto como Picasso, Velázquez o el mismo Goya? Ésa es la gran injusticia que ha hecho con nosotras la historia.

—Pero, hoy en día, hay grandísimas pintoras.

—Y antiguamente también, pero éramos invisibles porque la historia hasta nuestros días ha estado escrita por hombres.

Aquel afán reivindicativo de Carmen le interesó mucho a Santiago. La escuchaba atentamente.

—A las mujeres les ha estado vedado el acceso a la práctica del dibujo. ¡Ya no te cuento si tenía que posar un modelo desnudo delante de ellas!, porque era la base de la enseñanza académica desde el XVI hasta el XIX. Imagino que ha habido muchas camufladas en talleres de pintores conocidos. Hubo una pintora fabulosa en el siglo XVIII a la que llamaban la sucesora de Van Dyck y la historia se ha encargado de ningunearla.

—¿Quién es?

—Angélica Kauffmann, que fue una integrante activa del grupo de pintores que sirvió de base para la constitución de la Royal Academy británica en 1768. Fue una pintora asociada a la pintura decorativa y romántica del clasicismo. El problema de las mujeres artistas, que las ha habido muy buenas, es que no hay obra o, la que existe, resulta escasa.

—Me parece muy interesante lo que me cuentas, Carmen. ¿Hasta la Kauffmann no se conocían otras mujeres pintoras?

—¡Claro que sí! He intentado rebuscar en la historia y algo se ha escrito sobre ellas. Se sabe que muchas pinturas atribuidas a hombres, con nombres ilustres, son de mujeres. Hay nombres como el de Marietta Robusti, pintora veneciana del siglo XVI, hija primogénita de Tintoretto. Trabajó en el taller de su padre junto con sus hermanos más o menos quince años, hasta su muerte. Su fama de extraordinaria retratista se extendió por las cortes de España y Austria. Felipe II, por ejemplo, la invitó a su corte en calidad de pintora, pero su padre le negó el permiso. Estuvo hasta el final de sus días pintando en su taller. Según ha podido investigar Chadwick, las pinceladas de Marietta Robusti eran imposibles de distinguir de las de su padre. Murió esta heroína tuberculosa después de traer al mundo un hijo.

Santiago —continuó Carmen con su discurso—, está claro que en los talleres de artistas muy renombrados había mujeres y algunas, muy buenas pintoras. Otra mujer a la que no se ha hecho justicia: Judith Leyster, pintora holandesa del XVII, llegó a tener su propio taller de pintura. Fue la única mujer con participación activa en el mercado artístico. Su obra fue escasa pero de mucha calidad. Se tuvo que dedicar al cuidado de sus hijos y las responsabilidades domésticas. Por eso, casi no nos ha llegado a nuestros días obra suya. Ya ves, los hombres siempre os habéis interpuesto en nuestras carreras. Por eso, nos vemos obligadas a elegir entre nuestra profesión o nuestra familia.

—¿Tú qué elegirías?

—Mi profesión. No existe el hombre que me aparte de mi pasión por la pintura.

Santiago se echó a reír. Era la primera vez que lo hacía desde que se fue a Berlín sin Lourdes. Aquella jovencita tenía un enorme poder de seducción. Su frescura, su pasión por todo, sus enormes ganas de vivir le hicieron recobrar una expresión que se había borrado de su cara.

—¿Y tú quieres que yo te enseñe algo?

—Todo, Santiago. Me gustaría aprender tu técnica. Me parece dificilísima.

—Hay quien cree que esta forma de pintar es una tomadura de pelo.

—A mí no me interesan los chismes de personas que no entienden.

—Está bien. ¿Cuándo quieres venir?

—Mañana.

—Ven a las doce y luego te invito a comer. ¿Te parece?

—OK.

Carmen bajó las escaleras del estudio de tres en tres. Estaba eufórica. No tenía ninguna duda de que le había caído bien. Se cruzó en las escaleras con un hombre vestido con un mono azul que no pudo evitar pararse y mirarla.

—¿Adónde vas con esas prisas, muchacha? —le dijo en voz alta.

Carmen se volvió y a modo de respuesta le ofreció una amplia sonrisa. Mañana volvería a ver a Bari. Era un buen motivo para recuperar la ilusión…

16

TODO FUE NADA

Con tal de no cenar con la vecina, se inventó la excusa de que había estado picoteando con sus amigos durante toda la tarde. Carmen comprendía que aquellas citas nocturnas en casa de Áurea habían pasado de un detalle generoso a una obligación.

Aprovechó para seguir leyendo el diario de Lourdes.

«El próximo fin de semana nos iremos a Viena. Manuel me ha dado esa sorpresa. Acudiremos a la ópera y estaremos dos días y medio paseando por el corazón de Europa.

No me ha llamado Santiago, ni yo tampoco le he buscado. Quizás sea el destino el que se encargue de poner las cosas en su sitio.

Al menos, cuando llego a casa, ya no siento la angustia de los últimos meses. Pero es una paz ficticia porque mi corazón está en otra parte. De todas formas, ha caído en mis manos un libro de psicología en el que he leído que el enamoramiento tiene mucho de sugestión. Me pregunto si yo me podría volver a enamorar de Manuel. No siento nada más que afecto fraternal por él, pero debo intentarlo.

Pensar en Santiago es mortificarme. Le quiero con todo el alma. Por él he sabido que el mundo está lleno de colores. El sol, el aire que respiro, todo tiene sentido. Nunca le estaré suficientemente agradecida por haberme resucitado. Siento necesidad de vivir. ¡Quiero vivir!

Se lo dije ayer a Manuel de un tirón, me salieron las palabras en cascada. Debe hacer un esfuerzo para que volvamos a reactivar nuestro matrimonio.

—Manuel, tienes que poner de tu parte. Debes esforzarte por hablar, por mantener algún tipo de diálogo conmigo. Es muy difícil estar al lado de alguien que no comparte ni una frase en todo el día. ¿Por qué no me cuentas cómo te ha ido en el trabajo? No me hablas de nada. Ni con el fútbol aprovechas para entablar una conversación.

—¡Pero si no te gusta el fútbol!

—Bueno, he dicho el fútbol como podía haber dicho otra cosa. ¡Es igual! Necesito que te comuniques, que salgas de tu ostracismo. No puedo estar un día tras otro con una persona que no tiene nada en común conmigo y que no hace el más mínimo esfuerzo por hablar. Has cambiado mucho, Manuel. Para mí eres un desconocido. Me pides una oportunidad, pero ¡gánatela!

—No soy expresivo. Pensaba darte una sorpresa, pero como me echas en cara que no te digo nada, la destripo. Te he preparado un fin de semana en Viena.

Me sentí muy mal por haberle hablado de esa manera. Siempre tan callado, parece que ni siente ni padece. Quizás deba aprender a leer sus silencios. Aceptarle tal y como es. Descubrirle de nuevo.

De joven me encantó su amor por la música pero, desde

hace tiempo, no muestra ningún interés. Ya no le dedica al clarinete ni media hora, ni cinco minutos a la semana. No salimos a ningún sitio, ni tan siquiera a escuchar un concierto. Nunca me acompaña a las exposiciones, siempre voy sola. Hasta el punto de que muchas compañeras del trabajo creen que estoy separada.

No sé si podré despertarle de ese letargo al que ha llegado después de trabajar en lo que no le gusta. El que odiaba tener un horario y los días iguales a otros se levanta siempre a la misma hora y se acuesta metódicamente cuando el reloj marca las once de la noche. Ha ido perdiendo interés por todo lo que le rodea. Su mundo se limita a la casa, la televisión y el fútbol. Los amigos que tenía del Conservatorio han ido dejando de llamarle. Resulta imposible conectar con su interior. Sin embargo, me apetece ese viaje. Espero que me ayude a encontrar mi camino.

Quizás si me sugestiono lograré sobrevivir sin ver a Santiago. Pienso a cada rato qué es lo que estará haciendo. Me pregunto si pensará en mí.

Ayer sonó el teléfono. Lo cogí yo, pero no contestaron. Estuve un buen rato preguntando: "¿Quién es?". Pero no obtuve ninguna respuesta. ¿Sería él? Me quedará la duda.»

Carmen estaba nerviosa con la lectura del diario. De alguna manera, esa forma de concluir una pasión no acababa de entenderla. En realidad, no comprendía la forma de relacionarse de los adultos. El hecho de ocultar el amor y vivir correctamente con quien deben y no con quien quieren; se le escapaba de su razonamiento.

Hasta que no acabó el primer diario, no desistió en su empeño.

«Siento no escribir tan a menudo como lo hacía antes. No tengo necesidad de confesarme de nada. Mi vida se ha vuelto monótona pero transparente. Me da cierta tranquilidad de espíritu no ver a Santiago.

He intentado por todos mis medios arrancármelo del corazón. Pero mi amor por él ya echó raíces hace tiempo. Ha llegado la hora de los silencios. La pena de no ver, oír, tocar, besar a la persona amada.

El viaje a Viena ha sido terrible para mí. Por las calles de la capital austriaca me sentía encarcelada, vigilada, escrutada por Manuel. Sin embargo, jamás olvidaré el paseo por sus calles empedradas, la visita al antiguo palacio imperial, la maravillosa iglesia de San Carlos y sus jardines, la catedral gótica de San Esteban... todo rezumaba arte. Allá donde posaba la mirada había un testimonio de la grandeza histórica de Viena.

En un momento en el que Manuel se despistó con la visita a una de las muchas tiendas de música que existen allí, me fui a una de las cabinas telefónicas que había en el casco antiguo de la ciudad y con un gran nerviosismo marqué como pude el móvil de Santiago. Necesitaba oír su voz y también quería contarle que en aquel viaje me estaba acordando de él más que nunca.

—Sí, dígame.

—Santiago, soy yo. Necesitaba escuchar tu voz... ¿Qué tal estás?

—Bien.

Se mostraba antipático. No parecía él. Tenía ganas de decirle que le amaba, pero su tono de voz lo cierto es que no invitaba a ello. Me pareció escuchar de fondo una voz de mujer. Un escalofrío recorrió todo mi cuerpo.

—Perdona, creo que no estás solo.

—No sirvo para la soledad. Necesito la compañía de una mujer.

Esa respuesta me pareció zafia y vulgar. En mi ausencia ya tenía un "repuesto". ¿Qué entendía Santiago por estar enamorado? Hablamos idiomas distintos, eso es evidente. Él necesita a una mujer a su lado. Yo no he sido más que eso, una mujer. Aquella voz femenina rompió mi mundo, que ya andaba bastante maltrecho. Yo, que buscaba su voz para decirle que no podía más, que regresaba a España con la idea clara de irme a vivir con él, me quedé callada. Al menos, para Manuel yo sí era imprescindible. Me pedía una segunda oportunidad. Le apenaba perderme de su lado. Sin embargo, Santiago, en unos días, ya había hecho el cambio.

—Estoy en Viena. Sólo quería saber de ti, pero ya escucho que estás muy bien. Eso clarifica bastante mis ideas. Nada más, no quiero molestarte.

—Tú no me molestas nunca.

—Adiós, Santiago.

—Adiós, Lourdes.

Cuando colgué me eché a llorar desconsoladamente. Otro país, otra lengua, otras costumbres... Lejos de mi niña y una sensación de pérdida total con esa despedida seca y fría. No quiero volver a llamarle jamás. Estoy rabiosa.

No acabo de comprender que aquella pasión que sentimos los dos durara tan poco. ¿Cómo es posible que ya esté con otra mujer? No me hago a la idea de que reponga un afecto con otro. Estoy confusa porque tengo que volver a ordenar mi mente.

Al regresar a España, he comenzado a manchar lienzos. Después de varios meses sin encontrar un solo estímulo para pintar, he comenzado a hacerlo. Estoy obsesionada. Pienso en Santiago constantemente. Si el día es soleado me acuerdo de los paseos por el parque de la Fuente del Berro; si está lluvioso, de las tardes en su estudio. El olor a vainilla me transporta a una especie de limbo en el que me suelo perder. Le amo y le odio a la vez; pero soy consciente de que la vida me ha dado mucho poniéndole en mi camino. Sin embargo, no le puedo perdonar que me olvide tan pronto. ¿Dónde está su romanticismo? Sus palabras siempre tan llenas de adjetivos, su mirada clavada en la mía, su ternura... ¿Lo ha olvidado todo?

A lo mejor ha actuado como un lobo herido. A veces, uno se muestra de una manera extraña cuando está dolido. Eso podría tener una explicación. Sin embargo, no le exculpo. Algo se ha quebrado en mi interior. De repente, me he dado cuenta de que su amor por mí no era tan fuerte como el que yo sentía por él. Estaba dispuesta a cometer la mayor de las locuras, abandonar mi vida anterior y empezar una nueva vida en cualquier parte del mundo, en compañía de mi hija, pero siempre a su lado.

Todo lo que me está pasando me lo tengo merecido. Soy una insensata, una loca que se ha visto eclipsada por el amor de un hombre lleno de vida, joven y efusivo.

Ahora siento necesidad de pintarle. Cierro los ojos y le veo. Puedo pintar cada centímetro de su piel, de su cuerpo, sus expresiones, sus músculos, su alma...

Mi familia ha celebrado mucho que vuelva a coger los pinceles. Sin embargo, hoy estoy más en crisis que cuando no pintaba. Tengo mi mundo roto y no sé cómo recomponerlo.

Va emergiendo del lienzo una figura que representa la sensualidad tal y como la concibo. El hombre de mi cuadro es mío y de nadie más. No lo voy a exponer nunca, ni tampoco a vender, no lo quiero compartir con nadie. Los pintores tenemos la potestad de quedarnos con aquello que consideramos sólo nuestro. No todos los cuadros pueden ser comprados o vendidos.

Me he sorprendido a mí misma llorando. Se me han saltado las lágrimas en mi estudio. Según iba reconociendo a Santiago entre las muchas pinceladas del cuadro, me he dado cuenta de que nuestra relación no ha sido un capricho, ni algo circunstancial... El rojo del fuego y de la pasión han aparecido por derecho propio en el lienzo, seguramente mimetizada por los colores protagonistas en la obra de Bari. Siento que mi experiencia junto a él me marcará para siempre.

De todas formas, estoy llena de dudas. ¿Por qué se ha comportado conmigo de una manera tan hosca? Necesito verle por última vez. Aunque lo más sensato sería que nunca más nos encontrásemos.

Me gustaría observar sus ojos de cerca porque no mienten. Las manos, la voz, la sonrisa... pueden engañar, pero la mirada nunca... Sin embargo, no lo voy a hacer porque no podría estar a su lado sin echarme en sus brazos.

Yo no he intentado que cambiara. Me acuerdo de que me decía que "todas las mujeres que se acercan a mí intentan transformarme, pero jamás lo consiguen". He procurado no olvidar esta frase para no caer en el error de querer cambiarle. A Santiago hay que aprender a aceptarle tal y como es. Un espíritu libre, creativo, efímero...

Por otra parte, Manuel está más cariñoso que nunca. No me deja sola en ningún momento. Pienso que no se fía de mí. Lo último que ha incorporado a sus costumbres es venir a buscarme a la salida de clase. Me llama cada hora con cualquier excusa. Después de haberle echado en cara que no sabía comunicarse, me cuenta el más mínimo detalle de cuanto ocurre en el día a día; anécdotas de su trabajo que jamás había sentido la necesidad de contarme antes y que, a veces, me parecen un tanto infantiles. Los esfuerzos que está haciendo por salvar nuestro matrimonio no puedo obviarlos. Sin embargo, cada día me siento peor.

Se comporta como si no hubiera ocurrido nada entre nosotros. No me ha vuelto a sacar la conversación de si estoy o no enamorada. Intuyo que ha dado por zanjado el tema. Tengo la impresión de que mis sentimientos no cuentan o que da por ganada su batalla.

Nunca me he sentido más sola, a pesar de estar todo el día rodeada de gente. Tengo una sensación de vacío que me lleva a la inactividad. Si no fuera por la niña, me metería en la cama y cerraría los ojos para intentar dormirme y que el tiempo pasara rápido. Esta herida no cicatriza y el dolor es inmenso.

Carmen me une a la vida. Por ella salgo a flote cada día, a pesar de ahogarme cada noche en la melancolía. Muero y resucito a cada instante. Sus ojos y su sonrisa me atan a este mundo que ha dejado de tener sentido para mí. Sin Santiago a mi lado ha vuelto la rutina. Todos mis días son iguales. Sé perfectamente qué va a ocurrir mañana, pasado y al otro. Es ella, mi niña, y sólo ella, quien da sentido a esta existencia en la que muero por un hombre al que amo y al que no debo volver a ver. Lo más parecido al infierno debe de ser esto. El Bosco lo reflejó muy bien en *El jardín de las delicias*. En una técnica descriptiva, minuciosa y alucinante, narra la carrera enloquecida de la humanidad que va desde el paraíso hasta el infierno, al que imaginó lleno de simbolismos. Mi infierno, en cambio, soy yo misma. Nada de lo que me ha ocurrido hubiera sucedido si la sensatez y la cordura se hubieran dado la mano en algún momento. Sin embargo, hace tiempo que se esfumaron las dos y estoy instalada en un tiovivo que no sé cómo parar.

Creo que para olvidar lo mejor que puedo hacer es no pensar, ni tan siquiera escribir. Voy a ir apartándome poco a poco de mi diario, de mi conciencia. Pensaré que todo ha sido un sueño, que nada ha ocurrido. El poeta José Hierro lo describió en su poesía *Vida* de forma magistral:

Después de todo, todo ha sido nada,
a pesar de que un día lo fue todo.
Después de nada, o después de todo,
supe que todo no era más que nada...

A Carmen se le saltaban las lágrimas leyendo el final del primer diario de Lourdes. Para solucionar sus problemas había decidido morir en vida. Renunciar a sus sentimientos, ahogar sus penas con sus obligaciones como madre y como esposa. Decía que no a todo a cambio de nada.

Era un final muy triste para una historia de amor que el azar propició. Les enredó el destino en una maraña que no tenía más final que éste. Nació sin futuro, era una relación destinada al fracaso.

Sin embargo, nunca dos almas se entendieron y admiraron tanto como Lourdes y Santiago. Sintonizaron desde el primer día que se vieron en la galería de arte, en la exposición de Gerardo Pau. Sus miradas se encontraron y quedaron subyugadas una a la otra. Se convirtieron en dos imanes a los que les resultaba imposible estar separados.

La atracción física se transformó en obsesión. Nunca dos volcanes permanecieron durante tanto tiempo en erupción. Su relación era pasional, extremada, visceral, única, irrepetible. Estaba hecho el uno para el otro. Sin embargo, tuvieron que tomar caminos diferentes.

Carmen se prometía a sí misma no renunciar jamás a un amor así. De todas formas, estaba convencida de que nunca se enamoraría con tanta intensidad como su madre.

—No creo en el ser humano. Me parece perverso. Por lo tanto, menos voy a creer en el amor.

Carmen estaba peleada contra todos y contra el mundo. Le parecía que la raza humana era instintivamente mala. Tan sólo la cultura podía efectuar el prodigio de darle un barniz bondadoso. Encontrar a una persona buena era como hallar un tesoro. Pocas, pero alguna se había cruzado en su camino.

El ansia de conocimiento, de búsqueda, la mantenía con cierta ilusión por lo desconocido. Santiago para ella simbolizaba el misterio, lo inalcanzable. Tenía, además, un atractivo añadido, había sido el protagonista de la historia de amor narrada por su madre.

Cuando acudió al estudio de Bari, esta segunda vez, fue en vaqueros y con una camiseta corta que dejaba al aire el ombligo. No quiso imitar a Lourdes, tenía que procurar ser ella misma. De modo que una jovencita de veinte años, sin querer aparentar más años de los que tenía, llamó a la puerta.

Bari volvió a sorprenderse. Ahora, le parecía casi una adolescente. Ayer con la ropa de su madre y con pintura en la cara aparentaba más años.

—Buenos días, Santiago.

—¿Qué tal, Carmen? Pasa, perdona un segundo, me estoy haciendo un café. ¿Quieres?

—Vale.

Al cabo de unos minutos, Santiago regresaba al salón estudio con dos tazas humeantes. Carmen empezó a preguntarle…

—¿Qué tal te fue por Berlín?

—Estuve a punto de comprarme un taller para instalarme allí definitivamente pero, al final, pudieron conmigo las ausencias. Regresé a buscar a alguien que perdí, pero… no tuve suerte.

—Te refieres a una mujer, claro.

—Sí.

—Te fuiste sin ella y regresaste para llevarla contigo a Berlín…

—Carmen, es mucho más complicado que todo eso. No quiero pensar en ello. Cambiemos de tema.

Hubiera deseado decirle: «Sé de quién estás hablando. ¿Qué es lo que ocurrió entre los dos? ¿Regresaste para volver a intentarlo con ella? ¿Su muerte desbarató tu vida tanto como la mía?». Pero no era el momento. Sabría tener paciencia.

—¿Te has enamorado muchas veces? —volvió a preguntar con insistencia.

—Me he enamorado y desenamorado con facilidad muchas veces. Seriamente te diría que dos. La primera vez yo era muy joven y me hizo mucho daño la ruptura. La segunda ha marcado mi vida. Al ser una historia de amor no concluida, la tengo presente cada día.

—¿Qué pasó?

—Que la vida nos lo puso muy difícil. Pero, Carmen, no me gusta hablar de mí. Soy un ser antipático al que sólo le parece interesante hablar de pintura. Ya te lo advertí.

—Sí, sí. Lo siento. ¿A nivel profesional, te gustó Berlín? —volvió a preguntar con rapidez, intentando cambiar de tema.

—Bueno, a pesar de ser una ciudad maravillosa, tenía la sensación al pasear por la calle de que se trataba de un decorado de película. La ciudad no ha evolucionado lo suficiente. Colegas que han estado anteriormente, en los años setenta, mucho antes de la caída del muro, me han dicho que era un lugar siniestro… Hoy, en cambio, es como un escaparate de los dos lados. Tiene todo duplicado. La industria está empezando a funcionar pero, de momento, no hay dinero.

—¿Sin dinero el arte no se mueve?

—Mira, los artistas somos muy extraños. Por un lado, deberíamos escupir en los ojos a mucha gente que se acerca a nosotros y, sin embargo, lo que hacemos es besar su mano porque nos está dando de comer. Por un lado, quieres machacar a todo el mundo porque te sientes un incomprendido, y por otro, quieres vivir de esto. Se supone que el artista tiene que arriesgar para seguir creciendo a nivel personal, pero si arriesgas mucho, no vendes. Creo que, en general, nos comprometemos poco, aunque confesemos que somos todo lo contrario.

—Coincidimos en que el ser humano, por lo general, es muy egoísta. Yo me iría peleando por la calle con todo el mundo.

—Eso me pasa a mí. El mundo va a otra velocidad distinta de la mía. Por lo tanto, tengo la sensación de que la gente está parada y yo voy chocando con todos. Sólo he conocido a una persona que no respondía a esos parámetros. Tu madre, Carmen, era un ser excepcional. Me quedé realmente «jodido» con su muerte.

—Yo tampoco lo he superado. La echo mucho de menos.

Durante unos segundos estuvieron callados. No hacían falta las palabras. Resultaba evidente que entre ellos dos se encontraba Lourdes. Gravitaba siempre su nombre y su presencia en el estudio de Bari.

—Bueno, Carmen, vamos a trabajar. A partir de este momento me meto en mi mundo. Estoy seguro de que te vas a aburrir. Pero no voy a hacer nada por evitarlo. Te pido que observes y saques tus propias conclusiones.

Se fue hacia una habitación del fondo y salió vestido con un pantalón azul marino de chándal y una sudadera marrón. Estaban completamente manchados.

Como si se tratara de un ritual, se paseó por cada esquina del estudio mientras observaba todos y cada uno de sus cuadros. Estaban esparcidos por el suelo esperando su mano creadora.

Se fue hacia sus brochas y cogió una que ya estaba desgastada. La introdujo a conciencia sobre el bote de óleo rojo disuelto en agua y con una gota de ácido consiguió la textura que deseaba.

Colocó sus piernas muy separadas y en esa postura imposible se dobló sobre su tronco y se dejó llevar por la inspiración. Pintaba rápido, sin pausas. Daba la impresión de que ya tenía el cuadro en la cabeza antes de comenzar a trabajar.

Había una gran cantidad de bastidores construidos con material nuevo o con lonas de camión usadas. Bari había hecho el corte a esas telas con historia de carreteras, polvo y toneladas de carga. Previamente a pintarlas las había limpiado con jabón de sosa y las había lijado a conciencia para conseguir que sus lienzos tuvieran poro. Una textura única que sirve para reconocer a distancia un cuadro de Bari del resto de los pintores abstractos.

Se movía con una gran autoridad entre sus cuadros mientras la música clásica lo inundaba todo en el estudio. Sus movimientos, con las brochas de diferentes tamaños, eran rápidos. Debía conseguir el efecto que quería antes de que se secara la pintura porque, de no ser así, el cuadro ya no se podría retocar. El margen para modificar algo de lo que ya había pintado era muy estrecho.

Trabajaba simultáneamente en doce piezas. Pintaba de forma compulsiva en una y en otra. Daba la sensación de que no respiraba y que su automatismo lo llevaba hasta el espasmo. Construía deconstruyendo: rojos, grises, negros, blancos y ceniza de sus propios cigarrillos...

No hablaba, no le hacía una sola señal a Carmen, ni tan siquiera de compromiso. Absorto y en su mundo creativo estuvo durante horas. No existía nadie más que él y sus cuadros y, sin embargo, Carmen no se aburría. Era consciente de que vivía un momento mágico, único... Así lo sentía y lo disfrutaba. Bari se comportaba como sólo lo saben hacer los genios. Cuando paró daba la impresión de estar extenuado, se dejó caer sobre el sillón y con los ojos cerrados se fue incorporando al mundo...

17

LAS ALFA ALINEACIONES

—No lo digo yo. Lo decía Ortega y Gasset hace cincuenta años: «El arte contemporáneo desde el punto de vista sociológico viene dado por el hecho de que divide al público en dos clases de personas: las que lo comprenden y las que no».

Santiago pronunciaba estas palabras con cierta dosis de dogmatismo. Descamisado, exhausto y manchado de pintura, se sentó en una de las sillas del estudio, que originariamente sería azul, pero que ya tenía el color de los últimos trabajos de Bari: el rojo y el negro básicamente.

Durante toda la mañana, Carmen había permanecido callada. Estuvo todo el rato observándole, casi sin parpadear y con la ansiedad que le provocaba la contemplación de la genialidad. Ahora que Bari había roto el silencio se atrevió a hablar.

—Pienso que hay más gente en el grupo de los que no lo comprenden. Sobre todo, tu técnica. Creo que es para personas que ya están familiarizadas con el arte.

—No estoy del todo de acuerdo contigo. Mira, tú traes a un niño a una exposición sin tener ni idea de arte, y te dirá si le gusta o no en función de las sensaciones que percibe. No va pidiendo explicaciones, ni significados por cada cuadro. En cambio, los adultos sí. La pintura en sí misma es un gran misterio. Piensa que cuando algo se nos escapa de la comprensión de un cuadro, cuando nos inquieta y nos remueve por dentro, estamos ante una gran obra. El pintor debe dejar alguna clave abierta para la imaginación del observador del lienzo. No me gustan aquellos que piensan que el mejor pintor es el que calca la realidad. Para eso ya existen las fotografías.

—Pero no debes despreciar a los que lo hacen. Tienen otra forma de concebir el arte. Son maneras diferentes de transmitir sensaciones. Mira, la pintura de Lourdes me gusta mucho y no lo digo porque sea mi madre.

—Tu madre era una excelente pintora. Extraordinaria. Yo no desprecio la figuración, el realismo... desprecio a los que me desprecian a mí por hacer otra pintura, ¿entiendes? Yo, si quisiera, podría pintar el paisaje más agreste, la figura humana más decrépita hasta el detalle o la más hermosa... pero no quiero. Eso ya lo hice cuando me iniciaba en esta carrera. Mi cabeza está ya en otra dimensión. Pero tengo tras de mí cientos, miles de horas haciendo muñeca, copiando de modelos viejas y aburridas de haber exhibido su cuerpo antes miles de ojos juveniles, ávidos de éxito.

—¿Tú no persigues el éxito?

—Lo aborrezco. Dicen que lo más duro del éxito es que tienes que seguir siendo un éxito.

—Pues tendrás que convivir con él porque no puede irte mejor en tu carrera.

—Vender cuadros no supone un éxito, todo lo contrario. Algo falla en tu discurso cuando uno vende tanto. Me aparto de la fama como del agua hirviendo. Sigo mi camino explorando nuevas formas de expresión, sin preocuparme de si voy a vender más o menos. Cuando vienen rachas malas, haces dos o tres cuadros para quitarte el hambre y punto.

—Dime, Santiago, ¿pintas con un concepto como base de tu trabajo?

—Poseo una especie de ideario teórico y de ahí voy absorbiendo. Se me ocurre una línea de investigación formal y esa línea la convierto en una serie.

Carmen le miraba con la admiración que le tienen los alumnos a sus maestros. Quería conocer todos los secretos de la pintura de Bari. Sus preguntas no cesaban.

—¿Cómo eliges los colores?

—Normalmente, si hay un color que respira detrás, doy primero ese color. Mira este cuadro —le dijo a Carmen señalando un lienzo que estaba terminado—, el color base es el de la propia lona: gris. Lo único que he hecho es matizarla con ceniza de tabaco. La adhiero con fijativo, igual que si fuera carbón. Aprovecho la señal de óxido que han dejado las cerchas del camión e incorporo esas dos bandas a la composición. Mis telas tienen su propia memoria. Luego, cada lona me pide hacer cosas distintas, tienen cortes geométricos que me sugieren determinadas formas. Le he puesto un corte geométrico a la derecha y una especie de mancha poderosa a la izquierda que equilibra la composición. En cuanto a colores, después del gris, el color que he incorporado es el rojo, un rojo quemado con ocre, a continuación el color caldero y por último, el blanco. Una vez que todo está seco, lo que hago es aprovechar las texturas que me deja la mezcla imposible del óleo con el agua, porque le da mayor riqueza y movimiento.

Había en todo el estudio un olor intenso a pintura, aguarrás y algún producto químico que le hizo toser a Carmen. Sus ojos comenzaron a irritarse y Santiago, en tono paternalista, le dijo que lo mejor que podían hacer era irse de allí.

—Te invito a comer, ¿qué te parece?

—Pues para ser un antipático no me parece nada mal.

Santiago se echó a reír. Carmen conseguía devolverle la sonrisa que se había esfumado de su rostro desde hacía dos años. El mismo día que viajó a Berlín solo, sin Lourdes. Se duchó en cuestión de segundos y prácticamente sin secarse, se presentó ante ella.

—¡Vamos!

—OK.

La escalera era muy estrecha como para bajar dos personas a la vez. Carmen saltaba los escalones de tres en tres. Al final, quiso hacer el más difícil todavía y lo intentó con seis. Una caída inoportuna truncó su esfuerzo.

Santiago acudió corriendo para cogerla. Sin embargo, Carmen no parecía muy dolorida, se reía nerviosa. Estaba a pocos centímetros de Bari. De repente, tuvo un impulso. Se encontraba tan cerca del hombre más misterioso que había conocido en su vida y decidió sorprenderle. Le besó en los labios tímidamente y de forma fugaz.

Santiago se quedó paralizado. Le había besado la hija de su gran amor. El beso había sido leve, pequeño, como el roce de una pluma, pero había conseguido erizarle la piel. Estaba realmente nervioso.

—No vuelvas a hacerlo, Carmen, si quieres que continuemos la amistad —le recriminó Bari con un tono de voz agrio, completamente distinto al que había tenido hasta ahora.

—Perdona. No sé qué me ha pasado... No lo he podido evitar.

Carmen era puro impulso. No pensaba las cosas dos veces. A su mente llegaba una idea y sin pensarla la ponía en marcha.

Su cara empezó a ruborizarse hasta el punto de notar que el calor iba a delatarla. Se sentía muy mal por dentro. Santiago andaba a paso ligero en dirección hacia su coche. Sólo pensaba en que esto no habría sucedido nunca si Lourdes estuviera viva.

Se echaba la culpa por estar jugando a un juego muy peligroso. Aquella joven era puro fuego.

Una vez dentro del coche, fue Santiago el que comenzó a hablar —Carmen no se atrevía a hacerlo— como si el episodio del beso no hubiera ocurrido.

—¿Te has aburrido mucho en mi estudio?

—No, para nada. Todo lo contrario.

—Tú ahora tienes que ver mucha pintura. Pasearte por los museos y tomar buena nota de los grandes maestros. Para al final, llegar a una conclusión: el pintor no es más que una herramienta. Igual que la brocha, el pincel, el óleo, la tela... El cuadro se acaba solo, por sí mismo. Somos uno más dentro de la propia obra. No tenemos un control exhaustivo de la composición final.

—Yo quisiera seguir viéndote pintar. He aprendido más observándote que casi un año en París.

Le gustó mucho a Bari esta observación de Carmen, pero sintió otra vez vértigo por como se iban desarrollando los acontecimientos. La mirada de aquella joven se parecía mucho a la mirada de su madre. Quedó atrapado en sus ojos. Sentía que estaba otra vez junto a Lourdes. Daba la impresión de que no había muerto y que se había reencarnado en su hija. Volvía a sentir esa atracción irracional que le impedía estar lejos de ella. Según fue transcurriendo la tarde, entre el vino y el calor de unas temperaturas altas que se adelantaban a su estación, Santiago fue dejándose envolver por la magia de los veinte años de Carmen y su enorme parecido físico con Lourdes.

Durante la comida en un restaurante italiano, cercano al estudio, sus manos coincidieron al tiempo, mientras hacían ademán de coger un trozo de pan. Carmen se paralizó, no quería que pareciera que deseaba de nuevo ir más allá de los límites que había prefijado Bari. Sin embargo, el pintor, tras ese roce de dedos, acarició su mano. No era su imaginación. Santiago estaba con el dedo índice tocando tímidamente su mano.

Una especie de corriente eléctrica atravesó todo su cuerpo. Sentía unos deseos irrefrenables de besarle, pero no quería volver a meter la pata. ¿Qué significado tenía ese dedo rozándola? Acababa de decirle que no volviera a besarle si quería continuar la amistad y, sin embargo, ahora estaba su mano diciéndole todo lo contrario. Una vez más no comprendía el mundo de los adultos. Mientras, Bari no paraba de hablar de pintura.

—Carmen estoy elaborando una nueva teoría sobre la pintura. La he llamado: DAA (Dinámica de Alfa Alineaciones).

—¿En qué consiste? —dijo con interés, aunque en su mente sólo estaba la mano de Bari que ahora se apoyaba por entero encima de la suya.

—Mira, Carmen, hay montones de cuadros en la Historia del Arte que responden de manera coincidente a una serie de estructuras, de líneas y de pesos. Da igual que se trate de un pintor renacentista o barroco, de un romántico o un cubista. Da lo mismo. Lo que estoy intentando analizar son esas líneas básicas (las alfa alineaciones) y la dinámica que se genera. Deseo desnudar la pintura y creo que podría conseguirlo con un programa de ordenador que eliminara el dibujo y dejara los pilares básicos de esa composición. Así descubriríamos que muchas obras maestras coinciden con los pesos y las líneas de otras obras maestras... No es que unos hayan copiado a otros, sino que la pintura te habla y si te dejas llevar por el propio cuadro, te va dictando los pesos y el equilibrio. No digo que algunos se hayan inspirado en lo que se hizo antes, pero muchas veces esas coincidencias se producen de forma natural. Hay algunas brutales.

—¿Entonces todos los cuadros tienen sus equilibrios y sus pesos?

—Menos en el minimalismo que ha dado lugar, por ejemplo, a un cuadro todo amarillo, o todo rojo… En el resto, pues te diría que sí.

—¿Cómo sé cuál es el eje de un cuadro?

—Cuando miras una pintura hay un elemento principal donde apoyas la primera mirada. A partir de ahí, el cuadro te va llevando a una especie de recorrido. Si fuéramos capaces de analizar por qué esa composición de colores y formas genera esa lectura, sería fantástico. Me divierte analizar estas cuestiones.

Carmen no escuchaba desde hacía varios minutos. Movía la cabeza para que Santiago pensara que le prestaba atención. Sin embargo, en lo único que pensaba era en su ritmo cardíaco. Como siempre que se ponía nerviosa, no podía dominar el corazón, que andaba completamente desbocado.

Bari no dejaba de servirse vino con una mano, mientras que con la otra continuaba asido a la mano de Carmen. Así estuvieron durante varios minutos. El calor cada vez más sofocante. Los ojos color miel clavados en sus pupilas. La boca carnosa sonriente. El pecho que cada vez respiraba de forma más agitada. Y la mano llena de terminaciones nerviosas que llegaban a su cerebro cargadas de impulsos. Sentía fuego por aquella mirada, pasión por el recuerdo vivo de Lourdes que allí estaba con treinta años menos sonriéndole. Carmen, finalmente, quitó su mano de entre las suyas. Otra vez la mirada de Lourdes…

Se levantó bruscamente de la silla, pagó al camarero en la barra y volvió a coger de la mano a Carmen para sacarla del restaurante. Fue cruzar el umbral de la puerta y allí mismo, sin mediar palabra, le dio un beso apasionado y eterno a aquel reflejo exacto de la mujer a la que no había dejado de amar ni un solo instante. Volvió a besarla una y mil veces. Enloqueció de pasión. No podía parar, no quería hacerlo.

Carmen sabía perfectamente que aquellos besos no eran suyos, pero los recogía como propios. Hasta ese momento, no tenía idea de lo que era un volcán en erupción. Se quemaban los dos. No hacía falta pronunciar palabra.

Se subieron al coche, que se encontraba aparcado en un callejón, alejado del ir y venir de la gente. Allí mismo, en mitad de la tarde. Entre el calor y la resaca, el deseo y el recuerdo, se entregaron. Desapareció el tiempo y el espacio. No existía nadie más que ellos, abrazados, desnudos, sudorosos, hambrientos, empachados de ausencias y henchidos de pasión. Santiago amaba a Lourdes y Carmen a Bari. En un triángulo imposible, repleto de equívocos y soledades compartidas.

Se besaban y se amaban en una especie de desenfreno que no parecía tener fin. Había en ese encuentro mucha angustia, desesperación, temor a que todo aquello se esfumara como un sueño. Había que apurar la vida, bebérsela a borbotones. Se amaban como lo hacen los desesperados, los que se saben condenados a una muerte segura.

Hasta que el vino no empezó a dejar paso a la cordura fueron una amalgama de abrazos, besos, caricias, miradas y soledades.

La realidad bajó al callejón en forma de muchacho, que se atrevió a acercarse a aquel coche aparcado al que cada vez se le empañaban más los cristales. El adolescente, que se acercaba ávido de curiosidad, les obligó a vestirse precipitadamente. Carmen había conocido el amor y Santiago había creído reconocer «la hora de los silencios» de la que tanto hablaba Lourdes... en sus últimos encuentros.

—¿En qué piensas, Santiago? —fueron las primeras palabras de aquella joven que se sentía mujer por vez primera.

—En nada. Bueno, miento. Estoy recordando una poesía de Pablo Neruda.

—¿Una poesía?

—Sí. Me viene a la cabeza constantemente. Podría decir que me persigue. No la recuerdo entera. Dice así:

Pero siento tu hora,
la hora de que mi vida gotee sobre tu alma,
la hora de las ternuras que no derramé nunca,
la hora de los silencios que no tienen palabras…

—Suena muy bien —estaba convencida de que esa poesía alguna vez la habría recitado su madre—. ¿Te trae recuerdos?

—Carmen, a mí ya todo me trae recuerdos.

—Hablas como si fueras un viejo y eres una persona maravillosamente joven, llena de vida.

—No te confundas. ¡Yo estoy muerto!

—Pues hace un rato no me lo has parecido —añadió mientras le miraba con ojos todavía incrédulos de aquella experiencia que parecía más onírica que real.

A Santiago le entró un sudor frío por la espalda según iba siendo consciente de lo que acababa de ocurrir en aquel coche empañado y que tanta curiosidad había despertado en un chaval que, finalmente, optó por irse.

Se puso muy nervioso. Arrancó el coche a toda velocidad y se fue de allí con rumbo a ninguna parte. Al cabo de un rato se atrevió a hablar con Carmen.

—Soy consciente de que ya es muy tarde, pero te pido perdón. Soy un indeseable, una mala persona, un inconsciente, un animal. No sé que me ha pasado. He bebido mucho y he perdido el sentido de la realidad…

—No sigas, Santiago. No quiero que lo estropees. No ha

pasado nada que yo no quisiera que ocurriera. Me siento feliz y... muy enamorada.

Santiago estaba destrozado. Después de oírla, más. Se había enamorado de él. No podía explicarle que, en realidad, no había hecho el amor con ella, sino con su madre. Que todo aquello había sido fruto de la enajenación mental de un hombre desesperado.

Pensaba que si no hubiera vuelto de Berlín, a lo mejor todavía Lourdes viviría. Quizás, aquella llamada de teléfono a primera hora de la mañana provocó su muerte. «Sólo le dije que la quería y que volvía a por ella.» ¿Por qué no esperé después de tanto tiempo de silencio a decírselo de otra forma?

Si no hubiera regresado de Alemania, tampoco habría cometido este «infanticidio» con Carmen. No se lo merecía ni ella, ni Lourdes. ¿Por qué no me dejé guiar por la razón?

La vida es así de extraña, nunca da a las personas la felicidad completa. Cuando se alcanza el éxito profesional, la vida personal hace aguas por todas partes. En estos momentos, Bari estaba en pleno naufragio.

—Carmen, tienes que olvidar lo que acaba de ocurrir, ¿entiendes?

—¿Por qué? Hemos compartido una experiencia maravillosa. No quiero olvidarla y espero que tú tampoco la olvides.

—Eres muy joven para comprender. He sido un miserable. Tú mereces un chico joven a tu lado que te dé su amor.

—Yo sólo quiero el tuyo, no el de ningún chico joven.

Santiago decidió no hablar más. Eran lenguajes distintos, estaban los dos en planetas diferentes. Esta locura debía tener fin, y eso que no había hecho más que empezar. No se lo diría ahora...

La acercó hasta su casa. Otra vez los recuerdos. Su cabeza iba a estallar. Carmen volvió a besarle en la boca. Se limitó a responderla sin la locura de horas antes. Ya no estaba Lourdes entre ellos.

Cuando cerró Carmen la puerta de su casa, no esperaba toparse con Áurea, que en ese momento también salía de allí. Se cruzaron las miradas, pero no se dijeron nada. Manuel la despidió con un beso en la mejilla. Cuando se quedó a solas con Carmen, la recriminó.

—¿Se puede saber dónde has estado todo el día?

—Por ahí.

—Ésa no es una respuesta. Espero que no tengamos un disgusto contigo. Desconozco tus compañías pero ya te digo que no me gustan. Te están apartando de la familia. Estás muy reservada.

—Papá, no empecemos. Llevo todo el día viendo pintar a un genio.

—¿Qué genio?

—A Santiago Bari.

Fue mencionar su nombre y transformarse la cara de Manuel. Se quedó pálido.

—Te prohíbo que vuelvas a ver a ese hombre —le contestó en un tono agrio.

—¿Por qué? Es una persona maravillosa.

—No me hagas hablar. Ese hombre hizo sufrir mucho a tu madre.

—¿Qué tiene que ver mamá en esta historia?

—Todo.

—¿Acaso tú lo conoces?

—No, ni quiero. Y tú me vas a prometer que no vas a volver a verle. Puede estropearte la vida un hombre así.

Carmen cortó la conversación yendo a su habitación y pegando un sonoro portazo. Se quedó muy preocupada por aquellas palabras que le había dicho su padre. ¡Sabía de la existencia de Bari! En el primer diario, Lourdes no había desvelado a Manuel la identidad del hombre de quien se había enamorado. ¿Se lo habría dicho más tarde? Tendría que seguir leyendo su segundo diario.

18

NORA SAJEWSKY

Por más que insistió Manuel en que abriera la puerta de la habitación, Carmen se atrincheró entre sus cuatro paredes y no quiso salir de allí.

No entendía qué había querido decir su padre con la frase: «Ese hombre hizo sufrir mucho a tu madre. No me hagas hablar». ¿Sabía su padre algo que ella todavía desconocía?

Esperó a oír la puerta de la habitación de su padre, para mover el colchón y sacar el segundo diario que le había dejado su madre. Éste era más pequeño que el primero. Las tapas tenían un color indefinido: ni caldero, ni rojo, sino un marrón claro. Parecía más fino que el anterior.

Se quedó mirándolo unos segundos. Tenía miedo. El pintor ya no era un amor exclusivo de Lourdes. Ahora sentía celos de la pasión de su madre por Bari. Abrió la tapa y comenzó a leer:

«Necesito volver a escribir. He vuelto a verle y otra vez mi mundo se pone del revés. Han pasado seis meses desde que me fui a Viena con Manuel. Creía que mi vida regresaba al punto de partida. Ansiaba sentir la normalidad de lo cotidiano. Vivir sin dobleces. He intentado en este tiempo volverme a enamorar de Manuel. Empezaba a creerme mi propia mentira cuando todo se ha vuelto a desmoronar.

Estaba comiendo con Gerardo y un grupo de pintores cuando apareció él. No tenía idea de que fuera a ir, juro que no hubiera acudido de haberlo sabido. ¡Dios, otra vez esta lucha interior!

No se sentó a mi lado. Hizo un saludo general a todos, pero le podía sentir. Ya no escuchaba lo que se decía en la mesa. Estaba guapísimo. Se había dejado el pelo largo. Llevaba una camisa blanca por encima del vaquero negro. Su boca sensual y su mirada profundamente incisiva estaban enfrente de mí. Le sonreí a modo de único saludo y me puse a hacer teatro. Simulé que mantenía una conversación muy interesante con un pintor cubano residente en España: Raúl Valdez. No podía pensar más que en Santiago, pero mis ojos sólo miraban al pintor cubano. Seguía sin escuchar. Mi corazón latía a mucha velocidad porque ya estaba otra vez cerca del hombre al que no había dejado de amar ni un solo instante de mi vida.

Gerardo metió la pata. Se dirigió a Santiago y a mí. Delante de todos bromeó con que debíamos de estar enfadados.

—A ver, ¿qué os pasa? Contádnoslo a todos.

—¿Qué quieres que ocurra? —repreguntó serio Santiago—. Hace mucho que no nos vemos. Nada más. Lourdes se fue a Viena y, a partir de ahí, nos hemos despistado, pero en seguida recuperamos el tiempo perdido. ¿Verdad, Lourdes?

Yo me limité a mover la cabeza en sentido afirmativo. Todos rieron pero yo no me atrevía ni a mirarle. Si lo hacía me delataba. Francamente, me molestó aquella referencia en público de mi viaje a Viena. Se ve que todavía estaba dolido conmigo, lo tenía clavado como una daga. Yo, en cambio, no podía perdonarle aquella voz de mujer que escuché a través del teléfono cuando le llamé desde la capital austriaca. Estábamos los dos resentidos y dolidos.

Fue oír lo de mi viaje a Viena, y Raúl Valdez me empezó a preguntar por los museos que visité, por la ópera, por las iglesias... Fue terrible mantener una conversación cuando mi mente estaba junto a Santiago. Le miraba de reojo y me daba cuenta de que no apartaba su mirada del lado de la mesa en el que yo me encontraba. Estaba ajeno a cuanto decían sus compañeros de mesa.

En un determinado momento miré el reloj y dije en voz alta que sentía mucho tener que abandonarles. Me disculpé y me marché de allí volviendo a echar una sonrisa a todos, incluido Santiago. Me temblaban las piernas y en cuanto salí del restaurante caminé todo lo rápido que pude hasta el párking donde tenía aparcado mi coche.

Estaba buscando el dinero para pagar cuando la voz de Santiago me sobresaltó.

—Si no tienes suelto, yo tengo aquí.

—No, muchas gracias —reconocería su voz entre un millón—. Ya sabes, tarde o temprano aparecerá mi monedero.

Seguía sin atreverme a mirarle a los ojos. No podía. No debía. Por fin, encontré el monedero. La máquina parecía que accionaba a cámara lenta. Yo sentía el aliento de Santiago a mi espalda. Su olor me envolvía. Me di la vuelta y me topé con su mirada. Fueron unos instantes. Me quedé paralizada. Sus ojos y los míos se fundieron. Tenía unos deseos irrefrenables de besarle y, sin embargo, me comporté extrañamente. Salió mi orgullo a flote.

—Debo ir a buscar a Carmen. Tengo mucha prisa. Me alegra haberte visto. ¡Hasta pronto!

—¡Lourdes, espera! ¿Por qué no hablamos?

—Yo creo que, después de seis meses, resulta tarde. Además, a fin de cuentas no soy más que una mujer. Me lo dijiste por teléfono. Siempre tiene que haber una mujer a tu lado y me imagino que tienes repuesto.

No comprendía por qué salían de mi boca frases tan desagradables. Estaba deseando abrazarle.

—Eres cruel conmigo —contestó Santiago—. ¿Sabes por qué he acudido a la comida? Necesitaba verte y que me vieras, porque muchos días he esperado cerca del portal de tu casa simplemente para observarte. No puedo vivir sin ti. El hecho de que en mi estudio haya una mujer no significa nada. Te estoy diciendo la verdad. No sé estar solo. Me pesa demasiado tu ausencia. Me ahoga. Cuando te fuiste a Viena, me volví loco y sigo loco de celos de todo el que te mira, te habla o se acerca a ti. En todo este tiempo he llamado a tu móvil y a tu casa sólo para escucharte. Después colgaba el teléfono.

—¿Eras tú?

—Era yo o la sombra de lo que soy. No puedo más. ¡Déjame verte como tú quieras, donde desees! Como amigos. Nada más que amigos.

—Santiago, empezaba a estar tranquila, a no sentirme culpable de respirar. He logrado crear mi mundo, he conseguido volver a pintar, he llegado a pensar que Manuel, la niña y yo podíamos ser una familia como las demás.

—Si mi presencia te distorsiona ese mundo comprendo que no me quieras ver. Te prometo que no volverás a saber de mí.

Tuve que esperar unos segundos antes de contestar. Me rompían el corazón sus palabras. Deseaba besarle y decirle a gritos que le amaba.

—Santiago, si quieres... podemos quedar a comer uno de estos días y charlamos tranquilamente. ¿Te parece? No seas tan drástico. Me interesa todo lo que tiene que ver contigo. Necesito tiempo. Hay heridas que no se cierran en un día.

—Lo único que me sobra es tiempo. Espero tu llamada.

Me dio un beso en la mejilla acompañado de un abrazo. Volvió a envolverme su olor a vainilla. Hubiera estado así eternamente. Cerré los ojos como queriendo atrapar el momento en mi mente. Estábamos enlazados sin hablarnos en el primer piso de un párking de paredes y suelo gris, con gente que pasaba a nuestro lado y coches que arrancaban dejando a su paso una estela a gasolina.

Justo cuando nos despedíamos con ese abrazo apretado e intenso, apareció Gerardo. Resultaba evidente que no era un abrazo de dos simples amigos.

—¡Adiós, pareja! Parece que ya os habéis reconciliado —dijo en un tono entre socarrón y pícaro.

Yo me quedé de piedra y Santiago sonrió. Ya teníamos un testigo de nuestra relación. Justo en el momento en el que ya era algo del pasado. Me fui de allí precipitadamente. Santiago me siguió con la mirada...

Entré en el coche e intenté arrancarlo. No acertaba a realizar correctamente el contacto. Paré unos segundos, cerré los ojos y respiré hondo. Probé de nuevo y arrancó.

Me sentía fatal. Me había pillado Gerardo abrazada a Santiago. En realidad, sólo había visto un abrazo prolongado pero nada más. Otra vez la sensación de deslealtad y traición a Manuel. El miedo a ser descubierta.

Vuelven las dudas. He conseguido reconstruir mi familia al lado de Manuel. Estoy segura de que si quedo una sola vez con Santiago, acabo a su lado otra vez. Una fuerza más poderosa que yo misma me atrapa y me empuja a estar con él. Le deseo con todas mis fuerzas. No ha habido ni un solo día que no pensara en Santiago. Pero no puedo vivir con la angustia que me provoca tener que romper con un hombre tan bueno como Manuel. Mi niña, por otra parte, se merece ser feliz. Si rompo con su padre le voy a provocar una inseguridad e infelicidad que va a tardar en superar. Pienso que mi tiempo ya pasó. Voy a hacer un trueque: mi felicidad por la suya.»

Carmen leía el diario de Lourdes con una pena inmensa. Se sentía culpable de haber frenado los sentimientos auténticos de su madre. Apenas entendía que no se hubiera dejado llevar por el dictamen de su corazón. Sin embargo, ella, por muchos impedimentos que le pusiera su padre, no renunciaría a Bari. Con «una inmolación» ya era suficiente en la familia.

Lo que sí notaba —a través de las páginas que escribía su madre en el diario— es que Santiago era mucho más efusivo con Lourdes que con ella. Bari en persona no parecía tan comunicativo. Había que interpretar sus silencios. Probablemente Lourdes exageraba. Decidió continuar leyendo...

«Manuel me encuentra extraña. No entiendo cómo se ha podido dar cuenta. Me gustaría no ser tan transparente. Intuye que algo no va bien. Vuelve a acompañarme a todas partes.

El martes fui a una exposición y coincidí con Gerardo. Me puse nerviosísima. No paré de hablar para no darle la oportunidad de que me preguntara, delante de Manuel, por Santiago. En un determinado momento, me lanzó un mensaje que iba con doble sentido.

—¿Sabes que Bari ha perdido la cabeza por una pintora?

—¿Quién es Bari? —preguntó Manuel, queriendo participar de la confidencia de Gerardo.

Yo no podía articular palabra. No entendía la crueldad de Gerardo conmigo.

—Un pintor muy “amigo” de tu mujer. ¡Que te cuente! Ayer mismo en la comida que organicé estaba él.

Manuel entendía que ese Bari era importante para mí. Noté que estaba hilando la información que Gerardo acababa de darle. Estoy segura de que se dio cuenta de que se trataba del enamorado del que le hablé hace meses. Yo seguía sin hablar, pero Manuel quería saciar su curiosidad.

—¿Y por qué pintora ha perdido la cabeza?

Yo ya no podía más. Estaba a punto de desmayarme pensando que iba a decir mi nombre cuando... escuché la peor de las noticias.

—De una pintora argentina que vive con él. Es tremendo este Bari. Le ocurre lo que a muchos artistas: se enamora, la utiliza y seguro que la abandona por otra.

Esta última frase me la dedicó a mí. La pronunció mirándome a los ojos. Yo tenía ganas de llorar, salir corriendo de allí e irme al estudio de Bari a someterle a mil preguntas. Ayer mismo quiso que nos volviéramos a ver. No entiendo nada.

Finalmente, me atreví a preguntarle. Mi curiosidad era infinita.

—¿Quién es esa pintora? ¿La conozco?

—Se llama Nora Sajewsky, de padre polaco y madre argentina. Se conocieron hace siete meses. Se ve que está loco por ella porque cada vez hace cosas más extrañas. Resulta ya muy difícil verle. No va a ningún evento artístico. La verdad, me sorprendió el otro día acudiendo a la comida. ¿Y tú cómo es que no sabías nada?

—Yo, si no fuera por ti, no tengo ninguna relación con pintores. Mi mundo son los estudiantes y mi familia en estos momentos.

Hablé algo seca y seria. Quería irme de allí y cortar la conversación cuanto antes. ¿Por qué extraño motivo había venido a contarnos ese chisme? Gerardo también me dejó en ridículo en la comida con los pintores. Ahora, un día después de habernos pillado abrazados a Santiago y a mí, daba la impresión de que sentía placer en hacerme sufrir delante de Manuel. La cabeza parecía que me iba a estallar.

—Bueno, Manuel y yo nos vamos. La exposición me ha resultado muy interesante, como todo lo que organizas —alabé su ego para que me dejara en paz.

—¡Hasta pronto y gracias por haber venido! ¡Ah! Y mucho cuidado con tus amistades. Ya ves cómo se las gastan.

Le hubiera matado. No había hecho más que meter una y otra vez la pata. Manuel me miraba. Tardó en hablarme...

—Ese del que hablaba Gerardo era tu amante, ¿verdad?

Me lo soltó de golpe. Yo no estaba preparada para hacer comedia.

—Sí.

—¡Qué hijo de puta! Un sinvergüenza que está cada día con una mujer. ¿Cómo pudiste caer tan bajo?

—No creo las patrañas de Gerardo.

—Es evidente que en tu entorno todo el mundo sabía lo del tal Bari. Todos, menos yo.

—No tengo ni idea de qué saben los demás. Al único que se lo conté fue a ti. A nadie más. Me enamoré y punto. Estoy contigo, eso debería ser suficiente para ti.

—¿Pero sigues pensando en él, verdad? No tengo más que mirarte. Por eso ayer estabas tan extraña. ¡Claro! Le habías visto otra vez. ¿No te das cuenta de que tiene un efecto maléfico sobre ti? Te prohíbo que vuelvas a verle. Por favor, hazlo por la niña, por mí, por nuestra familia. ¿Me puedes decir qué tiene ese asqueroso que le hace tan atractivo? Seguro que es un mequetrefe, un gilipollas engreído que no tiene donde caerse muerto. Un bohemio...

Yo no me daba por aludida mientras me decía estas palabras realmente enfadado. Iba pensando que a Santiago lo que le hacía diferente de los demás era su genialidad. Podía ser un hombre tierno y a la vez, un huracán. Su pintura y sus teorías sobre la esencia de la pintura le estaban haciendo adquirir fama más allá de nuestras fronteras. ¡Qué equivocados estaban Manuel y Gerardo...! Uno por desconocimiento, el otro por envidia, no eran capaces de juzgarle en toda su dimensión. Bari es un hombre que lo analiza todo. En la pintura, busca nuevos materiales, posibilidades de composición, formas de construcción de la imagen, superficies y soportes... En el amor, busca también aspectos nuevos para engancharse a la vida. Vive y exprime cada segundo, nada le es indiferente. Lo quiere todo y lo quiere ya. No tiene paciencia. Da la impresión de que cada día siente que puede ser el último que le quede por vivir...

—Manuel, no es un bohemio —le contesté cuando salí de mis pensamientos—. Ni un mequetrefe engreído. Insultándole a él, me estás insultando a mí. ¡Ya basta, por favor!

—¡Está bien! Pero recuerda que estamos casados, que llevamos toda la vida juntos y que no resulta tan sencillo romper con el pasado.

En eso tenía razón, como no puedo cortar con el pasado, aquí estoy. Confiando en que el tiempo me ayude a olvidarle.»

Carmen no iba a permitir que nadie se interpusiera entre ella y Bari. Su padre lo había conseguido con Lourdes pero no con ella. Por la mañana le llamaría otra vez. Se acordaba de sus besos, de su olor, de su forma de amar. En esta noche tan larga deseaba continuar leyendo el diario...

«Sigue sonando mi teléfono y no me contestan cuando respondo. Intuyo que es Santiago. No entiendo. ¿Por qué llama y no responde? ¿Por qué quiso verme en la comida organizada por Gerardo si está con otra mujer? ¿Será verdad que es un "deboramujeres"? No lo creo. No es posible...»

En este diario parecía que su madre dedicaba menos tiempo a escribir. Eran secuencias más cortas. Pensamientos sueltos e inconexos, todos relacionados con el pintor.

«Ya no podía más y le he llamado. He pensado que sería bueno que supiera la actitud de Gerardo hacia él y hacia mí. Hemos quedado para comer. El hecho de saber que está viviendo con otra mujer me hace ir con más tranquilidad, aunque por dentro me muero de rabia y de celos. ¿Qué me ocurre? Porque estoy nerviosa, muy nerviosa. Lo mejor para los dos es que cada uno haga la vida por su lado. Sin embargo, tengo curiosidad por saber cómo es ella. Quiero mirarle a los ojos cuando le pregunte por la tal Nora Sajewsky. ¿Qué sentido tiene que quiera verme si está con otra mujer?»

Carmen comprendía perfectamente la situación que describía su madre. Al conocer a Bari uno sentía una atracción muy fuerte. Una fuerza interior empujaba a querer estar con él, besarle, abrazarle, sentirle. Su atractivo estaba en su naturalidad, en su desfachatez, en sus ideas siempre originales, en desdeñar el éxito que le perseguía desde hacía años, en ir contracorriente y elegir siempre el camino difícil de la vida, en buscar la mirada oculta de las cosas, en no conformarse con hacer lo que realizan los demás...

Agotaba los minutos, los exprimía. Recordaba Carmen como en la comida en la que bebió y bebió sin parar le dijo:

—Yo quiero divertirme y emborracharme. Me gusta descender hasta el infierno que pintó El Bosco en *El Jardín de las delicias*. Vivir experiencias tan sobrecogedoras como las que se imaginó este enigmático pintor del que se conocen pocos rasgos biográficos. Lo mejor es que trascienda tu obra y poco de tus miserias.

—Siempre tienes una visión pesimista de la vida —le replicó Carmen—, lo mejor está por llegar. Yo, por ejemplo, del cuadro de El Bosco y sus minúsculos personajillos me quedaría con todo menos con el infierno. Dime, ¿qué encuentras de agradable en ese tío central mitad vegetal, mitad bicho que tiene una gaita en la cabeza?

—Pues ese tío, querida Carmen, no es otro que el propio Bosco. Se hizo un autorretrato y el lugar elegido fue el infierno. Es el lugar ideal para un pintor que quiere observar la vida. Mucho más interesante que el cielo o el purgatorio.

—Santiago, ¿cómo va a hacerse ahí un autorretrato? No me parece normal...

—¿Es que hay algo normal en la obra de El Bosco? Todo en él resulta brutal. El Bosco es un precedente directo del surrealismo, igual que Brueghel. Después de contemplar su obra te lo cuestionas todo. La primera vez que lo contemplé en El Prado comprendí que los pintores no sólo tenemos que pintar cosas agradables. Te abre la mente porque te das cuenta de que puedes pintar cualquier cosa. Te remueve por dentro, te agarra, te toca.

—¿Preferirías vivir en el infierno antes que en el paraíso?

—No, por favor. Tal como lo describe El Bosco, parece horrible. Pero el infierno, si existiera, sería mucho más divertido que el cielo, seguro.

Recordaba de repente este diálogo que había olvidado después de la tarde en la que se amaron en aquel coche con cristales empañados. Los besos y las caricias eclipsaron el resto de la jornada.

Aunque ya era tarde, Carmen decidió continuar leyendo aquel diario que la acercaba más al hombre que había conseguido atraparla en una especie de laberinto del que era imposible salir. Su madre seguía confesándose…

«Fue extraordinario volver a verle. Esta vez solos él y yo en un restaurante frente a frente. Llegué diez minutos tarde y Santiago me esperaba en la mesa. Me encantó verle otra vez con su pelo mojado y su aspecto de recién duchado. Cuando llegué a su lado, se puso en pie. Nos miramos sin decirnos nada un buen rato. Finalmente, un beso resolvió la situación. Otra vez nuestros labios unidos. Podía más el instinto que la razón. No lo pensamos, necesitábamos hacerlo. Su cuerpo y el mío se atraían como lo hacen los polos opuestos. Instantes después llegó el diálogo.

—Estás muy guapa, Lourdes. Se ve que te sienta bien no verme.

—También te veo muy bien, Santiago.

No pensaba más que en echarme en sus brazos, pero otra vez mi orgullo me lo impedía. Tomó la palabra…

—Quería explicarte que tu viaje a Viena me volvió loco. No quise volver a saber de ti, pero en seguida comencé a llamarte y colgarte. No deseaba decirte nada, sólo oír tu voz. Luego, me fue insuficiente y ya tuve que acercarme a verte furtivamente. Así he podido sobrevivir.

—¿Y Nora Sajewsky qué pinta en toda esta historia?

Le pregunté por ella sin un preámbulo, sin prepararle. Lo recibió como un dardo, pero contestó como si no le hubiera hecho daño.

—Nora es una amiga.

—¿Y yo qué soy para ti?

—La persona a la que más he querido y quiero en mi vida.

—Nora será una amiga, pero vive contigo como si fuerais una pareja. Me lo ha dicho Gerardo.

—Gerardo es un gilipollas. Hace tiempo me confesó que le gustabas pero no le di importancia. A lo mejor, al vernos abrazados, le sentó mal. No tiene ni idea de nada. A Nora la conocí antes de que te fueras a Viena. Cuando te marchaste de viaje, le propuse que viniera al estudio. No tenía donde pasar la noche.

—Y le ofreciste tu cama, ¿verdad?

—Por favor, Lourdes, no sé estar sin alguien a mi lado. Me pesan las noches. Pero te diré que, aunque esté conmigo, estoy solo. Te echo muchísimo de menos.

—¿Pero a qué quieres que juguemos?

—Tú estabas con tu marido y conmigo. ¿A qué jugabas tú?

—Pero eso es distinto. Yo tengo mi familia...

—¿Por qué distinto? Yo estoy con una persona encantadora pero de la que no estoy enamorado.

—¿Pero entonces por qué estás con ella? Nadie te fuerza a hacerlo.

—Me fuerzas tú porque yo, en realidad, con quien quiero estar es contigo...

—No me lo has demostrado.

Se levantó de la mesa y me besó con la ansiedad de aquella primera vez que nos besamos en la calle.

—Dame otra vez la oportunidad de demostrártelo.

Me envolvían sus palabras, mezcladas con su aroma. Su piel rozaba la mía. La locura regresaba a mi vida...»

19

POSAR DESNUDA

Carmen se levantó pronto. Coincidió con su padre en la cocina, ambos tenían una actitud diferente a la noche anterior. Estaba eufórica, ya que proyectaba ver a Bari ese mismo día.

—¡Vaya! Ya era hora de verte sonreír —rompió el fuego Manuel.

—Ayer se me cruzó un cable. La culpa la tuviste tú por decirme cosas muy extrañas de Bari.

—Ese asunto vamos a zanjarlo para siempre. Te pido, simplemente, que no vuelvas a verle. Ahora sé que no me vas a hacer ni caso y vas a quemarte en una relación que no tiene sentido. ¡Podría ser tu padre! ¿Cuántos años tiene?

—Papá, vamos a dejarlo. Me da igual los años que tenga, no tienes por qué preocuparte. Soy mayor de edad, hace mucho que dejé de ser una niña.

—Para mí siempre serás una niña… Por cierto, aprovecho que nos vemos para comentarte algo…

Manuel adquiría un tono solemne cuando quería dar a conocer alguna noticia en la que él estaba implicado. Bebió agua y continuó hablando.

—¿Qué te parecería si tu padre volviera a casarse?

—¿Cómo?

—Vamos que… ¿cómo verías en esta casa a Áurea?

—Dime que es una broma, papá, por favor. No puede ser cierto que esa tía te haya engatusado para casarte. ¡A tu edad!

—¿Qué tiene que ver mi edad? Yo estoy solo, Áurea también, y hemos pensado que podríamos casarnos y formar contigo otra vez una familia.

—A mí no me metas en medio. Si viene a esta casa, yo me voy de ella. Somos incompatibles. No la aguanto. ¿Qué ves en esa señora tan estirada, fea y antipática?

—Está claro que tú y yo estamos condenados a discutir siempre. Te he pedido opinión, pero ya he tomado la decisión de casarme con ella, con tu consentimiento o sin él. Soy tu padre y sólo faltaría que no pudiera hacer lo que quiero. Tendrás que acatar mi voluntad.

—Tú puedes hacer lo que quieras, pero yo también. Cuando esa mujer entre, yo me voy. Y no lo tomes como una amenaza. Está claro que te ha llevado a su terreno. Ya me extrañaba tanto cariño a cambio de nada. Sus invitaciones a cenar, sus atenciones… Ha hecho un buen trabajo.

—No es eso. Le ha surgido una oportunidad para alquilar su piso y… como nos llevamos muy bien, hemos pensado en formalizar nuestra situación. Una ceremonia pequeña con los invitados imprescindibles. En eso sí te doy la razón, no tenemos edad para hacer un bodón.

—No, si seguro que se viste de blanco y todo. Ha sido morir mamá y ver ella el cielo abierto. ¿No te das cuenta de que quiere más dinero? Por lo visto no tiene suficiente con la pensión que le quedó de su primer marido. Papá, prefiero que venga a esta casa, que viváis juntos, y que no te cases. Va a por lo que va. Tú me entiendes.

—¿Pero qué estás diciendo? ¿Qué pensarían de nosotros los vecinos y la familia? Queremos hacer las cosas como Dios manda. Bueno, seguiremos hablando en otro momento. Me tengo que ir a trabajar.

Se despidió con un beso y esbozando una leve sonrisa. Estaba convencido de que la reacción de su hija no era más que una pataleta. Sin embargo, Carmen ya había tomado la decisión de irse. A mediodía llamaría a Bari para verle otra vez. Mientras tanto seguiría con la lectura de un diario que mantenía vivo el recuerdo de su madre. Parecía que el mundo se empeñaba en pasar página a la vida de Lourdes. Ella se encargaría de que no fuera así.

Entró en la habitación que su madre utilizaba de estudio. Entre los cuadros que estaban pendientes de firmar se encontraba el del joven desnudo con la cabeza ligeramente hacia atrás. Los vaqueros no muy lejos de su figura larga, sensual y atractiva. Estaba convencida de que se trataba de Bari. Sólo modificó la cara. El resto del cuerpo era el suyo. Se fijó en sus músculos, en cada centímetro de su piel... Era él. Pero ¿por qué no lo dio por acabado nunca? De vez en cuando añadía una pincelada para demostrarse a sí misma que estaba inacabado. Pensaba Carmen que si su madre lo hubiera dado por concluido sería tanto como reconocer que Bari para ella había muerto. Y una pasión como la que vivió nunca acaba. Jamás.

Se fue a su cuarto y con la seguridad de que su padre no la sorprendería en mitad de su lectura, abrió el diario de Lourdes por la página en la que lo había dejado.

Observó que la letra poseía unos rasgos ligeramente distintos a los de la página anterior. Seguramente había transcurrido tiempo entre una y otra.

«Le he pedido a Santiago que me pintara un retrato. Igual que hizo Olga, la bailarina, con Picasso cuando le dijo que quería reconocer su cara y el maestro accedió. Olga y Picasso se casaron. Nuestro amor, sin embargo, siempre estará oculto. No puede ser de otra manera.

Santiago ha accedido pero me ha pedido algo a cambio. ¡Quiere que pose desnuda en su estudio! Todo este tiempo nos hemos visto fuera de allí. Comíamos juntos, paseábamos por el parque de la Fuente del Berro, pero no quería subir al mismo lugar donde convive con esa Nora Sajewsky de la que no hablamos. Él ignora a Manuel en nuestras conversaciones y yo procuro olvidar la existencia de esa pintora. No tengo ni idea de cómo lo va a hacer para que no coincidamos las dos en su estudio. Sería terrible.»

Carmen no podía creer que su madre y Santiago se vieran a escondidas mientras ambos tenían vidas paralelas. Si se amaban, ¿por qué razón no lo dejaban todo y se iban a vivir juntos? Los dos habían decidido continuar así, sin futuro, pero con un presente apasionado. Hasta las doce del mediodía seguiría leyendo las páginas del diario.

«La sensación que he tenido al posar desnuda ha sido muy extraña. En primer lugar, me hizo quitarme la ropa delante de él. Sentía mucho pudor, pero me dijo que "un trato es un trato. Yo vuelvo a pintar como no me gusta —de forma realista— a cambio de que te comportes como una modelo".

Me he quitado primero el pantalón y la camisa. Santiago observaba con los ojos muy abiertos toda la maniobra en la que me iba despojando de la ropa. Le parecía muy divertida la situación, pero a mí me subía todo el rubor que sentía a la cara. Con la mano me indicó que la ropa interior también debía ir fuera.

Me senté en el taburete que me había preparado y me desabroché el sujetador. Lo dejé a los pies. Ya no quise quitarme nada más.

—Santiago, no hace falta que vayas al detalle. El resto imagínatelo.

—Si quieres que te pinte como lo hacía hace veinte años, tendrás que servirme de modelo, y no he visto ninguna modelo con bragas. ¡Fuera! O no sigo con esta idea tuya que me va a costar un disgusto.

—Está bien. Yo voy a cerrar los ojos porque esta situación me hace sentir, sobre todo, vergüenza. ¿No lo puedes entender?

—No lo entiendo, ¡soy yo! Y te he visto así muchas veces.

Me quedé completamente desnuda. No sabía dónde poner las manos. Yo estaba con los ojos cerrados cuando noté el cuerpo de Bari a mis espaldas. Pensé que me iba a besar cuando comenzó a hablar.

—Ahora vas a poner las manos en la posición que yo quiera.

Me cogió la mano derecha y me la puso en la cintura y la izquierda quiso que la apoyara en el taburete. Ladeó mi cuerpo ligeramente hacia la izquierda. También cambió la posición de mis piernas. La derecha la encogió y me hizo apoyarla en el taburete. La izquierda quiso que la estirara hasta que mi pie tocó el suelo.

Entorné los ojos para ver qué cara ponía. Me miraba sin verme. Me di cuenta de que, en ese momento, era su modelo y nada más que eso. Respiré hondo e inexplicablemente me relajé.

Mi cara debía de estar roja pero noté que, poco a poco, el calor se fue pasando. Me atreví finalmente a abrir los ojos. Me miraba y pintaba, observaba mi cuerpo muy serio y regresaba a su cuadro. Hubo un momento en que rompí su silencio creativo.

—Dime tres cuadros de pintores que realmente te gusten...

—¡Calla! ¿No ves que estoy concentrado?

—Anda, háblame algo, que si no, me aburro. Ahora ya sé que no quiero ser modelo.

—Está bien... ¿Sólo tres cuadros? Pues ahí van... *Las Meninas* de Velázquez...

—Pero no sólo los enumeres, explícame por qué los eliges —le interrumpió Lourdes.

—*Las Meninas,* porque el concepto me parece genial. Un señor que es capaz de enfrentarse a un espejo y que te obliga a que tú veas de forma clara que él está copiando de un espejo. El pintor está reflejándose. No es que la escena te mire a ti, sino que directamente convierte al espectador de la obra en un objeto. Me parece el gran maestro. Observa sus manos o la atmósfera que da a sus obras.

—¿El segundo? —continuó preguntando con curiosidad Lourdes.

—El segundo cuadro sería otro de Velázquez porque *Las Hilanderas* me parece otra obra magistral, con esa cabeza borrada que hay en el centro, prodigiosa, predecesora de cualquier Bacon y de cualquier pintor realista de hoy. Pero no quiero repetirme, así que el segundo cuadro sería... *La isla de los muertos* de Arnold Böcklin. Una isla con una especie de mausoleos pequeñitos donde se supone que van a depositarse las almas. Es sobrecogedora. El pintor tiene en esta obra un afán de trascendencia perfectamente conseguida. Te invita a la reflexión. No es un cuadro que pase desapercibido. La verdad, hay algunos pintores que son extraordinarios. Resulta difícil sólo escoger tres... Y el tercero... más cercano en el tiempo: *El carnaval del Arlequín* de Miró. Tiene magia, es una escena diferente. Dijo Miró que intentó plasmar las alucinaciones que le provocaba el hambre. No es que pintara lo que veía en sueños, como propugnaba Breton, sino que el hambre le provocaba una especie de trance parecido al que experimentan los orientales. En este cuadro aparecen elementos que se repetirán posteriormente en la obra de Miró: la escalera que representa la huida, la evasión o también la elevación. Los animales, sobre todo, los insectos, que siempre le interesaron mucho. Y la esfera oscura que aparece a la derecha del cuadro es una representación del mundo. A Miró le obsesionaba la idea de conquistarlo. Te digo estos tres, pero si me preguntas mañana, te diré otros…

Santiago estaba feliz, se le notaba. Sonreía, hablaba, me miraba y pintaba sin parar.

—Tengo hambre, Santiago —le tuve que decir después de varias horas en la misma posición.

—¡Aguanta un poco más! Ya acabo.

—¿Es que piensas acabar mi cuadro en una sesión? ¡Es imposible!

—Cualquier cuadro se tarda poco en pintar. Si quieres perfeccionarlo con otra sesión puede estar terminado. Hay algunos que están meses y no lo acaban nunca porque quieren atrapar el instante, la fugacidad… eso delata que el pintor es un enfermo. Yo también puedo estar seis meses pintando un cuadro como Julián Gómez pero con otros treinta y seis cuadros al lado, empezados y acabados.

—Santiago, eres un prepotente. ¿Crees que eres el mejor?

—Sí, estoy convencido de ello…

Nos echamos a reír y finalmente me dijo que me vistiera. No hizo ningún ademán de besarme, ni de acercarse a mí. Se fue a la ducha para regresar empapado, como solía gustarle.

Santiago diferenciaba completamente lo profesional de lo personal. Me gustó esa actitud distante mientras me pintaba. Procuré vestirme a toda velocidad. Estoy segura de que esta experiencia no la voy a olvidar nunca.

—Santiago, ¿puedo ver mi cuadro?

—No, todavía no. Ahora quiero recrearme en él. Cuando esté

terminado te lo ensañaré. Bueno —cambió de tema—, ¿qué te apetece comer?

—Si no te importa, podemos comer fuera de aquí. Estoy incómoda pensando que de un momento a otro llegue... Nora.

—Tenemos un pacto. Nora sólo viene aquí por la noche. De todas formas, cualquier día de estos regresa a Argentina. No sé cómo explicarte que para mí no es más que una buena amiga.

—Sabes que en eso no somos iguales. Yo con un buen amigo no me acuesto. Comparto una comida o una cena, pero nada más. Me parece increíble que puedas besarla, tocarla, amarla, incluso, siendo sólo una amiga.

—Me resulta muy fácil porque cuando lo hago no la veo a ella, estoy pensando en ti. Sé que es una "putada", pero la realidad sólo tiene una cara. Mis pensamientos eróticos tienen una única imagen y en esa imagen, sólo estás tú. Daría mi mano derecha, con la que pinto, con tal de tenerte a mi lado. Estos meses pasados han sido los más duros de mi vida. El hueco que me dejas cuando no estás cerca me asfixia.

Cuando terminó la frase, le besé. Fue el preludio de una cascada de besos, abrazos prolongados, deseo irracional camuflado con ternura, electricidad de alto voltaje en cada uno de los movimientos, átomos de felicidad incompleta, destellos de ilusiones inalcanzadas... Reencuentro en la constelación de Orión, de la que hubiera deseado no escapar nunca. Fue como una luz en mitad de la oscuridad de mi vida. Me olvidé de mí y me entregué en cuerpo y alma a la única persona a la que había sido capaz de amar. Deseaba prolongar ese momento hasta el infinito. Santiago y yo estábamos perdidos en nuestra propia quimera. Olvidamos que nuestro sueño tenía caducidad.

Una llamada de teléfono, que se quedó sin contestar, nos devolvió a la realidad. Otra vez, los miedos y el sentimiento de culpa regresaron a mi mente. Nuevamente yo y mi deslealtad a cuestas. La imagen de Manuel doliente me pesaba en el alma. Se esfumó la felicidad que acababa de sentir, mientras quedaba para el recuerdo la constelación de Orión.

Una vez más me vestí de manera precipitada. Prácticamente no volvimos a decirnos nada. No hacía falta. Nos amábamos como dos irracionales. El deseo provocaba terremotos que nos dejaban devastados a los dos. Exhaustos de tanta pasión. Me pregunto si este deseo irrefrenable será enfermizo. Es más poderoso que mi cordura, que, sinceramente, no sé por dónde anda. Tengo la sensación de estar nuevamente en el mar en mitad de una tormenta. ¡No sé qué va a ser de mí! ¡No sé qué va a ser de nosotros!»

Carmen vivía intensamente cada uno de los testimonios torturados de su madre. Parecía que con su lectura volvía a revivir ese sentimiento de amor prohibido que tanto daño le hacía a Lourdes.

Lourdes nunca fue feliz del todo, ni con Manuel, ni con Bari. Fue una víctima de su propia indecisión. Carmen se decía a sí misma que eso no le iba a ocurrir a ella. «Voy a atrapar el momento en toda su plenitud. Cuando diga te quiero, no me importará que lo sepa todo el mundo. Deseo amar sin dobleces. ¿Por qué los adultos harán la vida tan complicada?»

Dejó de leer el diario. Estaba contagiada de tanta ansiedad como se respiraba en cada una de las líneas escritas por Lourdes. Antes de marcar el teléfono de Bari, escondió el diario entre el colchón y el somier de la cama.

—¿Sí, dígame?

—Santiago, soy Carmen. ¿Puedo ir a verte al estudio hoy mismo?

—Carmen, sabes que tengo que pintar. No llego al compromiso que adquirí con el Ministerio de Cultura portugués.

—Por favor, te prometo que sólo te voy a entretener cinco minutos. Anda... no me digas que no.

Santiago no fue capaz de impedírselo. Carmen estaba decidida a ir. No la hubiera podido frenar nadie. Justo a la hora de haberle llamado por teléfono, ya estaba golpeando la puerta de su estudio. Fue abrir Bari y Carmen se lanzó a sus brazos. No parecía el mismo que describía su madre en el diario. Eso la frustró un poco, pero no le dio importancia.

—No parece que te alegres de verme.

—Carmen, estoy fatal de tiempo. ¿Qué es lo que quieres?

—Pues... después de lo que pasó ayer entre tú y yo pensaba que querrías volver a verme.

—Carmen, tienes que olvidar lo que ocurrió ayer. Yo estaba borracho, no sabía lo que hacía. Te pido disculpas. No era yo, perdí el control...

Todo esto lo estaban hablando de pie, en la entrada del estudio. Carmen decidió caminar hacia el interior. Se puso a mirar todos los cuadros que tenía apilados en uno de los laterales de la gran habitación que utilizaba para pintar.

—¿Qué buscas, Carmen?

—No, sólo miro. Tengo curiosidad por saber si entre todos estos cuadros tienes alguno realista.

—Yo soy abstracto, ya lo sabes.

—Sé que pintaste a mi madre y no precisamente en abstracto. Me gustaría verlo.

—¿Y tú cómo sabes eso? ¿Te lo contó ella?

—No puedo decírtelo. ¡Es un secreto!

—Pues también es secreto el lugar donde se encuentra. Dos secretos en torno al mismo asunto. Bueno, te diré que ese cuadro siempre va conmigo, adondequiera que vaya. Nunca ha estado a la vista de nadie.

Carmen no quiso contarle que existían dos diarios y que

ella conocía la relación que les unía a su madre y él. Por su parte, Santiago estaba intrigado con los datos que manejaba. Datos que, en principio, no debía conocer nadie. Carmen cambió de tema.

—Santiago, ¿podrías dejarme que viniera a vivir un tiempo aquí contigo?

—¿Qué estás diciendo, Carmen?

—Por favor, Santiago, no tengo donde ir. Mi padre se va a casar con la vecina. No la soporto. ¡Somos incompatibles! Es una bruja, una arpía que ha ido a cazar a mi padre y lo ha conseguido.

—¿Que tu padre se casa? No puede ser. Tu madre siempre pensó que era insustituible para él.

—Yo también pensaba eso. Estábamos equivocados. Las personas sustituyen los afectos con mucha facilidad. Mi padre me ha defraudado.

—No es cierto que todos sustituimos unos afectos por otros. La persona que me arrancó el corazón hace muchos años se lo llevó con ella. Yo estoy muerto desde entonces. Sé que jamás recuperaré la vida. La pintura se ha convertido en todo mi mundo, en mi único mundo.

Carmen se sentó en el sillón amarillo que estaba en mitad de la estancia y comenzó a llorar con un gran desconsuelo. Le estaba diciendo Bari que su madre —quien le arrebató el corazón— era su único amor. Estaba claro que lo de ayer en el coche no había sido nada más que un accidente.

—¿Qué he dicho, Carmen, que te ha hecho llorar?

No lograba articular palabra, sólo sabía llorar desconsoladamente. Santiago la abrazó, mientras enjugaba sus lágrimas con la mano.

—Venga, dime lo que te pasa —dijo en un tono absolutamente paternal.

—No hace falta ser muy listo para saber que lo que hicimos ayer para ti no significó nada. —Logró decir la frase hipando para seguir llorando inmediatamente después.

—Eres una niña, Carmen. Lo de ayer fue una locura. Nada más que eso. Yo me olvidé por un momento de que estaba muerto. Tienes que entender que soy un hombre mucho mayor que tú. Eres maravillosa, un pedacito de mantequilla para un hombre como yo, pero no me quiero aprovechar de ti. Tienes que entenderlo…

—No entiendo, por muy borracho que estuvieras, que me besaras y me amaras como lo hiciste. No lo comprendo si no sientes algo por mí.

Santiago no podía explicarle que veía en ella a Lourdes. Que se parecían como dos gotas de agua y que el vino le trastornó. El calor, la necesidad de volver a estar con ella, a través de la hija… le llevó a ese estado de semiinconsciencia.

—Soy un hombre y me gustan las mujeres —continuó Bari con su discurso—. Te pido que no te equivoques conmigo. A ti no te voy a engañar. Yo puedo estar aquí contigo y, a la vez, mi mente estar lejos, en otra parte del Universo.

—¿En Orión?

Santiago se quedó lívido. ¿Qué sabía ella de Orión? La constelación que compartían Lourdes y él. Sólo atinó a contestar dos palabras.

—Puede ser…

20

LA BOFETADA

Carmen estaba deprimida sin saber a ciencia cierta qué rumbo ponerle a su vida. Se había enamorado de un hombre veinticinco años mayor que tenía el corazón roto por su madre y que, a todas luces, se sentía muerto.

Por otra parte, Lourdes, a pesar de estar muerta, parecía viva, más viva que nadie, ya que se había convertido en su principal rival. Resultaba muy difícil competir con un fantasma. Bari tenía su imagen completamente idealizada. Y entre medias estaba ella a punto de cumplir veintiún años y con deseos de comerse el mundo. Le interesaba más el amor que estaba experimentando que su propia carrera como artista que andaba a la búsqueda de un estilo. Su ídolo, Picasso, empezaba a quebrarse frente a la abstracción más absoluta de Bari. Le parecía mucho más interesante seguir el camino de la «deconstrucción». Después de haberle conocido, ya era incapaz de pintar de forma ingenua. La mente analítica de Bari había calado en ella, junto con sus teorías en torno a que toda obra de arte tiene un eje central y los pesos bien distribuidos.

Carmen veía en Santiago Bari a un genio que había revolucionado el mundo de la pintura. «Más que revolución —decía el propio Bari—, lo que he cometido es un asesinato con la pintura. Si convierto la pintura en átomos, la racionalizo y la transformo en un sistema de trabajo. Llegará un momento en el que la pintura ya no será pintura, sino puro análisis.»

Igual que Pablo Picasso, a nivel personal, se comportaba como un minotauro con todas las mujeres a las que llegó a subyugar bajo su influjo. La historia del genio se volvía a repetir. Resultaba difícil seguir a un ser tan libre y con tantas ganas de sorber la vida. Por otro lado, era absolutamente atrayente estar al lado de alguien que se cree el número uno y se lo hace sentir a los demás.

«Soy el mejor. Después de mí, nadie. El último pintor sobre la tierra morirá conmigo... Las nuevas generaciones lo vais a tener muy jodido. Tendréis que pasar por mí, si queréis teorizar sobre el mundo de la pintura», llegó a decirle Bari en uno de los últimos encuentros, en un tono irónico.

La realidad es que el mundo de la crítica artística alababa todas las excentricidades de Bari y se fue convirtiendo poco a poco en un personaje mediático. Eran tan completos sus conocimientos sobre pintura y tan extraordinarias sus teorías sobre los equilibrios y los pesos, las alfa alineaciones y su atomización de cualquier obra de arte que su fama se fue consolidando a nivel nacional e internacional.

Carmen estaba convencida de que un día Bari se iría a vivir fuera de España, como ya lo había intentado en Berlín. Regresó por su madre, pero sus planes se esfumaron cuando Lourdes murió. Pero ella estaba viva y dispuesta a seguirle a cualquier punto del planeta.

El verano estaba tocando a su fin. El día había amanecido gris. El cielo amenazaba lluvia aunque no acababa de romper a llover. Estos días tan oscuros le traían malos recuerdos. Un día así de gris murió su madre. Miraba por la ventana del salón, que daba a la calle Sancho Dávila. Observaba a las personas que se acercaban al quiosco de prensa, cuando escuchó la puerta de casa. De momento, se sobresaltó. ¿Había vuelto su padre precipitadamente del trabajo? En seguida salió de dudas.

—¡Hola, niña! Contigo quería hablar.

Áurea se había metido en casa sin tan siquiera llamar a la puerta. Se sentía dueña y señora de aquellas cuatro paredes y ejercía...

—Lo menos que podías haber hecho era llamar a la puerta. Digo yo.

—Tenemos confianza como para andar con esos remilgos.

—La tendrás tú, porque a mí no se me ocurre meterme en tu casa sin llamar. De entrada, no tengo tus llaves.

—Bueno, no he venido para discutir contigo por una tontería así. Quiero que sepas que tu padre y yo hemos puesto fecha a nuestra boda.

—Me parece genial que me lo digas tú y no mi padre, que se supone que es con quien vivo. Creo que me debería informar él. ¿No te parece?

—Tu padre no coincide contigo. Tenéis horarios encontrados y cada vez vienes más tarde a casa... De modo que soy yo quien te lo comunico. Nos casamos en dos semanas.

—¿Qué? ¿A quién has engañado para que os case a tanta velocidad?

—No ha sido necesario engañar a nadie. Somos adultos y tenemos las ideas muy claras. Nos va casar un sacerdote amigo mío.

—Parecías una buena vecina y en realidad, estabas esperando turno para acostarte con mi padre. ¡Qué fácil te ha resultado engatusarle!

Áurea no pudo aguantar más y le propinó un soberano

tortazo en toda la cara. Carmen se quedó sin habla, pero no quiso derramar ni una sola lágrima. Su orgullo no se lo permitía.

—Me voy a casar con tu padre y tú no vas a estropearnos la boda. ¿Te enteras? Eres una niña consentida que no has hecho otra cosa más que ser un lastre para tu padre. Ya es hora de que nos dejes en paz. Vive tu vida lejos de aquí. Seríamos todos mucho más felices.

—De modo —volvió a hablar después del tortazo— que yo te estorbo en esta casa. En tus planes, yo molesto. Ten por seguro que esto que me estás diciendo lo va a saber mi padre inmediatamente.

—Mira como tiemblo —le dijo mostrando sus manos, mientras mantenía una sonrisa maléfica. Al poco rato, con la misma velocidad con la que había entrado en casa, se fue de allí.

Cuando oyó la puerta de la calle cerrarse, Carmen se derrumbó. Comenzó a llorar desconsoladamente. Con lágrimas en los ojos marcó el teléfono de su padre. Estaba decidida a contarle el episodio que acababa de vivir.

—Papá, es horrible lo que me ha pasado —dijo entrecortadamente.

—Hija, ¿qué te ocurre? ¿Estás bien?

—Ha sido esa asquerosa de vecina. Se ha presentado sin llamar y me ha dicho que lo mejor que puedo hacer es irme de casa. Me ha informado de que os casáis en quince días y que me dé prisa en marcharme. La molesto. ¿Entiendes ahora por qué yo no quería seguir en casa?

—Hija, no me puedo creer que Áurea te haya hablado con malos modos. Ella es muy dulce.

—¡Pero si ha llegado a pegarme, papá!

—¿Qué dices? Esta noche quiero verte. Ven pronto a casa para aclarar este asunto.

—Papá, no te cases con esa rata, por favor.

—Ya hablamos luego, ¿vale? Ahora tengo que dejarte, hay mucho trabajo en la oficina.

Carmen estaba nerviosa. Si Áurea entraba y salía de casa sin ningún pudor, podía perfectamente registrar su habitación y encontrar los diarios, el resto de papeles y fotos que su madre le había dejado en un principio dentro del cofre. Debía pensar rápido dónde esconder todo el legado de su madre.

No existían muchos sitios donde hacerlo. Se acordó de que tenían un trastero en el sótano de la casa. Estaba repleto de objetos inútiles que Lourdes nunca se atrevió a tirar porque había en ellos demasiada carga emocional. Entre sus antiguas muñecas y juguetes no rebuscaría nunca la vieja arpía. Cogió una bolsa y metió los secretos de Lourdes todos juntos. Aprovechó que se iba de casa para salir sin despertar sospechas a la vecina, que estaría mirando por la mirilla.

Cuando llegó al portal se cercioró de que nadie la veía bajar al sótano. Abrió su trastero y rellenó de juguetes la bolsa que llevaba. Removió varias cajas y la metió en una de ellas, en la que estaba más escondida.

El segundo diario, que no había leído del todo, lo metió en su bolso. Iría siempre con ella. No se desprendería de él jamás. Volvió a subir a la planta baja con un gran sigilo y salió del portal con toda naturalidad. Sin embargo, se sentía observada. Estaba convencida de que la vecina no perdía detalle de su marcha.

Llamó a Bari desde una cabina. En un tono suplicante le dijo que tenía que verle urgentemente.

—Está bien. Ven a recogerme a la hora de comer. ¿Te parece? —le contestó Santiago.

—Allí estaré…

Faltaban dos horas. Decidió irse a pasear por el parque de

la Fuente del Berro que tanto frecuentaron Bari y Lourdes. Incluso ella cuando era pequeña.

En uno de los muchos caminos de arena se imaginó a su madre abrazada a Bari, casi la podía ver con su pelo rubio, sonriente y saboreando esa felicidad tan fugaz que la vida sólo supo darle a ratos.

Se sentó en uno de los bancos que estaban cerca del gran magnolio que con tanto detalle describió Lourdes en su primer diario. Con el arrullo de las palomas de fondo, decidió continuar leyendo…

«Hace tiempo que no escribo, quizás porque ya no hay grandes sobresaltos en mi vida. Me he acostumbrado a tener dos personalidades. En casa soy la persona responsable que todos esperan, madre y esposa. Y junto a Santiago, esa otra mujer que yo desconocía que existiese en mí, pasional y llena de vida. Es como si a estas alturas de mi existencia recogiera la experiencia de todos mis fracasos. Esa experiencia me ha hecho madurar y afrontar la vida tal y como me ha tocado vivirla.

Santiago cada vez viaja más y, por lo tanto, me deja más espacio para organizar mi familia. Antes del último viaje a Moscú me ha regalado un cuadro inmenso: dos metros por dos metros. No está firmado, como todos sus cuadros. Sólo por detrás pone su nombre y el título del cuadro.

Significa mucho para mí. Lo ha titulado *Abrazarte*…

—Como no voy a estar a tu lado en mucho tiempo, quiero que tengas este cuadro que significa que estoy pegado a tu cuerpo en un abrazo eterno. Siempre que me eches de menos, míralo y piensa en mí.

—¿No sabes cuánto tiempo vas a estar allí?

—No tengo ni idea. Es una oportunidad y quiero aprovecharla.

Ésa fue su contestación. Absolutamente ambigua. Sentía intranquilidad porque en cada viaje recuperaba la libertad que aquí no tenía conmigo. Ya que Nora había desaparecido de nuestras vidas, después de regresar a Argentina, ahora otra vez los celos me iban a devorar por un tiempo.

Yo procuro pintar más, pasar más tiempo con Carmen, que cada día está más alta y más mujer, y atender a Manuel. Hablamos mucho, pero nuestra relación se limita a eso, a hablar mucho.

Sin pedirle opinión, he colgado el cuadro en nuestra habitación. Así mi último pensamiento es Santiago y el primero del día siguiente también. Bueno, tampoco es que necesitara el cuadro para que fuera así. Bari ocupa mis pensamientos constantemente...»

Carmen descubrió el motivo por el que llegó el cuadro a casa. Por una de las muchas ausencias de Bari. «En aquella ocasión mamá nos dijo que se trataba de un alumno aventajado, de un genio...», se decía a sí misma. El alumno no era otro que Bari, uno de los pintores que jamás necesitaron que nadie les enseñara nada.

Carmen tenía tiempo para seguir leyendo. Cambió de banco. Se fue hasta un pequeño recinto, en mitad del parque, donde los niños pequeños jugaban con sus abuelos. No muy lejos de allí se encontraba el palacete que sirvió de refugio a Santiago y a Lourdes, al poco de conocerse. Les calló una tormenta monumental que les obligó a ir por primera vez al estudio del pintor para secarse la ropa. Carmen lo recordaba con todo detalle... En ese marco que tantas veces cobijó el amor de su madre y el pintor, continuó leyendo su segundo diario.

«Me llegan noticias por diferentes fuentes de que Santiago está triunfando en Moscú. Ya era hora de que el mundo se rindiera ante su creatividad. Su pintura es absolutamente extraordinaria. Yo miro y remiro su cuadro *Abrazarte* y cada día descubro algo nuevo.

Ando estos días algo preocupada. No pude tomar precauciones hace tres semanas cuando Manuel, cansado de hablar y sólo hablar, me despertó en mitad de la noche con deseos amorosos. No pude frenarle. Fue imposible. Yo estaba muy cansada y entre sueños pensé que Santiago se encontraba conmigo. Eso me salvó del naufragio. Procuré no abrir los ojos y permanecer callada. Me sentí sucia porque aquello no era amor, sino necesidad. No hubo besos, ni caricias, ni ternura... He decidido dormir a partir de ahora en el salón. Total, cuando yo me acuesto, están ya todos dormidos... ¡Tengo que hablar con Manuel! No le amo. Lo que quisiera es salvar a la familia pero presiento que sólo voy a conseguir hundir a todos en mi propia tristeza.

He encontrado un tesoro de tres versos que define mi estado de ánimo. Se trata de un haiku de Mario Benedetti. Parece escrito para mí. Dice: "Somos tristeza / por eso la alegría / es una hazaña".

Me he hecho lectora de haikus. Breves poemas que tienen la pauta de 5-7-5 sílabas y que consiguen consolarme.»

Carmen cerró de golpe el diario y después de estar un tiempo con los ojos cerrados, se puso en pie. Abandonó el parque lentamente. No podía pensar en nada. Estaba bloqueada. No entendía que la vida enredara de tan mala manera a las personas y les impidiera hacer lo que realmente sentían. Por muy dolorosa que fuera la peor verdad, resultaba menos cruel que la mejor de las mentiras.

Pasó un taxi libre justo a la salida del parque y decidió pararlo. Mientras iba camino del estudio de Bari pensaba que su madre hubiera merecido un final mejor a su existencia. No acababa de entender que simulara una vida al lado de Manuel y, a la vez, viviera a escondidas su amor, su pasión por Bari. De no haber aparecido los diarios, siempre hubiera pensado que el matrimonio de sus padres era modélico. Fue una gran sorpresa averiguar que entre ellos dos únicamente había costumbre de una vida en común. Hubiera preferido que Lourdes no la hubiera hecho partícipe de su secreto. Resultaba una carga demasiado dura como para soportarla.

Sin cruzar una sola palabra con el taxista, llegó al final del trayecto. Iba ensimismada en sus pensamientos, lo que le hacía parecer antipática.

Al llegar al portal llamó por el portero automático. Santiago la invitó a subir...

—¡Hola, Carmen! —saludó Bari nada más abrir la puerta.

No le devolvió el saludo. Directamente le abrazó y empezó a llorar.

—¿Qué ocurre, Carmen? ¿Qué ha pasado?

No podía contestarle aunque lo intentaba, pero sólo salían de su boca ruidos entrecortados, a medio camino entre el hipo y el grito. La sentó en el sillón amarillo que presidía el estudio y le dio un poco de agua. Después de un buen rato en el que los sollozos empezaron a decrecer, comenzó a hablar.

—Santiago, mi padre se va a casar con la rata de mi vecina...

Otra vez aparecieron las lágrimas a borbotones en sus ojos. Por la boca le rezumaba saliva cuando intentaba abrirla para seguir hablando.

—La mujer más mala que existe sobre la tierra se va a convertir en mi madrastra... Mis padres jamás me han levantado la mano y ella, en cambio, hoy me ha pegado un tortazo.

—Te ha pegado, ¿por qué?

—Porque le he dicho que a quién había engañado para que les casara en quince días.

—Reconoce que no has sido precisamente agradable.

—Ni ella tampoco. Me ha invitado a que me fuera de casa. Quiere que le deje el terreno libre para estar sola con mi padre y manipularle… Santiago, necesito irme de allí. Déjame venir aquí contigo. Prometo no darte la lata. Sería una tumba. Piensa que la mayor parte del día voy a estar en clase. Empiezo ya la semana que viene…

Santiago odiaba estar solo. No era un hombre que sirviera para las soledades prolongadas. Desde que murió Lourdes, ninguna mujer excepto Carmen había vuelto a visitar el estudio. Sin embargo, la sola idea de que viniera ella, precisamente la hija de Lourdes, le daba pánico. Nunca había mirado para otro lado cuando una mujer le proponía estar con él. Las mujeres fueron su perdición hasta que Lourdes eclipsó a las demás. Siempre había tenido compañía femenina, pero desde su viaje a Berlín, se había convertido en un ser antipático y antisocial.

Carmen era la única persona que le había devuelto la sonrisa. Lograba sorprenderle con su conversación y con su vehemencia cuando hablaba de la mujer y el poco reconocimiento que había tenido a lo largo de la historia en la pintura.

Se quedó callado mientras Carmen esperaba su respuesta. Ya estaba más calmada. Jugaba con el vaso en vez de beber agua. En un determinado momento, sorbió una buena cantidad pero no llegó a tragar. Miró varias veces a Santiago y, finalmente, le lanzó el contenido como si se tratara de una fuente que salía de su boca y que acababa en su cara. Se quedó tan sorprendido que no pudo por menos que echarse a reír.

—Ya veo que se te ha pasado el berrinche… Pues ahora te vas a enterar…

La cogió por los brazos y la tumbó en el sillón. Con una mano inmovilizó sus muñecas y con la otra comenzó a hacerle cosquillas. Carmen gritaba y reía alternativamente. Al cabo de un rato, estaban los dos frente a frente sudorosos y divertidos. Ella volvió a intentarlo.

—Por favor, déjame venir aquí contigo. Prometo que te voy a hacer la vida fácil y divertida...

—Está bien —contestó finalmente Santiago—. Tú ganas. Ésta es tu casa. Ven cuando quieras.

Carmen le besó con pasión. Lourdes volvió a aparecer entre ellos. Estaba sentada en el sillón donde tantas veces se amaron. Esta vez no fue el vino, ni el calor, fueron sus ojos de fuego que le miraban con la misma intensidad de siempre. ¡Estaba viva! Lourdes le besaba como siempre, apasionadamente. Sólo él había cambiado. Algo frenaba su impulso más salvaje. Ya no era el mismo. ¡Estaba muerto! Debía de ser eso lo que le impedía entregarse al fuego que ardía delante de sus ojos.

«La edad no perdona», se decía a sí mismo. Respondió a los besos con más besos, pero no era el de siempre. Santiago parecía una sombra de aquel hombre que se entregaba al amor en cuerpo y alma. En esta ocasión había sólo cuerpo y absolutamente nada de alma. Amaba sin sentimiento. Sólo él sabía que estaba herido de soledad. Sentía un hueco profundo que le impedía volver a ser el hombre que exprimía la vida hasta agotarla. Se limitaba a vivir, a dejarse llevar por la situación y el momento. Ya ni con Lourdes era capaz de ser feliz. Una maldición se cernía sobre él. Amaba sin amar...

—Santiago, ¿qué te pasa? —interrumpió Carmen sus pensamientos.

—Perdón, ¿qué dices?

—Te has quedado mirándome, pero parecía que no veías. Tenías la mirada perdida. ¿Te encuentras bien?

—Sí, estoy bien... Carmen.

Otra vez había perdido el juicio. Estando con Carmen creía amar a Lourdes. No estaba seguro de si su presencia en el estudio acabaría volviéndole loco. El caso es que ella ahora le necesitaba. No podía fallarle.

—¿Cuándo te instalarás aquí? —le inquirió agitado por la situación.

—Si me dejas, mañana mismo. Sólo traeré algo de ropa. Nada más.

—De acuerdo. Ven cuando quieras.

Las horas siguientes a aquel encuentro entre Carmen y Santiago pasaron volando. Después de comer algo, Bari continuó trabajando. Era el único momento en el que volvía a ser el de siempre. Carmen le observaba. Parecía poseído de una inspiración irracional que le permitía pintar de pie varios cuadros a la vez.

Rojos, negros, grises, blanco. Otra vez el rojo dominándolo todo. El rojo pasión, el rojo sangre, el rojo de herida abierta, el rojo de corazón roto... allí estaba presente.

Cuando Carmen quiso darse cuenta, ya tenía que marcharse. Había prometido a su padre que llegaría pronto a casa. Se fue del estudio sin interrumpirle, estaba en plena creación. Le dejó dos palabras como epílogo de aquel encuentro escritas en un papel: «Te quiero». Cerró la puerta con sigilo para que no notara que se iba de allí. Bari, completamente enajenado con su pintura, no se percató. La música muy fuerte y el olor a vainilla envolvían aquel momento creativo.

Otro taxi la llevó hasta su casa. Fue sólo poner la llave en la puerta y empezar a sentir como la voz de su padre estaba más elevada de lo normal. Hablaba con alguien, debía de ser Áurea...

—¡Hola, papá! —dijo según entraba en el comedor. Efectivamente, la vecina estaba con él.

—¿Discutíais? Espero que no sea por mi culpa.

—Pues sí, para qué vamos a ocultarlo. Me gustaría contrastar con las dos presentes las versiones de lo ocurrido esta mañana.

—Papá, yo no tengo ningún inconveniente. Abrió la puerta de casa, sin tan siquiera llamar. Se presentó aquí para decirme que os casabais en quince días...

Áurea escuchaba sumisa el relato. Parecía un alma cándida incapaz de ponerle la mano encima ni a una mosca.

—Yo le respondí —continuó Carmen— que a quién había engañado para conseguir que os casaran con tanta urgencia. Entonces, me pegó una bofetada.

—Por favor —interrumpió la vecina en un tono sosegado—, es increíble. ¿Tú me crees capaz de pegarla? No he levantado la mano a nadie en mi vida y menos a Carmen, a la que quiero como una hija.

—¡Es el colmo! —ahora la interrumpía Carmen en un tono exaltado—. Eres una falsa, una mala persona. Estás negando la realidad...

—¡Basta! No quiero oír más —ahora el que elevaba más aún la voz era Manuel.

—Sí, tienes que oír más, papá. ¿Vas ahora a negar que me hiciste una estupenda invitación para que me fuera de aquí? —esta última frase se la dedicó a Áurea. La pronunció prácticamente encima de ella.

—Vamos a ver, Carmen. Yo no te tengo ningún miedo, aunque eleves la voz. Sólo sé que llamé a la puerta, me abriste tú misma y te conté que tu padre y yo nos íbamos a casar. No hubo más. No me explico por qué estás haciendo esta comedia.

—¿Vas a negar todo lo que estoy diciendo? ¿Me vas a dejar por una mentirosa?

Al final Manuel decidió zanjar el careo entre ambas. La verdad es que no comprendía como su hija se comportaba de esa forma, inventando tantas mentiras.

Áurea había triunfado en su representación.

—Se acabó. Lo vamos a dejar aquí. La realidad, Carmen, es que nos casamos en quince días y yo quisiera que fueras mi madrina de boda.

Durante unos segundos se quedó callada. Se daba cuenta de que su padre minimizaba el hecho que había ocurrido por la mañana, simplemente porque no lo creía. Contestó con un exabrupto.

—¡A la mierda! No cuentes conmigo para nada si te casas con esta mentirosa. Pero no os preocupéis, mañana os dejo el terreno libre. ¡Me voy de aquí!

Abandonó el comedor con lágrimas en los ojos. Se dio cuenta de que Áurea esbozaba una sonrisa a lo Mona Lisa cuando salió de allí precipitadamente. Mientras, su padre intentaba vanamente que volviera al comedor.

Se encerró en su habitación con un sonoro portazo, como solía hacer cada vez que se enfadaba. Mientras lloraba sin consuelo, iba descolgando su ropa de las perchas. La decisión ya la había tomado horas antes… Abandonaba su casa porque una nueva vida comenzaba para ella y allí ya no la retenía nada, ni nadie.

21

EL EMBARAZO

Manuel no creyó la amenaza, pero al día siguiente, cuando regresó del trabajo, su hija ya no estaba. Se había llevado su ropa y el cofre que le había dejado su madre como legado de toda una vida.

Carmen, antes de salir de allí, bajó al sótano y volvió a coger la bolsa donde había guardado el primer diario, la bufanda verde, las fotos y recortes de prensa que recogían declaraciones de Santiago.

Todos sus recuerdos de infancia, que sirvieron para desmontar la teoría del secreto en torno al cofre, se los dejó a su padre encima de la cama. Iban acompañados de una carta que redactó a toda prisa.

> Querido papá:
>
> Ha llegado el momento de separarnos. Soy mayor de edad para tomar este tipo de decisiones. Creo que seguir en casa supondría para ti un elemento más de tensión.
>
> Áurea y yo somos incompatibles. La creíste a ella y te puedo asegurar que la única que decía la verdad era yo. El tiempo me dará la razón.

No te preocupes por mí. Me voy a vivir con Santiago Bari. Ya sé que no es la persona que tú soñabas para mí. Estamos empatados. A mí no me gusta Áurea, a ti no te gusta Bari.

No te olvides de que te quiero muchísimo. Siempre que me necesites, me tendrás a tu lado. No te dejo ningún teléfono fijo, vamos a darnos un tiempo, ¿vale? Pero ante cualquier emergencia sabrás cómo encontrarme. A través de la facultad será sencillísimo dar conmigo y si no, en mi móvil dejas tu mensaje y prometo llamarte.

Deseo que seas feliz, aunque creo que esa mujer no le llega a mamá a la suela del zapato. Si no me cambias la cerradura, seguiré pensando que ésta es mi casa y que, si las cosas no me van bien, podré volver siempre.

¡Cuídate mucho! Por favor, no te dejes embaucar por Áurea. ¡Ten mucho cuidado!

Me da mucha pena dar este paso. Pienso que algún día me entenderás... Te quiero.

P.D. ¡Te dejo todas mis fotos y recuerdos de cuando yo era niña! ¡Algún día volveré a por todo!

Antes de irse volvió a meter los diarios, bufanda y fotos en el cofre. Pidió un taxi por teléfono y con cierta dificultad bajó primero la maleta y, finalmente, el cofre. Estaba muerta de miedo por si Áurea la pillaba en plena maniobra de evasión pero, afortunadamente, el taxi llegó en pocos minutos.

Después de subirse a él volvió su mirada hacia su casa. Atrás dejaba su infancia, los maravillosos recuerdos de una niña que creía tener la familia perfecta. Unos padres que se querían o que, al menos, parecían quererse a los ojos de los demás. Esa infancia feliz, al menos, no se la podría robar nadie...

Volvía a tener la misma sensación de pérdida que el día que le comunicó su padre la muerte de Lourdes. Al alejarse de su barrio, de sus caras conocidas, pensaba que ya no regresaría jamás... Se le escaparon dos lágrimas que trató de ocultar bajo unas gafas de sol.

Ahora sentía pánico ante el presente porque el futuro no estaba entre sus planes. Después de morir su madre decidió no pensar nunca más allá de hoy. El mañana puede no existir.

Carmen veía en Santiago al hombre protector y al genio. Le admiraba profundamente y también, al dar continuidad al amor de su madre, de alguna manera era como mantenerla viva. Hoy ella iba a dar un paso trascendental en su vida, algo que tenía que haber hecho su madre cuando ella era una niña. Estaba nerviosa y por el móvil llamó a Bari para decirle que la ayudara a subir la maleta.

Cuando el taxi llegó a la altura del número 470 de la calle Alcalá, observó que estaba esperándola. Iba todo vestido de negro, camisa y pantalón. Como siempre, mojado de pelo, y una novedad: con una sonrisa.

A Carmen le parecía el hombre más atractivo que se había cruzado en su camino. El taxista fue el único que le quitó magia al momento.

—Parece que su padre ya está esperándola.

—Sí —no fue capaz de desmentirle.

Mientras sacaba la maleta y el cofre del maletero siguió metiendo la pata...

—¡Qué bueno cuando los hijos regresan a casa!

Ninguno de los dos contestó. Simplemente, se dieron un beso en la boca para dejar claro que aquella relación no era fraternal. ¡Había que ver la cara del taxista, que se metió en el coche y arrancó a toda velocidad!

Los dos rieron pero, en el fondo, supieron que su relación siempre tendría en contra la edad. Carmen estaba muy nerviosa. Su corazón latía a más velocidad de lo normal. Y a Santiago, según subían las escaleras, le vino a la memoria una imagen de años atrás... Antes de entrar en casa, cogió a Carmen en brazos y así la introdujo dentro del estudio. Santiago pensaba en Lourdes, repetía con la hija la misma escena que protagonizó con su madre al comienzo de su relación.

Carmen sabía que estaba pensando en Lourdes. La escena la conocía porque su madre la había descrito en el primero de los diarios. Prefirió no hacer ningún comentario. Se limitó a callar y a sonreír.

La mitad de un armario era para ella. La ropa de Santiago estaba en el otro medio. Le gustó tener que compartir espacio con el único hombre al que había amado y al que admiraba profundamente. Toda la habitación olía a vainilla, el olor característico en Santiago.

Lo cierto es que tardó mucho en colocar y reubicar sus cosas sin invadir el espacio de Bari. A pesar de sus pocos años, no tenía ninguna duda de que lo peor para un espíritu libre era sentirse avasallado por la presencia de otra persona.

Otra cosa fue la colocación de sus cosas en el baño. Introdujo su cepillo de dientes en el vaso que ya albergaba el cepillo de Bari. Sus cremas y la colonia que utilizaba su madre las puso en un lado de la estantería del lavabo.

Cuando acabó, el cofre era lo único que no tenía lugar de destino. Allí donde lo ponía, estorbaba o estaba demasiado a la vista. Finalmente, optó por esconderlo debajo de la cama. Se colgó la llave al cuello. Así se aseguraba que Bari tampoco supiera nunca el contenido de la herencia que le dejó su madre.

El estudio era grande, todo lo copaban los bastidores y los cuadros que estaban almacenados. No había un solo hueco para una televisión, una radio, una mesa, unas flores... sólo se respiraba arte y pintura. Entrar allí suponía olvidarse del resto del mundo. Había poco espacio para vivir: una sola habitación con una cama de matrimonio, una cocina y un baño. No había más. El resto era una estancia enorme, sin tabiques y diáfana. Eso sí, con mucha luz, gracias a la gran cristalera que presidía el estudio.

Se preguntaba Carmen dónde podría instalarse ella para estudiar y pintar sus propios cuadros. De momento, no pediría nada. Quizás, más adelante...

Fue a buscar a Santiago. Estaba ensimismado leyendo un libro sobre Velázquez.

—Santiago, me admira la curiosidad que tienes por los clásicos siendo un abstracto.

—No te extrañe. Estoy aprendiendo de «dios». Para mí Velázquez representa al pintor por excelencia, el virtuoso. Aunque te diré algo: «La historia de la pintura está jalonada por los torpes y no por los virtuosos. Mira, tengo la seguridad de que las limitaciones te hacen crecer hasta el punto de inventar virtudes. Un virtuoso como Velázquez no tiene que inventar nada porque es "dios". Pinta lo que le da la gana. Pero, por ejemplo, un torpe como Goya tiene que inventarse a sí mismo. Tiene muchas limitaciones. Y precisamente eso le convierte en divino».

—¿Qué dice el libro que parece que te tiene fascinado?

—Habla de una curiosa teoría sobre el sentido oculto del arte. Según esta teoría, Velázquez cuando pinta *Las Meninas* quiere pintar un talismán para proteger a la infanta Margarita, la auténtica protagonista del cuadro. Para eso, utiliza un subterfugio mágico muy conocido en la antigüedad que consiste en meter una constelación disfrazada en la obra de arte. ¿Cómo lo hace? Con las cabezas de todos los personajes. Si unes con una línea recta las cabezas de todas las figuras que aparecen en el cuadro, te sale el perfil de una constelación, la Corona Borealis. Y la estrella principal y más brillante de esta constelación se llama: Margarita. Esto lo descubrió un ingeniero de caminos que se llama Ángel del Campo, quien elaboró un estudio magistral que pocas personas conocen.

—¿Más pintores utilizaron la pintura para ocultar otro tipo de mensajes?

—Según el escritor Javier Sierra, ha habido muchos pintores que se sentían atraídos por ese lado mágico. Por no hablar sólo de pintores clásicos, en el arte contemporáneo Dalí podría ser el paradigma del pintor moderno que utilizaba todas estas técnicas o el llamado número de oro: la proporción áurea. Un número que permite la armonía musical, la armonía de las columnas con respecto a los capiteles o a los basamentos. Todo eso se aplica a la arquitectura clásica, pero también está dentro de la pintura. Era un número secreto en la antigüedad que sólo se explicaba en las escuelas pitagóricas. El arte encierra muchos misterios.

A Carmen le encantaba escuchar a Santiago. Cuanto hacía o decía le parecía fascinante. Siempre estaba investigando, descubriendo nuevos caminos, universos cerrados al ojo humano.

—Santiago, ¿hay que encontrar siempre una explicación a cada cuadro?

—No es necesario. Yo prefiero que las personas se dejen llevar por el propio cuadro, que se pierdan plásticamente para que puedan moverse hacia otros territorios. Una pintura buena siempre viaja contigo.

Carmen tenía avidez de conocimiento y Bari se lo proporcionaba.

—Santiago, en las últimas pinturas Lourdes incorporó palabras a sus dibujos. Palabras inconexas que encerraban un gran significado en sí mismas. ¿Qué opinas?

—Eso lo han hecho un gran número de artistas a lo largo de la historia. Mezclar dos lenguajes: la pintura y la escritura.

En el caso de Lourdes es ahondar en su obsesión por la realidad. Hace tiempo, yo también realicé una serie que se llamó así: *¡Palabras!* No tengo ni un solo cuadro, lo vendí todo.

—¡Qué difícil lo tenemos los jóvenes! Poder llegar a donde tú has llegado me parece imposible...

—No digas eso. Primero encuentra un camino y luego cree en lo que estás haciendo. Yo tengo un grupo de jóvenes a los que apoyo. Están recién salidos de la facultad y son auténticos virtuosos, cada uno en su estilo.

—¿Tú estás haciendo eso? ¡No tenía ni idea!

—Yo procuro presentarles a galeristas porque en este momento de mi vida yo sí tengo contactos. Sin embargo, cuando empecé me pasaba igual que a todos, no conocía a nadie. Les llamo «mi ONG» porque procuro ayudarles todo lo que puedo. Y lo hago a cambio de nada.

—De modo que si no conoces a nadie, lógicamente, no existes. Y si no existes, nadie va a comprar tu pintura. Y si nadie compra tu pintura, te mueres de hambre y te tienes que dedicar a otra cosa...

—Esto está montado así. Si tú tienes una obra regular pero te apoya una galería poderosa, estás posicionándote en un buen lugar. En cambio, si vas a una mierda de galería con una obra magnífica, te pones en un lugar inferior. El sistema de mercado es terrible para todos.

—¿Cuánto se queda una galería de tu obra?

—Se queda con el cincuenta por ciento. No me importa que así sea si el galerista no resulta un vago y sabe moverse.

—¡Me parece una pasada!

—No, Carmen, no es tanto. Piensa que ellos pagan el transporte, los seguros, la inauguración, te llevan a las ferias más importantes, mantienen la galería, pagan los impuestos, los viajes, nos invitan a comer...Yo estaría dispuesto a pagar más si creyera que se mueven todo lo que debieran por el artista. Además, en Madrid, por ejemplo, te piden la exclusiva.

A Carmen, de la pintura le gustaba la parte más romántica y creativa. Todo esto que le contaba Bari y que pertenece más al márketing y a la parte más comercial de la profesión le parecía mucho más fea e inalcanzable.

—Carmen, no hay que desanimarse. La vida es dura para todos. Piensa que si, además, destacas, te vas a topar con la envidia, que en España hay mucha. Sales a Berlín, por ejemplo, y existe un mayor compañerismo y un mejor ambiente entre colegas que aquí.

—¿Piensas volver a salir de España?

—Sí, por supuesto. El mundo es una puta canica y no puedes quedarte mucho tiempo en el mismo sitio. Aquí me siento estrangulado. Necesito moverme. Quizás ahora no me iría a Berlín, donde estuve dos años. Estoy empezando a pensar que Nueva York sería un buen destino. Estoy preparando algunos contactos...

Carmen no siguió hablando. Se quedó preocupada con lo de Nueva York. ¿Pensaría irse pronto? ¿Qué haría ella, dejar sus estudios e irse con él? De repente, le asaltaron las dudas.

Esa tarde se quedó sola en el estudio. Bari salió después de comer precisamente para hablar con su galerista. No se atrevió a preguntarle cuándo volvería. Se prometió a sí misma no atosigarle a preguntas, ni tampoco ahogarle con exigencias.

Se tumbó en la cama, estaba cansada y, sin embargo, no podía dormirse. Se encontraba intranquila. Le resultaba imposible conciliar el sueño. Se cercioró de que se encontraba sola y se encerró en la habitación. Sacó del cofre el segundo diario que ya descansaba con el resto del legado de Lourdes. Quedaban pocas páginas para terminarlo. Continuó con su lectura...

«Ha regresado Santiago de Moscú, pero no me he atrevido a confesarle mis temores. Creo que estoy embarazada. Por un lado, me hace ilusión pensar que Carmen tenga un hermano pero, por otro, creo que en cuanto se lo diga a Santiago estallará una crisis.

No va a creerse que sólo fue un encuentro con Manuel, de madrugada, entre sueños y realidades. ¿Cómo explicarle que no fue un acto de amor, sino una desesperación? ¿Cómo le digo que mientras mi marido me buscaba, yo pensaba exclusivamente en él?

Me parece increíble que siempre esté angustiada. Creía que esta doble vida se podía llevar de una forma normalizada pero, al final, la experiencia me dice que es imposible. Si estoy con Manuel me encuentro mal por la ausencia del amor tan grande que siento por Santiago. Y si estoy con Santiago mi felicidad tampoco es completa. Ha empezado de nuevo la pesadilla…»

Carmen se quedó petrificada. No sabía que su madre había estado embarazada. Realmente volvía a sorprenderse con todo aquello que relataba su madre en sus diarios. Evidentemente, no tenía ningún hermano, por lo tanto, aquel embarazo se frustró. Continuó leyendo…

«Vuelvo a escribir en el diario. Tengo auténtica necesidad de hacerlo. La crisis ha estallado por todas partes. Le dije a Santiago que creía estar embarazada y reaccionó muy mal.

—¿Cómo que estás embarazada? ¡Estupendo! No ha podido llegar un niño en mejor momento. Así ya tienes la parejita. Es extraordinario comprobar la felicidad de tu familia.

—No seas cruel, Santiago. Ha ocurrido, pero no me martirices. Sé que es un obstáculo para nuestra relación, pero eso no quiere decir que en mi familia exista la felicidad. No te mofes de mí. Bien sabes que te amo y que la vida me la das tú.

—Y a mí qué cara se me queda. ¡De gilipollas, es evidente! Yo soy un segundo plato. No tengo futuro, no existe ninguna posibilidad de vivir con la mujer a la que amo. Mi única gran hazaña en esta vida es esperar a que vengas. Eso sí, de lunes a viernes. Sólo unas horas. Siempre con la sensación de prisa y de hacer algo prohibido. No puedo llamarte, sólo debo esperar. Justo en este momento, vengo de un viaje muy largo y me encuentro que estás embarazada. ¿Qué quieres, que te dé la enhorabuena? Pues perfecto, ¡enhorabuena, Lourdes! A partir de este momento, yo por mi camino y tú por el tuyo. Aquí no ha pasado nada, absolutamente nada. Todo sigue igual, tú sigues casada y yo eternamente soltero. Aquí paz y después gloria.

Comencé a llorar. Me dolían mucho sus palabras, pero me dolieron aún más las que llegaron después.

—¿Vas a tener otro hijo? ¿Lo has pensado bien? Ya sabes que hay métodos para abortar. Además, ya eres mayor como para tener bebés. Corres riesgo tú y corre riesgo el niño.

Me hicieron mucho daño esas palabras. Primero me había pedido que abortara y después me había llamado vieja. Con buenas palabras, pero vieja al fin y al cabo. Son cuarenta y nueve. Empecé esta locura con cuarenta y uno, y ya han pasado más de ocho años de relación. Tantos años de indecisión no tenían sentido.

Siempre he dicho que no puedo renunciar a mi condición de madre. Ésa fue la educación que recibí y no puedo cambiar de repente. A este hijo que ya viene de camino, le quiero. Es parte mía. ¿Qué culpa tiene de mi inconsciencia? ¿Cómo Santiago me puede hablar con tanta frialdad? Esperaba otra reacción de él. Me pide que aborte sin más. No le preocupo yo, sólo que desaparezca mi embarazo.

¡Ya nada va a ser igual entre los dos! A las personas se las mide en las dificultades. Santiago no ha dado la talla. Se me ha roto en mil pedazos. ¡Qué tristeza siento!»

Carmen apretó los dientes. Por un lado, estaba rabiosa de que su madre siempre pospusiera su voluntad al hecho de ser madre. Y por otro, estaba claro que había surgido entre ellos una fisura difícil de superar. Si su madre tenía cuarenta y nueve años cuando se quedó embarazada, ella acababa de cumplir los diecisiete. Nunca notó nada, tampoco su madre quiso compartir con ella tanta angustia.

Necesitaba seguir leyendo para saber qué ocurrió al final...

«Me siento absolutamente culpable de una situación así. La crisis ha llegado a la familia. Estoy tan rara, tan arisca con todos que Manuel lo ha notado.

Ayer me dijo que imaginaba que mi actitud tenía una sola explicación...

—¡Has vuelto a ver al sinvergüenza del pintor!

No le dije nada. Callé por toda respuesta. No obstante, insistió.

—Te prohíbo que vuelvas a verle. Deberías mirarte al espejo para saber el efecto maléfico que ejerce sobre ti.

—No es eso, Manuel. Estoy así de rara porque estoy embarazada.

—¿Qué estás diciendo? ¿A tus años y embarazada?

—No me repitas lo de los años. Lo sé y punto. Por otro lado, son los mismos que los tuyos.

—¿Quién es el padre?

—¡Tú! ¿Lo dudas?

—Yo, ¡imposible! Duermes en el sillón y yo en la cama. Así es muy difícil quedarse embarazada.

—¿No recuerdas una noche en la que te despertaste enloquecido? Una noche en la que no te paraste a preguntarme si quería o no. Simplemente, lo hiciste. Podía ser yo, o una muñeca hinchable. Tú no te acuerdas de esa noche, pero a mí me resulta imposible olvidarla...

—Yo no soy un niño. No me puedes engañar... Por esa única vez, una mujer no se puede quedar embarazada y menos con cuarenta y nueve años.

—¡No seas ignorante! ¡Ah! ¡No me vuelvas a repetir lo de la edad! Estoy dispuesta a traer a mi hijo al mundo con cuarenta y nueve o con ochenta años. Me da igual lo que digas.

Manuel no dijo más, pero no me volvió a dirigir la palabra en esa tarde. Bueno, ni en ninguna otra tarde. Si se encuentra la niña delante no tiene más remedio que hacerlo, pero nunca me habla a mí directamente.

Es una situación muy dolorosa. Santiago se me ha hecho mil pedazos y Manuel ya estaba roto antes de quedarme embarazada. ¡Nunca me he sentido tan sola como ahora! Además, no tengo hambre y cuando como, vomito. Me ha dicho el doctor que es un embarazo de alto riesgo. Estoy sólo de dos meses. Me ha pedido que guarde reposo.»

Carmen estaba contagiada de la ansiedad que se traslucía de las palabras de Lourdes. «No dieron la talla ninguno de los dos», pensaba. ¡Qué sola estuvo Lourdes!

No podía dejar de leer, confiaba en que Santiago no llegara. Si le preguntaba qué hacía encerrada, debía preparar una contestación. Lo pensaría más tarde. De momento, deseaba seguir adelante con la lectura.

«Ha pasado mucho tiempo desde la última vez que escribí. No me acuerdo ni de cuándo fue. No tengo muchas ganas de contar nada, estoy deprimida. He tocado fondo... Perdí a mi bebé justo cuando iba a cumplir tres meses de embarazo, empecé a manchar. Llamé al médico y me dijeron que pidiera una ambulancia para trasladarme al hospital. Cuando llegué, ya no podían hacer nada... No he querido contárselo a Carmen para no hacerla sufrir.

Después de tantas crisis, desavenencias, rupturas, me he quedado malherida. Se me han ido, como por un desagüe, las ganas de amar. Estoy seca. Unida a la vida por Carmen. Ella me está dando fuerzas para seguir adelante.

No quiero saber nada de Santiago, ni de Manuel. Estoy saturada de hombres. Me valgo yo solita para seguir tirando de la familia. No le he vuelto a llamar a Santiago para decirle lo que me ha pasado. Seguramente se alegre. Manuel se ha enterado porque estuve un día en observación en el hospital. Seguro que también se alegra.

Soy la única que lloro a mi bebé, al que ya empezaba a sentir. Miro a Carmen y pienso que, a lo mejor, era otra niña, como ella. Me quedo ensimismada mirándola hasta que me recrimina...

—Mamá, últimamente te quedas pensando en las musarañas.

—Cosas de mayores, hija. Preocupaciones que no queremos compartir. Ya sabes. Un mundo muy complicado el de los adultos.

Me he volcado en el trabajo y en la pintura. Entre ir a clase, mi niña y la pintura, un día se me junta con otro. Ahora resulta que Manuel está tremendamente simpático. Me trae una rosa todos los lunes. El detalle me gusta pero llega tarde. Esa misma rosa cuando estaba embarazada la hubiera agradecido infinitamente más.

Intento sobrellevar la pena sin que nadie note que tengo unas inmensas ganas de llorar a cualquier hora del día o de la noche.»

Carmen decidió dejar de leer. Escondió el diario en el cofre y comenzó a preparar la mochila con todo lo que iba a necesitar para su primer día de clase en la universidad.

Estaba nerviosa. Empezaba una nueva etapa como estudiante. París le dejó mucha huella, y eso que sólo estuvo unos meses. Comenzaba en la misma universidad donde su madre impartía clases. Tenía ganas de demostrarse a sí misma que tenía madera de artista.

22

LA DECISIÓN

La universidad se convirtió en su segunda casa. Después de la novatada del primer día en el que todo le parecieron obstáculos imposibles de superar, comenzó a ir a clase con entusiasmo. Pronto hizo un grupo de amigos con los que salía algún fin de semana y con los que se intercambiaba apuntes.

Santiago no quería saber nada de ellos. Aunque Carmen le animaba a ir al cine o a tomar unas cervezas en su compañía, siempre tenía una excusa para no acompañarla. Se lo pasaba bien con ellos. Solían preparar alguna salida de madrugada. Los jueves y los viernes por la noche, Carmen desaparecía.

Tenía tantas ganas de que se conocieran que un día decidió acabar con esa situación. Citó a todos en el estudio, aprovechando que Bari estaba en una reunión, y le preparó una fiesta sorpresa.

Todos alucinaron con los cuadros. Le preguntaban cosas sobre él. Era como una heroína que había conseguido irse de casa y vivir con un pintor famoso.

De repente sintió las llaves en la cerradura y, como accionada por un resorte, dio un salto y apagó la luz. Bari entró y percibió algo extraño. Encendió la luz y ¡sorpresa!

Se quedó lívido, sin habla, no fue capaz de esbozar ni media sonrisa. Buscaba entre tanta cara desconocida la de Carmen. Cuando su mirada la alcanzó, quería fulminarla.

—Como nunca querías venir a nuestras citas, pensé que te gustaría esta fiesta sorpresa para conocerles.

Santiago no decía nada. Se fueron presentando uno a uno: «Soy Fernando. ¡Qué guay tu pintura!; ¡hola, soy Mari Luz! Me encantaría pintar como tú; me llamo Victor y te diré que me gusta más tu chica que tu pintura...».

No movía ni un músculo. Carmen sudaba porque Santiago no estaba haciendo nada por caerles bien. Finalmente, después de tanto saludo se fue a duchar y vino empapado como solía hacer siempre. Su cara ya parecía más amable. Estuvo durante toda la fiesta hablando con Mari Luz, la avasalladora del grupo, la popular entre los chicos.

Carmen empezó a sentirse molesta. Santiago no le había dedicado ni una frase, ni un beso, nada. Decidió castigarla simplemente, ignorarla.

Cuando se fueron todos de golpe, Bari no le hablaba. Se acostó y hasta el día siguiente no le dirigió la palabra...

—Carmen, es la primera y última fiesta sorpresa que organizas en mi casa. ¡Se acabó! ¿Entiendes? Son todos unos niñatos gilipollas con los que no tengo nada en común...

—Quieren ser pintores como tú. ¡Eso tienes en común, el amor por la pintura!

—Me he sentido muy mal. No pinto nada entre tus amigos. No te he puesto jamás ningún impedimento para que salgas con ellos, pero conmigo no cuentes.

Carmen empezó a llorar. Esta vez no podía articular palabra.

—Eres tremendamente injusto. Me hacía ilusión que mis amigos te conocieran. Yo me siento muy orgullosa de vivir contigo pero tú parece que no. En todo este tiempo que llevamos juntos me has escondido. No me has presentado a nadie. No he ido contigo a ninguna de tus cenas... Tenemos dos mundos distintos. ¡No tiene sentido!

—Carmen, percibo tu buena voluntad. Pero no vuelvas a hacerlo. No me ha gustado. Y no quiero que se repita.

—Está bien, tú en tu mundo y yo en el mío.

Se vistió rápidamente y se fue a clase dando un portazo.

Santiago no sabía cómo explicarle que podía ser su padre. Que, en realidad, sintió vergüenza entre tanto adolescente allí reunido. Notaba las miradas de todos, clavadas en cada una de sus arrugas. Aquello, más que una fiesta, fue una humillación en cadena. El que no le preguntaba la edad, le preguntaba por «cómo se lo montaba con Carmen...». Por eso, al final decidió coquetear con la única que le miró como un hombre: Mari Luz.

Carmen estaba dolida. En el largo trayecto hasta la Facultad de Bellas Artes pensaba qué era lo que podía haber molestado tanto a Bari. Por más vueltas que le daba, no encontraba más explicación que el hecho de que se había convertido en un ser antisocial. Y luego, Víctor metió la pata diciendo eso de «me gusta más tu chica que tu pintura...». Quizás fue eso lo que le molestó. Le dio un ataque de celos.

Precisamente al llegar se encontró con la más coqueta de todos sus amigos. La que acaparó la atención de Bari durante toda la noche. En cuanto pudo le preguntó:

—¿Qué tal lo pasaste?

—Tu viejo parece genial, aunque estuvo un tanto coñazo hablándome de arte durante toda la noche. Ya me podías haber echado un cable...

Se quedó de piedra. En menos de un minuto había llamado

viejo a Bari, coñazo, y encima le echaba la culpa de no haber ido a socorrerla. No supo qué contestar. Le dio un dolor de cabeza inmenso que le hizo perderse la primera hora de clase...

Pero el día no fue tampoco un camino de rosas para Bari. A primera hora de la tarde, sonó el timbre de la puerta. Estaba en plena actividad creativa... Sus pantalones viejos manchados de pintura, una camiseta negra repleta de salpicaduras multicolores y sus manos completamente sucias.

Volvieron a llamar a la puerta y, sin limpiarse las manos de los ocres que acababa de introducir en sus obras, se dispuso a abrir. Se encontró frente a frente con Manuel, el padre de Carmen, al que conoció en el tanatorio.

—¿De modo que es usted Bari? El hombre misterioso que apareció de madrugada y que quería ver a toda costa a Lourdes en el tanatorio. Si llego a saber que es usted, le mando a la mierda y le echo de allí. ¡Es usted un cabrón!

—Si lo que va a hacer es insultarme, le pido que no entre en mi casa.

—¿Qué es lo que quiere que haga? No está contento con haberme arruinado la vida con Lourdes, sino que ahora quiere estropear la vida de mi hija. ¿No le da vergüenza? Aprovecharse de una adolescente que está arrancando a vivir.

Bari no quería que siguiera dando gritos en la escalera. De modo que le dejó pasar. Lo que no hizo fue ofrecerle asiento. Estaban de pie, frente a frente, en el interior del estudio.

—Mire, lo que hice fue dar cobijo a una chica joven que había decidido irse de casa. Una decisión tomada precipitadamente al saber que su padre se iba a casar con una persona a la que ella odiaba. Lo que no entiendo es como usted se ha deshecho de su hija con tanta facilidad.

Manuel hizo ademán de querer darle un puñetazo, pero Santiago le paró en el aire.

—¡Hijo de puta! Yo no me he deshecho de mi hija. Usted, que es absolutamente maléfico, nefasto, me la ha robado.

—Si es así, denúncieme a la policía. Pero le recuerdo que su hija es mayor de edad y que está aquí por su propia voluntad.

—Espero que tenga algo de sensatez y cordura. Mi hija tiene que volver a casa. Seguro que la puede convencer, ya que es experto en lavar cerebros... Pero le voy a decir algo, si no vuelve pronto, cualquier día de éstos le ocurrirá algo por la calle.

—No le tengo miedo, ni a usted ni a nadie. El que le voy a denunciar a la policía soy yo. Esos métodos que usted utiliza son mafiosos.

—Me da igual lo que piense, pero mi hija tiene que regresar a casa.

—Lo mejor que puede hacer es hablar con ella. Yo estoy acostumbrado a vivir solo. Yo no puedo obligarla a que haga lo que no desea hacer. Le aseguro que si su vecina está en su casa, no irá.

—La vecina es mi mujer... Hable usted con más propiedad.

—Y pensar que Lourdes siempre creyó que usted sin ella se hundiría... Y ya veo que se ha repuesto rápido.

—No le consiento que hable en ese tono.

—Ha sido usted el que ha venido ofendiéndome y amenazándome. Le pido, por favor, que se vaya.

—No crea que no tengo ganas de irme de esta ratonera. ¡Qué vuelva pronto mi hija! Se lo advierto, puedo ser un mal enemigo...

Cuando cerró la puerta Santiago se dejó caer al suelo. Estuvo un buen rato apoyado sobre la puerta de la calle. No tenía ni idea de cómo había podido conseguir sus señas.

Estaba claro que debía de haber seguido a su hija días atrás. No había que ser un detective muy avezado para dar con él.

Al cabo de un rato se puso en pie y se fue a su cuarto. Rebuscó en uno de los cajones de la mesilla de noche. Necesitaba volver a coger un cigarrillo. No fumaba desde que murió Lourdes. Ella se lo pedía una y otra vez, pensó que sería un buen homenaje.

En ese momento necesitaba un cigarrillo, dos, tres… En tres horas, se había fumado todo el paquete. El caso es que no podía pintar. Andaba nervioso de un lado para otro del estudio. Era evidente que nada iba bien en su vida personal.

Entendía perfectamente a Manuel aunque le odiaba con todas sus fuerzas. Veía al hombre que impidió que Lourdes y él fueran felices. En tan sólo una cosa le daba la razón: podía ser el padre de Carmen. Se había dejado llevar por el ímpetu de una mujer joven, bonita e idéntica a su madre.

Lourdes estaba presente constantemente en su vida y en su muerte. Adondequiera que mirara, allí estaba. Todo le recordaba a ella. Su perfume, sus ojos, su boca, su sonrisa… Ya no podía amar a una mujer sin pensar en ella, inspirarse para pintar, sin que ocupara Lourdes sus pensamientos.

Los últimos tiempos fueron malos para los dos, muy malos. Terribles. Se necesitaban y, sin embargo, estuvieron distanciados. Se hicieron mucho daño. El orgullo, siempre el orgullo. ¡Tantos errores que no debían haber cometido!

Bari sintió la necesidad de salir a la calle. Tenía que beber. Lo necesitaba…

Cuando Carmen llegó al estudio después de la facultad, se hizo algo rápido de comer y se volvió a encerrar en su cuarto. Había que aprovechar cada rato que Santiago salía de casa. Necesitaba ponerle un final al último de los diarios que su madre quiso que ella leyera...

«A la salida de mis clases estaba Santiago. Fue sólo verle y el estómago me dio un latigazo. Me puse nerviosa y el corazón se me aceleró. Cuando me saludó no quise parar. Hemos ido hablando a la vez que andábamos hacia el coche.

—¿Qué tal estás, Lourdes?

—Muy bien, gracias.

—¿Cómo llevas el embarazo? No se te nota nada...

No quise contestarle, no podía... Estaba rota por dentro. Continuó hablando.

—Mira, necesitaba verte. Quiero pedirte perdón. Comprendo que me mandaras a la mierda. No tenía ningún derecho a decirte qué tenías que hacer con tu embarazo. ¡Me he comportado como un gilipollas! No quería perderte y estaba convencido de que este niño nos iba a alejar.

—Me alejaron tus palabras. Tu incomprensión. ¿Dónde dejaste tu ternura? ¿Dónde estaba el hombre que me robó el corazón? Ya no eres aquel ser libre, único, genial que un día conocí. Pareces su sombra.

—Perdóname. Sólo quiero que sepas que me he dado cuenta de que metí la pata. Te deseo lo mejor. Y lo mejor es que ese pequeño se parezca a ti...

Me eché a llorar. Me quebré por completo. No pude disimular mi llanto. Los estudiantes que se cruzaban con nosotros se nos quedaban mirando. Bari me cogió por los hombros y me ayudó a salir de allí.

—No estás para conducir. Te llevo yo el coche y luego vengo a por el mío.

Cuando pude hablar, después de un rato, le conté la verdad.

—Santiago, perdí a mi bebé.

—¿Qué ocurrió?

—No lo sé. Era un embarazo de alto riesgo. Lo perdí... Te perdí a ti también, a Manuel... Mi vida está hecha un desastre.

Santiago estuvo pensativo durante un buen rato. Yo creo que no encontraba las palabras adecuadas. Noté que se sentía muy mal. Finalmente habló.

—Ven conmigo, Lourdes. Llegó el momento de que pienses en ti. Tu niña, tú y yo emprendemos rumbo a cualquier parte del mundo. Nos irá bien. Seguro.

—No puedo, me es imposible. No tengo fuerzas, ni ánimo para nada.

—Está bien. Lo que quieras. Tú decides. Te prometo que no volveré a presionarte jamás. Lo importante es que te repongas. No sabes cuánto siento no haber estado a tu lado todos estos días. ¡Soy un miserable orgulloso! Me comporto como un imbécil.

Bari aparcó el coche en un lugar retirado de mi casa y me dio uno de esos besos difíciles de olvidar. Necesitaba verle de nuevo. Sentía que la vida volvía a tener sentido.»

Carmen no podía dejar la lectura del diario. Su objetivo era acabarlo. Llegar a conocer la verdad de un amor que removió todos los cimientos de una mujer que no se atrevió nunca a ser ella misma. A pesar de que el fuego la quemó, se resignó a vivir como le habían enseñado sus padres y a sus padres, sus abuelos...

«Cada vez escribo menos. Me da mucha pereza. Sin embargo, ahora pinto más. Voy recuperándome poco a poco. He comenzado a sonreír y parece que mi entorno lo agradece.

Santiago y yo nos vemos poco pero intensamente. Ayer le enseñé su cuadro. Le gustó mucho.

—¡Caray! Me has idealizado. No soy tan fuerte como me has pintado, pero te lo agradezco. ¿Estás segura de que soy yo?

—Santiago, la cara no eres tú, igual que hizo Goya con la duquesa de Alba, pero el cuerpo… ¡es tuyo!

—Lo que veo es que me has pintado después de un encuentro amoroso. La cosa se pone caliente…

—¡Eres tremendo! Parece mentira que seas artista. Tu mente calenturienta que se está imaginando de todo. ¡Me lo vuelvo a llevar a casa!

—Ni hablar, el cuadro es mío.

—No, el cuadro pertenece a su autora y todavía no lo he acabado.

—¡Pero si ya no le puedes añadir nada más!

—¡Calla! Me falta poco pero me falta. Bueno, ¿y tú? ¿No piensas enseñarme el cuadro que me pintaste hace meses?

Santiago ponía cara de no recordar absolutamente nada.

—No te hagas el olvidadizo. Yo posé para ti… dejaste la abstracción a petición mía…

—Algo recuerdo pero no demasiado.

Lourdes comenzó en broma a pelear con él…

—Está bien —dijo Bari muy solemne—. Tú lo has querido.

Rebuscó entre los cuadros que tenía apilados y apareció mi desnudo. Estaba escrupulosamente pintado cada centímetro de mi cuerpo. Me pareció maravilloso… El tratamiento de la luz, las manos, la cara, el cuerpo… Había mejorado el natural ostensiblemente.

—¡Qué manos tienes! Puedes pintar lo que quieras. No imaginé que podías hacerlo así.

—Negaré que yo he hecho este cuadro. Te recuerdo que soy abstracto. Esto para mí es una regresión.

— ¿Te quedas tú con él, verdad?

—Si quieres llevártelo a casa, mando que te lo envíen.

Se echaron a reír los dos. Ambos se habían recreado en sus respectivas obras. Ninguno de los dos quería desprenderse de ellas.

Fue interesante la conversación que suscitó la presencia de los cuadros. Le confesé que después de haberlo pasado tan mal, ahora notaba que pintando, lograba salir de la oscuridad de los últimos meses. Santiago me daba la razón.

—Me pasa igual. Mis preocupaciones se esfuman cuando cojo la brocha. Ahora mismo, siento que estoy en mi mejor momento. Todo me sale tal y como quiero. Pero me apetece girar. Me estoy guardando las nuevas ideas para cuando llegue al país en el que vamos a vivir juntos.

No me lo dijo en broma. Estaba realmente convencido de que no muy tarde acabaríamos juntos en algún lugar perdido de América o en Europa. Esa seguridad me gustó. Incluso no puedo negar que me ilusionó.

—¿Vas a girar? ¿Qué quieres decir?

—Hay que dar a los detractores en todos los dientes. Si no lo haces piensan que estás acabado, que te repites. Y eso no puede ser. Siempre hay que andar buscando ideas nuevas.

Me acordé en ese momento de que Santiago tiene siempre en su mesilla de noche una libreta. Ahí apunta las ideas que aparecen como una ráfaga en mitad de la noche.

—Mira, Lourdes, una idea buena viene una y otra vez a la memoria. Si se pierde en la noche, es que no era tan buena.

—Pues entonces, deja de tener la libreta en la mesilla de noche…

—Es sólo por precaución. A veces, una idea brillante es como una cometa y hay que cazarla al vuelo...

Santiago se mostraba exultante. Parecía que todo volvía a rodar. Nos gustaba hablar de nuestro mundo y filosofar también sobre la vida.

—Santiago, ¿qué es para ti vivir?

—¡Disfrutar!

Está claro que Santiago no se anda con medias tintas. Vivir y disfrutar pueden ser verbos con idéntico significado.

Le comenté que Carmen me ha dicho que quiere ser pintora y escuché muy atenta su consejo.

—Si alguien tiene la sangre ya envenenada hay que dejarle y apoyarle. Pero si ese alguien no tiene la sangre envenenada no le animaría a que se metiera en esta profesión. Tú lo sabes. No hay días libres, estás permanentemente con el vértigo, la incertidumbre de si podrás vivir siempre de lo que haces. Meses extraordinarios en los que vendes cuadros sin explicación coherente y meses de sequía absoluta en donde no acabas de comprender qué está pasando. El verano, por ejemplo, para un pintor es nefasto. Hasta mediados de octubre no empieza la temporada. Hay meses muy jodidos como el mes de enero. La gente se gasta una pasta en regalos y el arte queda relegado. No cuenta. Desde junio hasta el otoño, pasa exactamente lo mismo. Vivir así es complicado para nosotros.

—Santiago, tú no tienes problema. Los meses que se supone que hay más actividad, vendes muchísimo. Se trata de saber administrarse.

—Necesito irme a otro país donde el arte esté más en la calle y donde el artista sea más respetado. Quiero comprobar si en otro lugar se produce el enamoramiento necesario para poderme establecer allí. De no ser así, pues regresaré sin más. Aunque el tiempo mínimo para comprobar si esa relación cuaja son cuatro o cinco años.

Santiago me estaba insinuando que, de irnos juntos, no regresaríamos a España hasta pasados cuatro o cinco años.

La idea de fugarme con él ha empezado a rondar por mi cabeza desde hace unos días. Pienso que sería la única solución a tanta angustia, a tanta indecisión.»

Sonó la puerta. Carmen cerró de golpe el diario y lo dejó en el cofre. No tuvo tiempo de cerrarlo. Fue al encuentro de Santiago. Le encontró pálido y con cara de pocos amigos...

—¿Qué te pasa?

—No me pasa nada. Un poco borracho, quizás.

—¿Qué ocurre, Santiago? Dime la verdad.

—Necesitaba tomar unas copas y eso es lo que he hecho. Me voy a la cama. Me da vueltas toda la habitación.

Carmen siguió a Santiago. No parecía el mismo de siempre. Se había echado encima diez años más. Siguió preguntándole.

—¿Por qué has bebido de esa manera?

—Para olvidar la visita que he tenido.

—¿Quién ha venido aquí?

—Tu padre... Tenías que haberle visto cómo gritaba... Cree que soy el culpable de que te fueras de casa. Me ha amenazado a mí...

Se daba en el pecho mientras hablaba, así reforzaba sus palabras. Le daba más énfasis a la situación que describía.

Carmen apenas podía creer lo que empezaba a contarle. Su padre se había presentado allí de forma amenazadora...

—O regresas a su casa o no sé qué me hará. ¡A mí! Pues no le tengo miedo. Jamás he sentido miedo. Me da igual...

Cada frase la decía a gritos y cuando hablaba de sí mismo volvía a darse golpes en el pecho reforzando su yo.

—Ahora mismo voy a llamarle. Se va a enterar de que ya no soy una niña.

—No, Carmen, deja que se enfríe. Nos hemos conocido y estoy seguro de que tan duro como para mí ha sido para él. Dale un tiempo. Luego haz lo que quieras.

Poco a poco su voz se fue apagando. Pudo mucho más el sueño provocado por el alcohol que la indignación que le había producido la visita de Manuel...

¿Cómo habría dado con ella su padre? Puede que un detective la hubiera seguido estos últimos días. O la bruja, que ya sería su mujer... O incluso él mismo seguramente había ido a la salida de su trabajo a buscarla a la facultad y... la encontró.

Pero estaba muy mal lo que había hecho. No podía quedarse el suceso ahí. Debía pensar y reaccionar rápidamente. Aunque le gustaría escuchar a Santiago cuando despertara ya más sereno.

Eso es lo que haría, esperar... Sin embargo, la impaciencia podía con sus nervios. Santiago roncaba de una forma animal. Estaba semiinconsciente, tumbado boca abajo en la cama.

Sin mucha dificultad sacó el diario de Lourdes que estaba leyendo y que se encontraba bajo la cama. Lo mejor que podía hacer era salir a dar una vuelta...

Caminó durante un buen rato. Estaba ofuscada, con ganas de gritar y de llorar a la vez. Sin rumbo fijo fue por la calle Alcalá en dirección al barrio de casitas adosadas que tanto le gustaban. Pasó por la calle Tampico y observó a la gente que se cruzaba a su paso. Se imaginaba sus vidas. A unos les inventaba una vida feliz y a otros, según su cara, una vida llena de rincones oscuros.

En uno de los bancos de la calle, se sentó. Allí no conocía a nadie. Era un buen lugar para continuar con el relato de Lourdes...

«Ya no siento ninguna necesidad de escribir. Pero después de tanto tiempo, creo que debo hacerlo. Es como si lavara mi conciencia. Han pasado algunos meses desde que lo hice por última vez.

Ya tenemos decidido el lugar en el que vamos a emprender una nueva vida: Berlín. Es el lugar perfecto para dos artistas. Estoy decidida a emprender un camino exclusivamente como pintora. No tengo ni idea de alemán, por lo tanto, no podré continuar con mi vocación docente.

Lo que me resulta más terrible es la idea de separarme de Carmen. La quiero con el alma, pero comprendo que no puedo arrancarla de su entorno. Diecisiete años son muchos como para que yo decida por ella. De esa manera, Manuel no se queda tan solo. En el fondo, se apoyarán mejor el uno al otro. No me imagino a mi hija en Berlín, sin conocer el idioma. Quitándola de su colegio, de sus amigos, de su padre. No tiene por qué cargar ella con la locura de su madre. Llevo enajenada ocho años y ha llegado el momento de poner las cosas en su sitio.

Resulta muy dolorosa la separación. Se me hace jirones el alma con sólo pensarlo. Pero no puedo más. Me voy a volver loca. Necesito vivir al lado del hombre al que amo apasionadamente. Quiero soñar, vivir con él. Tenerle siempre a un palmo de distancia. Pegada a él para resarcirme de tanto tiempo separada de sus ojos, sus manos, su boca...

Ahora ya sólo queda esperar el momento más adecuado...»

A Carmen se le saltaban las lágrimas. ¡Su madre pensó en abandonarla! Podía más el amor por Santiago que el amor de su hija. ¡Estaba decidida a hacerlo! La unión que siempre tuvieron era ficticia. En una carrera de afectos, Carmen perdía frente a un Bari siempre triunfador. El que mejor amaba, el genio, el número uno, después de él, ningún pintor y ningún amor tampoco.

—¡Te odio, Bari! —salió por su boca de forma inesperada.

El amor y el odio que se mueven en un puente tan estrecho, era una y otra vez cruzado por Carmen. Estaba rabiosa, confundida, indignada, desilusionada...

El único pilar del que estaba orgullosa se derrumbaba como por arte de magia. ¡Su madre sí pensó en sí misma en un momento de su vida! Y no lo podía soportar. Dolía imaginar que Lourdes se comportaba, por una vez en su vida, más como mujer que como madre.

En ese estado de ofuscación, continuó leyendo...

«Pasa el tiempo y no somos capaces de ponerle una fecha. Por si surge de un día para otro, yo le he escrito a Carmen una carta. Se la debo. Confío en que me perdone. La quiero con el alma.

Mi niña está preciosa. Dice estar convencida de estudiar Bellas Artes. Me hace ilusión que siga mis pasos. Y, por otro lado, me da mucha pena pensar que no voy a estar a su lado para resolverle sus problemas.

No obstante, en cuanto lleguemos a Berlín, lo primero que haremos será pedir un teléfono para que la niña me llame cuando quiera. Necesitaré oír su voz para no acabar loca del todo. Confío en que Manuel la cuide mucho y me deje hablar con ella. No creo que tome represalias y me impida dialogar con mi pequeña.

Tengo que procurar hacerme con un contacto que la tenga informada a cada momento de mis pasos. Ese contacto pienso que podría ser Áurea, nuestra vecina. Siempre tan atenta conmigo y con Manuel. No hay día que no entre en casa. Está muy sola desde que perdió a su marido y ha encontrado en nosotros su consuelo.

Santiago no quiere equivocarse y dar un paso en falso. Está organizándolo todo para que allí no empecemos de cero. Ese punto de responsabilidad me ha gustado en él. ¿Cuánto más tendremos que esperar?...»

La asquerosa de la vecina ya pululaba por allí —se decía a sí misma Carmen—. ¿Dónde podía estar la carta que le había escrito Lourdes? A lo mejor se encontraba entre los papeles que le dejó en el cofre y a los que ella no había prestado el menor interés. Pero ahora no podría leerla, estaba Santiago durmiendo la borrachera o quizás ya se había despertado. Seguiría con el diario, aunque ya no se veía excesivamente bien en la calle. El otoño anticipa sus noches...

«Llegó el momento. Pasado mañana he quedado con Santiago en el mostrador de Iberia, en Barajas. No le vuelvo a ver hasta que nos escapemos del mundo. Todo mi tiempo hasta entonces se lo voy a dedicar a Carmen. Me parecen muy pocas las horas que voy a estar junto a ella.

Tengo mucho miedo de no volver a verla. Confío en que sepa comprenderme y haga todo lo posible por visitarme en Berlín. Le falta poco para la mayoría de edad y ser dueña de sus propias decisiones.

Ya que voy a quedar mal con mucha gente, he puesto una excusa en el trabajo. Es igual, porque no regresaré jamás. No he querido despedirme de nadie. Lo siento sobre todo por mi hermano Ricardo. Pero sé que si le insinúo algo, va a impedir que haga mi voluntad. Ya he tomado la decisión y no hay vuelta atrás.

El principal problema que veo es cómo y cuándo voy a hacer la maleta sin que se dé cuenta Manuel. Si recojo mi ropa antes de que se ponga en pijama la noche anterior, cuando abra el armario se percatará de que pasa algo. Tendré que darme mucha prisa y aprovechar cuando esté cenando con la niña para meter cuatro cosas en la maleta. Por la mañana, cuando todos duerman, saldré de casa.

Me tiemblan las piernas al pensar que Manuel me puede descubrir en alguna de estas maniobras. Improvisaré sobre la marcha. Si se ponen muy mal las cosas me iré, incluso, sin equipaje. Quizás esto sea lo mejor.

Santiago se despidió de mí con uno de sus besos más apasionados. Se quitó su bufanda verde y me la puso en el cuello. No pienso quitármela en estas horas en las que no voy a verle. Así le sentiré cerca para que me dé fuerzas.

Dios mío, confío en que todo salga bien. Estoy muy nerviosa. Siento que empiezo una nueva vida.

Ya no escribiré más en este diario. Le he pedido a Áurea que me haga un favor. Todavía no sabe cuál es. Pondré mis diarios en un cofre que he comprado para que se lo dé a mi hija, a nadie más. Le he dicho que se trata de un pequeño secreto entre ella y yo. Ha querido saber algo más pero no he añadido nada. A veces, parece una cotilla que quiere saberlo todo, pero es la persona que tengo más cercana. Como está sola viene todos los días a casa. Manuel, que habla poco, y ella, que no para, se entienden de maravilla. A mí me hace un favor, así no estoy a solas con él...¡Por fin, se va a cumplir mi sueño!»

23

EL FINAL

Santiago durmió hasta el día siguiente. No hubo manera de despertarle. Fue por la mañana cuando Carmen pudo dialogar con él.

—¿Te encuentras mejor?

—Sí, aunque me duele ligeramente la cabeza.

—¿Por qué no me cuentas qué pasó exactamente con mi padre?

—Preferiría no tener que recordarlo. Mira, llegó muy ofuscado. Empezó a insultarme y a amenazarme. Quiere verte pronto en casa. Me dijo que te había lavado el cerebro como antes lo había hecho con... ¡Mejor déjalo!

Santiago no se atrevió a terminar la frase. Creía que Carmen no conocía nada de su pasado y, sin embargo, sabía perfectamente a quién se refería su padre cuando le dijo que «antes ya lo había hecho con...». Evidentemente, se trataba de Lourdes.

Amaneció extraño, huraño y con cara de circunstancias. La visita de Manuel le había alterado. Esa mañana no quiso pintar, salió de casa pronto. No le dijo a Carmen ni adónde, ni con quién iba.

Llevaba así unos días, incluso antes de la visita de su padre. Recordaba con toda profusión de detalles una conversación que tuvieron en la cama. Carmen preguntaba y, como siempre, el nombre de su madre planeaba por la habitación...

—¿Qué es para ti hacer el amor?

—¡Vaya preguntita! Pues algo parecido a pintar un cuadro. Es crear, compartir. Lo máximo.

—¿No le das al amor ninguna trascendencia que vaya más allá de lo artístico?

—Puede o no ir unido a algo trascendente. Hacer el amor con amor resulta fantástico, pero hacer el amor por placer también puede estar muy bien.

—¿Conmigo cómo lo has hecho?

—Carmen, no te pongas en ese plan. Me agobias, de verdad.

—O sea, que no ha habido amor por tu parte... Está bien saberlo.

—No digas lo que yo no he dicho.

—¿Todavía te acuerdas de aquella novia que te robó el corazón? (El nombre de Lourdes no hacía falta añadirlo. Lo sabía él y lo sabía Carmen.)

—Nadie está preparado para sentir y para enamorarse. Han podido pasar por mi vida un montón de mujeres que no me han dejado huella. Incluso a alguna de ellas reconozco que he podido tener cierto afecto, pero desaparecen de tu vida y no vuelves a acordarte de ellas. Y, sin embargo, otras te agarran el corazón y no puedes hacer nada por evitarlo.

—¿Cómo se llamaba esa mujer?

—No puedo decírtelo.

Santiago no se atrevía a confesar a Carmen que el amor de su vida se llamaba Lourdes y que no era otra persona más que su madre. Aquella cobardía y falta de confianza la repateaba.

No podía con la hipocresía. Prefirió dar un quiebro dialéctico hacia el arte.

—¿Cuándo estás más creativo, cuando estás enamorado o cuando sufres por amor?

—En esas dos situaciones se está igualmente creativo. En mi pintura se nota cuando estoy enamorado de una mujer porque abandono la rigidez de las formas y pinto más curvas, figuras más redondeadas.

Carmen se levantó de la cama y se fue directamente hacia los cuadros que estaban secándose. Todos tenían figuras rectas, había mucho negro y grises... Regresó al dormitorio y se lo recriminó.

—Pues no debes de estar muy enamorado de mí, porque en tus últimos cuadros no aparece ninguna figura redondeada...

—No seas así. Toda regla tiene sus excepciones. En pintura no puedes simplificar como lo estás haciendo tú.

Carmen estaba realmente inquisitiva con sus preguntas.

—¿Qué futuro ves a nuestra relación?

—Ni idea. No pienso en el futuro. Tampoco me recreo en el pasado, aunque a veces me invadan los recuerdos... Pero me los guardo para mí porque no me gusta contar batallitas. Sólo vivo el presente. Y en el presente estás tú. No me pidas más, por favor.

Recordaba esa conversación como si se hubiera producido ahora mismo. Carmen estaba convencida de que Santiago no sólo no la quería, sino de que ella sería como esas mujeres a las que después de un tiempo sin verlas, las olvidaba.

A Carmen ya no le era suficiente con estar a su lado, quería más. Tener la sensación de ser amada sin amor no era nada gratificante. Ella quería sentir lo mismo que su madre por un hombre. «Querer y que te quieran», se decía a sí misma.

En ese momento, se acordó de Víctor, su compañero de facultad, que estaba colado por ella. No se había fijado en él hasta el día que vino al estudio. Cuando le vio junto a Santiago, le pareció que estaban frente a frente un hombre mayor y un chico joven. Hasta entonces no le habían pesado los años de Bari. Ahora, incluso, le parecían una carga.

De todas formas, más que la edad lo que la desilusionaba a Carmen era el desinterés por ella. Además, no se lo ocultaba. Había que reconocerle, al menos, la sinceridad.

De golpe, se alejó de todos estos pensamientos. Tenía que encontrar entre los papeles del cofre la carta de despedida que le escribió su madre cuando planeaba irse a Berlín con Santiago. Cerró la puerta del dormitorio por dentro y comenzó la búsqueda. Había fotos, recortes, la bufanda verde y una carta manuscrita que se encontraba tan a la vista que siempre la pasó por alto. ¿Quién dijo que cuando quieres esconder algo debes ponerlo en el lugar donde más se vea? Eso le había ocurrido a ella. Empezó a leer…

Querida hija:

Te quiero más que a mi propia vida. Ya sé que te parecerá imposible cuando, a estas alturas, sepas que mamá se ha ido de casa.

Mi vida, me resulta muy difícil explicarte los motivos que me han llevado a alejarme. Me ahogaba viviendo sin amar, me asfixiaba al pensar que todos los días eran iguales entre sí, que mi casa se había convertido en mi propia cárcel… Lo único que me ha mantenido en pie estos ocho años de angustia ha sido tu cariño.

Si no hubieras sido tan mayor te habría llevado conmigo. Pero separarte de golpe de tus amigas, de tu colegio, de tu padre, de tu entorno, de tu país… creo que hubiera sido más traumático para ti que esta ausencia mía.

Pienso que no será por mucho tiempo. Estoy segura de que harás todo lo posible por verme. Me encuentro en Berlín comenzando una nueva vida al lado del hombre al que amé desde la primera vez que le vi hace ya ocho años.

Sentí una especie de terremoto interior contra el que he luchado durante todo este tiempo. He sostenido una pelea contra mí misma que, finalmente, he perdido. No puedo renunciar a mis sentimientos, al amor que siento, a la vida que se me escapa...

No he sido valiente para contarte lo que me pasaba, pienso que todavía es pronto para que me comprendas. Tampoco tengo la certeza de que algún día lo hagas.

A partir de ahora, te hablarán todos de mí como si yo fuera un monstruo, la peor de las madres, la peor de las esposas... Sólo te pido que te acuerdes de mí con el amor y el afecto que siempre nos ha unido. ¡Perdóname el daño que te he causado! Es lo único que ensombrece mi marcha.

Me voy en busca de mí misma. Nunca he sido capaz de pensar por mí, siempre la opinión de los demás ha pesado demasiado sobre mi vida. Ha llegado el momento, mi momento.

Júzgame por lo que hago, no por lo que digan que he hecho. Te quiero con el alma, hija. Se me desgarra el corazón al dar este paso. Necesito respirar para no morir en vida. Pero moriré igualmente si no haces lo posible por venir a verme cuanto antes.

A través de Áurea —que todavía no sabe nada— o a través de mi hermano Ricardo —que tampoco tiene idea de lo que me pasa— sabrás de mí. Procura ayudar a tu padre y hacerle comprender que quería empezar una nueva vida. Si tú quieres, enséñale esta carta. No me siento capaz de escribirle. Han sido muchos años a su lado y es imposible no sentir afecto hacia él. También a Manuel le pido perdón.

Cariño, estudia mucho, no dejes de hacerlo. Tienes que conseguir ser independiente, es decir, no dependiente de nada, ni de nadie.

Procura vivir con la verdad por delante. Es terrible vivir en una mentira permanente. He estado a punto de volverme loca. Esta situación era para mí insostenible.

Con el deseo ferviente de besarte y abrazarte muy pronto, me despido de ti. ¡Te quiero!

LOURDES

Carmen se echó a llorar. Ahogaba sus lágrimas contra la almohada. Esta carta de despedida no llegó a sus manos. Evidentemente, Lourdes no se fue nunca ¿Qué la frenaría —se preguntaba intrigada— cuando ya tenía todo preparado y previsto para su marcha?

La clave estaba en las últimas páginas del diario. Hoy no pensaba ir a clase, consideraba mucho más importante averiguar qué ocurrió exactamente en las horas previas al viaje que iba a cambiar la vida de todos. Se fue directamente al final y comenzó a leer…

«Para mí, ya todo acabó. Este es el punto y final a una existencia llena de claros y oscuros. Perdí la oportunidad de ser feliz al lado del hombre al que he amado con todas mis fuerzas.

Cuando ya estaba fuera de casa, con mi maleta hecha, dispuesta a irme al aeropuerto, tuve el impulso de dar el último beso a la niña. Lo necesitaba. Quería despedirme de ella.

Volví a entrar. Dejé la maleta en la puerta. Tan sólo era un beso. Nada más que un beso. Entré sigilosamente en la habitación. Parecía que la niña barruntaba algo, no dormía tranquila. Al respirar, emitía un pequeño ronquido.

Posé mis labios sobre su frente, le di un beso y… me olvidé de mí. Carmen estaba ardiendo. Tenía la total seguridad de que el calor que desprendía no era otra cosa más que fiebre. Yo no necesitaba termómetro alguno para saberlo. No se encontraba bien y el caso es que el día anterior no se quejó de nada. El destino, una vez más, impedía que volara.

No sabía qué hacer... Si llamaba al médico de guardia, me despedía para siempre de Santiago. No llegaría al aeropuerto a tiempo. Además, se despertaría la niña y, por supuesto, Manuel. Por otro lado, si me iba y le pasaba algo a Carmen, no me lo perdonaría jamás. Tenía que tomar una decisión en cuestión de segundos. Una decisión que cambiaría mi vida...

Intenté llamar sigilosamente al estudio de Santiago desde el teléfono que tenemos en la cocina. No lo cogía. Ya había salido. Seguramente con la intención de recibirme en la terminal de salidas internacionales.

El corazón me galopaba como nunca. Era consciente de que perdía el avión y con él a Santiago. Pero no hubo elección, mi conciencia ya había elegido por mí. Lo primero, mi hija. Yo hacía tiempo que no contaba.

Fui corriendo a la puerta y metí la maleta debajo de la cama de Carmen. Desperté a Manuel para que llamara al médico de urgencia. Mientras, yo intentaba despertarla para llevarla al lavabo y darle un baño de agua tibia.

La niña estaba delirando. Nunca la vi tan desmadejada. Realmente me asusté. Opté por ponerle paños de agua fría en la frente. Me resultaba imposible moverla yo sola. La desarropé y comencé a dar friegas de alcohol sobre su pecho y sobre sus brazos. El médico no llegaba...

Me sentía impotente. Comencé a llorar. Lloraba por mi hija pero, sobre todo, lloraba por mí. ¡Tantos sueños de días anteriores se frustraban! Pensé para tranquilizarme que encontraría la manera de localizarle en Berlín y decirle lo que había pasado... Lo entendería. Lo primero, mi hija. Estaba muy mal...

—Manuel, ¿qué pasa con el médico?

—Ha dicho que venía para acá. Por lo visto hay muchas urgencias... ¿Y tú qué haces vestida ya a estas horas?

—Hoy tenía que irme antes para hacer unas gestiones fuera de la universidad.

—Ya...

En ese momento una llamada al timbre me libró de otra pregunta de Manuel. Por fin, el médico llegaba.

Le puso el termómetro. Tenía cuarenta grados de fiebre.

—Es una temperatura muy alta —me recriminaba—. Nunca tiene que dejar que la fiebre llegue a alcanzar estos grados.

—Mire, yo... desconocía que mi hija estuviera enferma. Ha sido pura casualidad que esta mañana notara que algo no iba bien.

Le puso un supositorio antitérmico y seguimos los dos con las friegas de alcohol. Parecía que dejaba de delirar. Mientras actuaba la medicina, la reconoció exhaustivamente. Tenía unas placas de pus en la garganta tremendas.

¡Anginas! Unas anginas impidieron que cogiera aquel vuelo Madrid-Berlín que me iba a cambiar la vida...

Esta enfermedad repentina de mi hija me ha hecho reflexionar. Quizás todo ha sido una señal del destino. Por alguna extraña razón no debía irme con Santiago. La niña todavía es muy joven como para cuidarse sola y Manuel para esta responsabilidád no sirve. Es un desastre.

Aquí estoy de nuevo, con la vida partida y el corazón deshecho. La rutina se ha vuelto a apoderar de mi existencia. Aparentemente nada ha cambiado. A los ojos de los demás todo sigue igual, pero a mí, la luz se me apagó para siempre...»

Éste era el final del diario de Lourdes. Otra vez Carmen se sentía culpable de la infelicidad de su madre. «Vivir, a veces, resulta más difícil que morir», se decía a sí misma. Seguía sin entender el motivo de este legado. Había asistido a toda una confesión por voluntad expresa de ella. ¿Qué quería transmitirle en realidad? ¿Simplemente que no cometiese los mismos errores? Estaba segura de que había otra intención que todavía no había sido capaz de descubrir.

Cerró el diario de golpe. Pero al momento volvió a abrirlo. Pasó las hojas rápidamente. No sabía exactamente qué buscaba. Lo cerró de nuevo. Antes de colocarlo en el cofre... lo quiso abrir por última vez. Esta vez, lo hizo por el final. Había una última frase, completamente alejada del resto del relato. ¿Cómo no la había visto? Era la misma frase que leyó hace tiempo y a la que no supo encontrar un significado...

«Han vuelto a llamar a mi teléfono y no han contestado. Seguro que es él. El tiempo, mi tiempo, se ha vuelto a detener. Me encuentro en el mismo punto en donde estaba hace tres años. Esta vez, como decía el poeta, podrán cortar todas las flores pero no podrán detener la primavera...»

Sin embargo, ahora sí le encontraba sentido. Había vuelto Bari a su vida. Esas llamadas sin respuesta eran de él. Su madre no estaba dispuesta a que nada, ni nadie, le impidiera vivir «su primavera». Había llegado su momento.

La clave de todo este misterio podía desentramarla Bari. Hablaría con él a tumba abierta. Necesitaba saber la verdad y si para ello tenía que confesarle que sabía todo sobre su relación con Lourdes, lo haría.

Estaba impaciente, nerviosa. No sabía qué hacer. Miraba a su teléfono móvil. Le apetecía llamar a Santiago pero sabía que no le gustaba que lo hiciera cuando salía a hacer gestiones. Si no podía llamarle a él, necesitaba hablar con alguien. Una voz amiga. Fue entonces cuando pensó en su padre. A fin de cuentas, había demostrado una gran preocupación por ella, al presentarse en el estudio de Bari. Llevaban muchos meses sin decirse nada... Marcó el teléfono de la oficina, en seguida descolgó Manuel.

—¿Sí?, ¡dígame!

Fue escucharle y colgar. Le dio un vuelco el corazón. No podía decirle nada. Se quedó con ganas de hacerlo.

Volvió a intentarlo. La misma respuesta.

—¿Sí? ¡Dígame!

Espero un instante y después de pensar en volver a colgar, contestó.

—Papá, soy yo.

Otro silencio. A Carmen le pareció eterno.

—Hija, ¿eres tú? ¡Todavía no puedo creerlo! ¿Cómo estás?

—Bien, de verdad. Me dijo Santiago que viniste al estudio hecho una furia.

—No sé qué te habrá contado ese indeseable, pero seguro que se ha quedado corto. Cariño, fui allí porque quiero que vuelvas...

—Papá, eso ya lo hemos hablado. No puedo vivir con esa mujer.

—Confiando en que volverías, esa mujer y yo hemos decidido no alquilar su piso y vivir en él. Te hemos dejado libre la casa en la que has vivido siempre. Ahí están tus recuerdos y quiero que sigan allí. Sé que para ti son importantes. Tu madre y tú estabais muy unidas. Si hubiera venido Áurea a nuestra casa, la habría cambiado de arriba abajo y estaba seguro de que entonces no volverías nunca.

—Papá, gracias. Tengo muchas cosas que contarte... ¿Puedo seguir abriendo la casa con las mismas llaves?

—Todo sigue igual para ti.

—¿Qué tal te va de hombre casado?

—Psssss. ¡No sé qué decirte! Antes me sentía solo pero hacía lo que quería. Ahora, me siento un tanto vigilado pero no estoy solo. Hija, las relaciones humanas son un lío. Nunca estamos a gusto del todo...

—Papá, tengo que dejarte... Te llamaré.

—No tardes...

—Oye, y si vuelvo a casa, ¿me obligarás a ver a esa señora?

—Prefiero que no veas a Áurea pero que estés cerca de mí. Es muy duro tener una hija y no saber nada de ella...

—¡Un beso, papá! Sabrás de mí.

Cuando colgó, Carmen se quedó muy pensativa. No podía equivocarse. Había aprendido que detrás de cada decisión se producía una consecuencia.

Miró el estudio de Bari. No había en él nada que delatara su presencia. Tan sólo su cepillo de dientes compartía su mismo vaso. En estos meses, ella se había limitado a estar junto a él, pero de tal manera que parecía invisible. Con tal de no molestarle, no salía de la habitación o del baño. Su liberación parecía su cárcel.

Creyó que en estos meses podría cambiarlo. Lograr que se enamorara de ella, pero resultaba imposible. Bari sólo había querido a una mujer, a Lourdes. Competir con ella era una ardua tarea. Es más, ya no quería seguir intentándolo.

De hecho no sabía si su amor por Bari podía ser más admiración que cariño. Cuando uno no tiene experiencia, confunde los sentimientos. Tampoco se arrepentía, tenía claro que sólo se aprende de los errores. Si era amor, no resultaba de tanta intensidad como el que describía Lourdes en sus diarios. Si no lo era, tenía que ponerle un final. ¿Pero cómo?

Santiago Bari, esa misma mañana, se había dado cita con un mecenas al que había conocido en Tel Aviv. No se anduvo con rodeos, fue directamente al grano.

—Elías, necesito su ayuda.

—Tú dirás.

—Quiero irme a Nueva York definitivamente. Se me ha quedado pequeño mi país. Me ahoga. Necesito medirme en otro lugar del mundo. Pienso que para un artista Nueva York abre todas sus puertas y te da todo tipo de facilidades. Pero para ir allí me hacen falta contactos.

—Si es por eso, cuenta con ellos. Yo tengo mucha relación con la comunidad judía en Estados Unidos. Haré dos o tres llamadas de teléfono y te contaré el resultado. ¿Cuándo quieres irte?

—En cuanto encuentre casa allí. Tengo un colega que está buscándome un loft céntrico para poder comenzar a trabajar desde el primer día.

—¿Por qué tantas prisas?

—Necesito cerrar una etapa de mi vida o, por lo menos, lograr llevarme mis fantasmas lejos de aquí. En Madrid siento quc me ahogo. Además, no puedo defraudar a la gente que ha creído en mí y que quieren no sólo mis cuadros, sino que mis cuadros valgan pasta.

Se echaron a reír los dos. Elías estaba convencido de que triunfaría en Estados Unidos. Sólo era cuestión de tiempo.

—Elías, si voy a Nueva York podré moverme además por Seattle, Washington, San Francisco, Boston, Birmingham... donde tengo amigos dispuestos a echarme una mano.

—Me parece estupendo. ¿No te iba bien aquí, Santiago?

—¡Qué va! No me puede ir mejor en España. No me quiero quejar, de verdad. Lo que ocurre es que necesito crecer y aquí he llegado a mi tope. El tiempo va pasando... Tengo cuarenta y cinco años. El tiempo vuela y no saco el suficiente fruto a mi trabajo. Además, la envidia que genera aquí el que levanta un poco la cabeza resulta insoportable. A mí me gustaría que todos esos que me miran raro vieran por un agujerito cómo trabajo. Se darían cuenta de que no tienen por qué cojones tenerme envidia.

—Bueno, eso ocurre en todas las profesiones. No te preocupes, Santiago. Te llamo en cuanto tenga noticias...

Se despidieron y Santiago puso rumbo a su estudio. Ayer no había podido trabajar después de la inesperada visita de Manuel. Hoy tenía ganas de regresar cuanto antes para pintar. Más que vocación se había convertido en necesidad.

Cuando abrió la puerta se sobresaltó al ver a Carmen.

—¿Qué ha pasado, no has ido a clase?

—Hoy no. Tenemos que hablar.

—¡No, por favor! ¿Y ahora qué pasa?

—Ven a tu habitación, necesito que resuelvas una duda.

Santiago temía a Carmen cuando se ponía así de trascendente.

—¿Llamaste a mi madre días antes de que muriera?

—¿Cómo dices?

—Santiago, lo sé todo. No de ahora, desde hace tiempo. Sé que ese amor del que me hablabas no es otro que el amor por Lourdes. Lo sé y lo respeto. Pero me interesa que contestes a mi pregunta.

—De modo que lo sabías y nunca me has dicho nada. Has estado jugando conmigo, ¿verdad? Has utilizado tu gran parecido físico como anzuelo, ¿no es cierto?

—No, sólo al principio. Luego me enamoré de ti. Al menos eso creía.

—¿Por qué únicamente te interesa si llamé a Lourdes antes de morir?

—Porque ha escrito una frase final en su diario que no acabo de entender... Dice así: «Han llamado a mi teléfono y han colgado. Estoy segura de que es él. El tiempo se ha vuelto a detener para mí. Esta vez, como decía el poeta, podrán cortar todas mis flores pero no podrán detener la primavera».

—¿Y qué más dice?

—No te puedo contar nada más porque es un secreto entre ella y yo. Pero quiero que me digas... ¿llamabas y colgabas?

—Sí. Lo hacía porque necesitaba oír su voz. Pero no estaba seguro de que ella quisiera oír la mía. Por algún motivo, un día importante para los dos me dejó colgado.

—¿El día de la huida a Berlín?

—¿Cómo lo sabes? Pues sí, ese día íbamos a... escaparnos pero no acudió.

—Seguro que durante los tres años de tu estancia en Berlín, no la llamaste para interesarte por ella y averiguar qué ocurrió.

—No lo hice. Al no presentarse en Barajas ya me dijo todo lo que tenía que saber.

—¿Tú sabes, en realidad, lo que le ocurrió a mi madre?

—¿Le ocurrió algo?

—Eres un patán, Santiago. Mi madre no acudió a la cita porque me puse muy enferma. Estuve varios días con mucha fiebre y no fue capaz de abandonarme en ese estado...

—Pero ella nunca pensó en venir a Berlín conmigo y alimentó mi fantasía. Tu fiebre fue una excusa.

—No es cierto. Vuelves a equivocarte. Estaba dispuesta a irse contigo esa misma mañana...

Por vez primera, Carmen sintió compasión por Bari. Estaba destrozado. Se quedó sin pronunciar una palabra durante un buen rato.

—Tanto rencor por nada... —mascullaba entre dientes.

Siguió pensativo hasta que volvió a dirigirse a Carmen...

—Te voy a contar algo que no sabe nadie. Júrame que no se lo vas a contar a tu padre.

—Te lo juro. ¿De qué se trata?

—Segundos antes de que muriera Lourdes yo hablé con ella.

—¿Cómo? ¡Explícate!

—Era muy temprano. Acababa de llegar de Berlín la noche anterior. Estaba ansioso por hablar con ella. Sólo regresé para verla. Necesitaba besarla, oír su voz... La conversación fue muy breve:

«—¿Sí? ¡Dígame!

—Lourdes, soy Santiago. He vuelto porque no he sido capaz de amar a nadie como a ti te he amado. ¡Tenemos que vernos hoy mismo!».

Santiago tenía muy mala cara mientras recordaba ese momento. Aun así, continuó dando más detalles.

—Sonó un ruido fuerte y ya no volví a oír su voz. Pensé que había colgado. Después me enteré de que había muerto ese mismo día. ¿Te das cuenta? ¡Fui yo el detonante de su muerte!

Carmen pensaba en cómo ocurrió todo. Un corazón cansado de sufrir. Manuel pidiendo una tostada. El teléfono sonando. La voz de Santiago, que volvía a poner su vida del revés. Está claro que no lo resistió. No tuvo tiempo ni de contestar.

—Santiago, ¿sabes lo que creo? ¡Eres el ganador de toda esta historia!

—¿Yo? ¿Por qué?

—El último pensamiento escrito en su diario resume su actitud. Si volvías, no iba a dejar pasar más primaveras. Si el corazón no se le hubiera roto, hoy estaríais juntos.

—¿Tú crees?

—No tengo ninguna duda.

Ese comentario hizo mucho bien a Bari. Andaba con muy mala cara desde la borrachera del día anterior.

—¡Santiago! —continuó Carmen en un tono más grave—. Me voy del estudio. Lo acabo de decidir. Yo no pinto nada aquí. Mi madre está por todas partes. Éste no es mi sitio, sino el de ella.

—Muy bien. Haz lo que quieras. De todas formas, si te quieres quedar aquí ésta es tu casa. Yo me iré en unos días a Nueva York.

—¿Te vas a vivir allí?

—Sí, voy a intentarlo.

Carmen sintió una pena inmensa. Estaba segura de que no regresaría a España. Le admiraba profundamente. No olvidaría jamás sus teorías sobre la pintura, sus conocimientos de los clásicos, sus consejos...

—Santiago, ¿qué me aconsejas para el futuro?

—Ya sabes que no creo en el futuro. Para mí no existe. Te daré un consejo para esa mujer que he descubierto en estos meses: ¡reinvéntate! La historia es de los torpes, no de los virtuosos. ¡No lo olvides! Crea un nuevo lenguaje para tapar tus defectos y el mundo caerá a tus pies.

Carmen no tardó en hacer su maleta. Bari ayudó a bajarla y a coger un taxi. Esta vez, el taxista no se sobresaltó.

—¿Qué, la niña se va de viaje? —preguntó el conductor mientras introducía la maleta en el maletero del taxi.

—Sí, algo parecido —contestó Santiago.

Un beso de despedida en la mejilla, un abrazo intenso y sólo una frase.

—¡Mucha suerte, Carmen!

Se subió al coche y no quiso mirar atrás. Sin embargo, cuando arrancó y ya había avanzado unos metros, le pidió al taxista que parase en seco. Se le había olvidado decirle algo a Bari. Bajó del coche y corrió hacia donde estaba.

—Santiago, sólo una cosa. Mientras tú vivas, Lourdes estará contigo. Nunca se fue de tu lado. En el estudio o allí donde estés, se la puede sentir...

Igual que había corrido a su encuentro, ahora lo hacía para volverse a montar en el taxi. Bari le sonrió pero ya no le salieron más palabras.

Carmen no había vuelto a su barrio en todos estos meses. Al llegar a la calle Sancho Dávila, con coches aquí y allá en segunda fila, empezó su corazón a latir a más velocidad. No había avisado a nadie. No quería hacerlo. Sólo deseaba volver. Regresar a casa.

Cuando abrió la puerta del piso y la cerró a sus espaldas sintió que, por fin, comenzaba a ser ella misma. Lo primero que hizo fue ir a comprobar si las pinturas de Lourdes seguían en su sitio... Y allí estaban, intactas. Como si en cualquier momento fuera a venir a terminarlas. Carmen habló en voz alta por si allá donde estuviera pudiera escucharla...

—Hubiera dado media vida por volver a verte cara a cara. ¡Te diría tantas cosas...!

El resto del soliloquio quedó en su pensamiento: «Luchaste por una vocación y lo conseguiste. Luchaste por tu libertad y te quedaste a medio camino. Las mujeres de mi generación nos hemos beneficiado de los fracasos de tantas madres que, como tú, renunciaron a su propia vida, con tal de que nosotras consiguiéramos nuestra independencia y libertad. Mi homenaje a ti será mi propia existencia. Prometo no defraudarte...».

Se emocionó con su propio pensamiento. Le salió del alma.

Esa noche durmió como hacía tiempo que no lo hacía.

Se levantó para ir a clase y comenzó a vivir sola. Bueno, en el tabique de al lado estaba su padre y... «la bruja».

Fue un final de invierno duro pero no tanto como el anterior. Le costó acostumbrarse a no compartir. La televisión suplía muchas carencias... Sintió una gran satisfacción cuando una noche especialmente fría escuchó la noticia con la que cerraba el telediario...

«El pintor español Santiago Bari ha obtenido un éxito sin precedentes en el MOMA de Nueva York. Una exposición antológica sobre su pintura ha superado todas las previsiones de los organizadores. Sus teorías sobre el arte le han llevado a las portadas de la revista *Time* y del periódico *The New York Times*.

Estamos ante un nuevo fenómeno artístico con acento español. Con sus palabras cerramos por hoy el informativo: "La suerte de los artistas es que no morimos nunca. Mientras unos ojos se acerquen y miren nuestros cuadros, siempre estaremos vivos en el recuerdo. Algo parecido a la eternidad..."»